JOVENS DE UM NOVO TEMPO, DESPERTAI!

KENZABURO OE

Jovens de um novo tempo, despertai!

Tradução do japonês
Leiko Gotoda

Copyright © 1983 by Kenzaburo Oe
A Companhia das Letras agradece o apoio da Fundação Japão à tradução deste livro

Título original
Atarashii hito yo mezameyo

Capa
Raul Loureiro

Foto de capa
© Philip Jones Griffiths/Magnum Photos

Preparação
Maria Cecília Caropreso

Revisão
Marise Simões Leal
Ana Maria Barbosa

Dados Internacionais de Catalogação na Publicação (CIP)
(Câmara Brasileira do Livro, SP, Brasil)

Oe, Kenzaburo, 1935-
    Jovens de um novo tempo, despertai! / Kenzaburo
Oe ; tradução do japonês Leiko Gotoda. — São Paulo :
Companhia das Letras, 2006.

    Título original : Atarashii hito yo mezameyo.
    ISBN 85-359-0850-1

    1. Romance japonês I. Título.

06-3567   CDD-895-635

Índice para catálogo sistemático:
1. Romances : Literatura japonesa   895-635

[2006]
Todos os direitos desta edição reservados à
EDITORA SCHWARCZ LTDA.
Rua Bandeira Paulista, 702, cj. 32
04532-002 — São Paulo — SP
Telefone: (11) 3707-3500
Fax: (11) 3707-3501
www.companhiadasletras.com.br

Sumário

1. Canções da inocência, canções da experiência, 7
2. Um frio menino de pé no ar em tumulto, 37
3. Desce, desce, cortando a imensidão com gritos de aflição, 77
4. O espectro de uma pulga, 98
5. A alma desce como estrela cadente até o osso de meu calcanhar, 146
6. Que a alma acorrentada se erga e olhe em volta, 188
7. Jovens de um novo tempo, despertai!, 245

1. Canções da inocência, canções da experiência

Sempre que vou ao exterior por períodos mais ou menos longos, até mesmo a trabalho, e me transformo num ser sem raízes em ambiente desconhecido, tomo uma medida que me ajuda a enfrentar eventuais crises ou ao menos a preservar o equilíbrio emocional. Tal medida consiste apenas em levar comigo os livros que eu lia antes de partir. Neste momento, por exemplo, estou realmente sozinho em terra estranha, mas venho conseguindo me recompor dos efeitos de sustos, exasperações e melancolia que me acometem ao continuar a leitura dos mesmos livros que lia poucos dias antes em Tóquio.

Nesta primavera, viajei pela Europa. Ou melhor, eu e uma equipe de televisão cobrimos às pressas a rota de Viena a Berlim, em cujo percurso não encontrei nenhum sinal de verde, já que não havia brotos nas árvores, e em matéria de flores vi apenas as que desabrocham antes das próprias folhas, como as forsítias de agressivo amarelo e os açafrões, cujos botões também desprovidos de folhas despontam diretamente sobre a terra. Na viagem, levei comigo quatro livros de Malcolm Lowry da coleção Modern

Classics, da Editora Penguin, escritor que eu vinha lendo de maneira ininterrupta nos últimos dois ou três anos. Aliás, não só lendo como também cuidando de anotar as metáforas que essa leitura fazia explodir em minha mente para, com base nelas, escrever uma série de peças curtas. Eu decidira ler mais uma vez esse autor ao longo da viagem e ao fim dela dizer: "Muito bem: agora, o ciclo Lowry está encerrado para mim". Em seguida, daria os livros de presente a meus companheiros de viagem. Em minha juventude, nunca fui capaz de me ater por muito tempo à leitura de um único escritor, premido como me sentia pela ansiedade. Uma vez passada a idade madura, porém, percebo afinal a existência de um grupo de autores sobre o qual gostaria de focalizar a atenção desde a velhice até o momento de minha morte. Eis por que sou às vezes obrigado a encerrar o ciclo de leitura de alguns autores dessa maneira deliberada.

No decorrer desta viagem em que me desloquei por diversos pontos num ritmo vertiginoso nunca antes experimentado por mim — mas durante a qual, apesar de tudo, consegui manter agradável relacionamento com a equipe televisiva, que se movimentava de acordo com a peculiar lógica dessa profissão — fui, portanto, lendo um a um, no interior de aeroplanos e de trens, ou ainda em quartos de hotéis, os livros de Lowry que eu grifara com tinta vermelha em inúmeras ocasiões anteriores. E então, momentos antes de o trem chegar a Frankfurt, onde a tarde caía, tive a oportunidade de me sentir uma vez mais fortemente atraído por um trecho do romance *Forest Path to the Spring* (Uma passagem para a fonte na floresta), na minha opinião uma das obras mais belas de Lowry, em que o narrador, ele próprio escritor e compositor, eleva uma prece rogando inspiração divina.

Digo uma vez mais atraído porque, embora a prece já me houvesse impressionado vivamente numa leitura anterior a ponto de me fazer citar sua metade inicial num de meus romances, o que atraíra dessa vez minha atenção tinha sido a metade final, isto é, o trecho que se segue àquele que antes me parecera tão importante. Frustrado em sua tentativa de compor uma música que teria por tema um mundo novo onde o próprio narrador renasceria, ele clama "ó Senhor meu Deus", e suplica: "Eu, repleto de pecados, não consigo me livrar dos maus pensamentos, mas permiti-me ser verdadeiramente vosso servo transformando esta obra em coisa grandiosa e bela, e se meus motivos são obscuros, e as notas dispersas e com freqüência inexpressivas, ajudai-me por favor a ordená-las, or I'm lost...".*

E foi essa quase meia linha final transcrita acima na língua original que, realçada é claro pelo contexto, atraiu minha atenção de maneira particular. Senti que recebia um sinal: "Vamos, é chegada a hora de se despedir de Lowry e de mergulhar num novo mundo, onde deverá permanecer alguns anos outra vez", dizia a voz, talvez de um patrono, a me indicar com gentileza mas claramente o conjunto das obras de certo poeta... Era noite de domingo, e recrutas que tinham voltado para casa na sexta-feira estavam de partida outra vez para suas bases. Enfileirados junto às janelas no corredor do vagão-dormitório, alguns jovens soldados que mais pareciam estudantes despediam-se da cidade arrancando um som alto e prolongado de pequenas trombetas providas de válvulas de compressão, enquanto diversos outros, que ainda continuavam na plataforma, eram persuadidos a embarcar por suas namoradinhas de ar adolescente. Casais abraçavam-se ainda uma última vez com pena de se separar. E o fato de eu próprio ter desembarcado no meio dessa multidão confu-

---

* "I, being full of sin, cannot escape false concepts, but let me be truly Thy servant in making this a great and beautiful thing, and if my motives are obscure, and the notes scattered and often meaningless, please help me to order it, or I am lost..." (N. T.)

sa constituiu-se também em mais um motivo para aclarar a minha própria idéia de despedida.

Ao sair da estação rumo ao hotel, eu já levava comigo as obras completas de William Blake editadas pela Oxford University Press num único volume, que eu comprara na livraria da estação ferroviária enquanto esperava a equipe televisiva descarregar o numeroso equipamento. E depois de muitos anos, mais de dez, talvez, tornei a me concentrar na leitura de Blake a partir dessa noite. Abri o livro e a primeira página trazia os seguintes versos: "Pai! Pai! Aonde vais?/ Ah, não andes tão depressa./ Fala, pai, com teu filhinho/ senão me perderei...". Esta última linha, na língua original, é *"or else I shall be lost"*.*

Eu havia traduzido o trecho acima catorze anos atrás — (após cuidadoso exame dei-me conta de que na verdade mais tempo transcorrera além dos "muitos anos, mais de dez, talvez" mencionados acima, e que nos últimos tempos venho incorrendo com freqüência em erros semelhantes ao relatar fatos passados) — e o inserira num romance escrito na época com o intuito de superar uma crise especialmente grave surgida entre mim, o pai, e meu primogênito deficiente. E não seria o fato de estar naquele momento pressentindo a aproximação de nova crise semelhante entre mim e meu filho a razão de me sentir atraído pelo universo desse poeta que sobre mim exercera influência tão especial, e de a ele tentar retornar? Caso contrário, por que haveria eu de sentir vínculo tão íntimo entre as frases *"Or I am lost"*, de Lowry, e *"Or else I shall be lost"*, de Blake? Insone numa cama de hotel em Frankfurt, apaguei inúmeras vezes a luz da cabeceira enquanto meus pensamentos inquietos acabavam sem-

---

* *"Father, father, where are you going/ O do not walk so fast./ Speak father, speak to your little boy/ or else I shall be lost..."* (N. T.)

pre por retornar ao livro de Blake, em cuja capa vermelha havia o desenho em preto de um homem nu prestes a tombar.

Por ocasião do nascimento do meu primogênito, que veio ao mundo com malformação craniana, eu havia escrito um romance em que citava uma frase de Blake. Hoje, pergunto-me com certo assombro como é que me fora possível ter na memória essa passagem de Blake numa época em que, jovem ainda, meu repertório de livros lidos era insignificante e, além do mais, juntar a essa citação a descrição de uma xilogavura do próprio Blake constante no livro *Viagem ao Egito*, cujo tema é a peste. "*Sooner murder an infant in its cradle than nurse unacted desires...*" Melhor matar uma criança no berço do que acalentar suas ambições incipientes, traduzi eu há vinte anos, época em que escrevi esse romance.

Pois a estrofe final de "O menino perdido" em *Canções da inocência* que citei acima diz: "A noite estava escura, o pai ausente/ O menino ao sereno se molhou/ O pântano era fundo, ele chorou/ E a névoa se esvaiu completamente".*

Março chegava ao fim, mas em Frankfurt ainda havia névoa ao entardecer. Dentro de duas ou três semanas seria Páscoa, data em que o povo europeu comemora morte e renascimento entrelaçados em grotesco realismo, e que até então eu só conhecia conceitualmente; naquele momento, porém, senti compreender pela primeira vez por que esse povo aguarda a data com tanta ansiedade e a festeja com tamanha pompa. Tais eram meus pensamentos enquanto contemplava, da janela onde fui parar, insone, as ruas ornadas por gigantescas castanheiras-da-índia, em cujos galhos não havia ainda sinal de brotação

---

* "*The night was dark no father was there/ The child was wet with dew./ The mire was deep, & the child did weep/ And away the vapour flew.*" (N. T.)

11

e em cujas copas negras e nuas a névoa enroscada aninhava a luz proveniente das lâmpadas dos postes...

Quando desci no aeroporto de Narita, a primavera japonesa estava quase teminando, e embora eu mesmo sentisse espírito e corpo se descontraírem ante a leveza da estação, a disposição tanto de minha mulher como de meu segundo filho, que vieram me buscar, parecia não se coadunar com a minha. Em vez de embarcarmos em ônibus do aeroporto rumo a Hakozaki, como sempre fazíamos, tomamos o carro que a rede de televisão havia posto à minha disposição. Mas mesmo depois de acomodados no interior do veículo, os dois não tentaram romper o silêncio. Largados sobre o assento do carro com ar exausto, davam a entender que haviam, à maneira deles, travado duro combate em circunstâncias adversas. Embora eu soubesse que minha filha não pudera vir me buscar por estar sobrecarregada com lições e provas, agora que cursava o último ano ginasial, a ausência de meu filho mais velho me era incompreensível, mas tanto minha mulher como meu segundo filho nada diziam a respeito.

A princípio, corri o olhar pela paisagem que se descortinava à luz vacilante do entardecer, mais interessado num bosque com brotos vigorosos despontando das árvores do que em procurar restos de floradas. Aos poucos, porém, insinuou-se em minha mente, com uma ponta de ansiedade, a lembrança de que, na metade final da viagem, eu me abstraíra diversas vezes durante a leitura de Blake por pressentir que uma nova crise na relação entre mim e meu primogênito se avizinhava, crise que aliás envolveria a família inteira. E com o intuito de me escudar contra o choque do momento em que minha mulher, com seu ar exausto, me revelasse alguns sintomas dessa crise que realmente já começara, eu também me mantinha em silêncio, apenas contemplando os brotos no arvoredo, dando-me conta ao mesmo tempo de que protelava o instante em que me veria obrigado a perguntar: "E como tem passado Iiyo?" —, pois assim chamarei meu filho deficiente, do mesmo modo que em alguns de meus romances anteriores. Mas o percurso entre o aeroporto de Narita e minha casa, em Setagaya, é realmente longo. Em algum momento minha mulher com certeza quebraria o silêncio. E uma vez quebrado o silêncio, ela não teria outro recurso senão falar dessa situação que lhe abafava a alma como um manto negro. E então minha mulher me relatou numa voz baixa e deprimida que soou incerta como a de uma criancinha: "Iiyo se comportou mal, muito mal!". E o que em seguida me disse, num tom contido que traía a preocupação de não ser ouvida pelo motorista, foi o seguinte.

Cinco dias depois de eu partir para a Europa, um estranho tipo de obsessão pareceu tomar conta de meu primogênito, que se tornou violento. Sobre a natureza dessa obsessão, minha mulher não quis falar nem no interior do carro, certamente por julgar que soaria inusitado aos ouvidos do motorista, nem logo depois de chegarmos em casa; ela só foi me esclarecer de fato depois de ajustar a fralda noturna em Iiyo e de pô-lo na cama. Ele estava para passar do primeiro para o segundo ano colegial de uma escola especial para deficientes, e naquele dia, o primeiro das férias escolares da primavera, sua classe organizara uma pequena reunião familiar de despedida. Alunos e parentes se reuniram no Parque Familiar Kinuta, situado nas proximidades da escola e, a dada altura, resolveram brincar de pega-pega. Ficou estabelecido que os filhos seriam os pegadores e que cada um perseguiria a própria mãe. E no instante em que minha mulher começou a correr em companhia das outras mães, ela viu, apesar da distância, que meu filho se tornava frenético. Apavorada, ela parou, momento em que meu filho a alcançou e a derrubou com um golpe rasteiro de judô, cuja técnica aprendera na escola durante as aulas de educação física. Jogada de costas no chão, minha mulher sofreu não só corte hemorrágico no couro cabeludo como também concussão cerebral que a impediu de se erguer por alguns momentos. Professores e mães presentes insistiram com meu filho para que se desculpasse, mas, com as pernas afastadas e plantadas com firmeza no chão, ele continuou em obstinado silêncio a olhar ferozmente para baixo.

Depois de chegar em casa naquele dia, minha mulher, preocupada, observou o comportamento do primogênito e o viu entrar no quarto do irmão menor para atormentá-lo com gravatas e empurrões. Contudo, orgulhoso como era, o irmão menor não havia chorado nem se queixado à mãe. E mesmo agora, no interior do carro, ouvia o relato da mãe rígido e cabisbaixo, como se sentisse muita vergonha, sem negar nenhum dos fatos que estavam sendo reportados. Quanto à minha filha, sempre prestimosa e pronta a cuidar até das fraldas do irmão mais velho excepcional, viu sua dedicação ser recompensada com hostilidade, e dele chegou a levar um soco no meio do rosto, cena também presenciada por minha mulher. Como fatos semelhantes se sucederam, minha família, intimidada e até irritada, deixou de se importar com o primogênito que, sem ter o que fazer em seu período de férias escolares, passou a ouvir música no toca-discos em volume altíssimo durante o dia inteiro. E depois — isto também me foi contado por minha mulher tarde da noite em que cheguei em casa —, cerca de três dias antes, enquanto o resto da família ainda jantava agrupado num canto da sala (ninguém conseguira acompanhar a alucinante rapidez com que meu primogênito terminara a refeição, já que empurrara de uma só vez para dentro da boca quase toda a comida que havia no prato), Iiyo trouxera uma faca da cozinha, empunhara-a diante do pei-

to com as duas mãos, postara-se ao lado de uma cortina no canto mais distante da família e ficara observando o jardim às escuras, aparentemente perdido em pensamentos...
— Achei que a única solução seria interná-lo num hospital. Ele já se igualou a você em peso e altura, e nós não podemos mais com ele... — disse minha mulher.
Ela então se calou. Depois disso, nós todos, inclusive meu segundo filho, que se conservara mudo o tempo inteiro, quedamo-nos completamente imóveis pelo longo trajeto restante, como se uma sombra gigantesca e sinistra nos envolvesse. Embora àquela altura eu ainda não tivesse ouvido nada a respeito do episódio da faca ou da estranha idéia fixa que se apossara de meu filho, senti que se tornava difícil enfrentar o cansaço acumulado durante a viagem à Europa.

Então, num claro processo involutivo que nos acomete nesse tipo de situação, antes ainda de examinar com atenção o que minha mulher acabara de me contar, optei por desviar meus pensamentos e por me lembrar de outro poema de Blake. Contudo, em atenção à minha mulher sentada a meu lado com meu segundo filho posto de permeio, não cheguei a retirar da mochila sobre os meus joelhos o livro de Blake editado pela Oxford University Press.

Em *Canções da experiência*, há um poema bastante conhecido no qual o menino do título vem acompanhado de artigo indefinido, "Um menino perdido". Diferente do menino precedido por artigo definido em *Canções da inocência*, o primeiro tem personalidade independente e desafia o pai. "Ninguém mais que a si mesmo a outrem ama/ Nem dessa forma a outro alguém venera./ Nem tampouco se pode imaginar/ Que alguém maior do que si próprio seja./ Como posso então, meu pai,/ Amar mais a ti ou a qualquer dos meus irmãos?/ Eu te amo tal como ama um passarinho/ Que migalhas recolhe à tua porta."*

Ao ouvir isso, um inspetor que se achava a seu lado enfureceu-se e, não contente em apenas arrastar o menino à prisão, acusou-o também de ser um demônio. "Em lugar santo foi ele queimado/ Tal como muitos outros antes dele:/ Os pais chorando em vão se lamentaram./ Coisas assim ainda acontecem em Albion?"**

Finalmente, o carro que levava a deprimida família chegou em casa, e minha filha surgiu no vestíbulo às escuras enquanto descarregávamos as malas. Assim como a mãe e o irmão menor, ela também me pareceu claramente abatida, mas, ao vê-la, ao menos senti dissipar-se a inquietação e a pergunta que eu não havia conseguido formular à minha mulher ainda no carro: "Tem certeza de que podia ter deixado os dois sozinhos em casa neste momento em que a relação entre vocês e Iiyo está tão comprometida?". E então, ainda que sem grande entusiasmo, cumprimentamo-nos com exclamações de alegria pelo reencontro e fomos todos para a sala de estar, onde, acomodado no sofá, Iiyo continuava a ler uma revista de sumô. Vestindo a calça preta do uniforme escolar grande demais para ele e uma camisa velha minha, esta, ao contrário, pequena demais, estava ajoelhado sobre o sofá com as nádegas para o ar e, nessa posição insólita, acompanhava atentamente na revista a pontuação obtida pelos lutadores de sumô da segunda divisão no campeonato da primavera, recém-terminado. Eu via algo ambivalente nas cos-

---

* "Nought loves another as itself/ Nor venerates another so./ Nor is it possible do Thought/ A greater than itself to know./ And Father, how can I love you,/ Or any of my brothers more?/ I love you like a little bird/ That picks up crumbs around the door." (N. T.)
** "And burn'd him in a holy place/ Where many have been burn'd before:/ The weeping parents wept in vain/ Are such things done on Albion's shore?" (N. T.)

tas e nas pernas de meu filho. Durante toda a minha viagem, meu *alter ego* permanecera ali, mas, ao mesmo tempo, ali também havia estado o meu filho firmemente resolvido a me repelir. Embora fosse natural para mim sobrepor a minha imagem à de meu filho, semelhante a mim em peso e altura, assim como no aspecto levemente encurvado das costas gordas e no hábito de passar os dias a ler naquele mesmo sofá — no meu caso, deitado de costas —, percebi também que meu filho (assim como o outro filho que era meu *alter ego*) rejeitava o pai claramente naquele momento, não de modo simples e circunstancial, mas por um processo basal, tortuoso e ininterrupto.

— Iiyo, papai chegou. E como foi o campeonato de sumô? Asashio ganhou? — perguntei, ao mesmo tempo que sentia sobre mim o peso real da depressão que envolvera o resto da família.

Mas até então eu ainda não tinha visto os olhos de meu filho. E foram seus olhos que, na noite do meu retorno, me puseram frente a frente, sem subterfúgios, com o núcleo do problema que estava por acontecer, ou melhor, que já estava acontecendo... Eu havia comprado uma gaita de boca para ele em Berlim. Meu segundo filho, que havia ganho um canivete suíço, levou a gaita até onde estava o irmão mais velho, mas este, que já tinha se recusado a atender ao meu chamado e a descer do sofá, nem se voltou para olhar o presente. Ele só abriu a caixa de papelão e dali tirou a gaita depois que o interpelei diversas vezes no decorrer do jantar, e ainda assim apenas para, desanimado, manusear, como se fosse algo estranho e temível, o longo instrumento musical que podia ser tocado de ambos os lados — reação que, aliás, considerei inusitada, pois Iiyo não só já lidara com gaitas de boca antes como também demonstrara nos últimos tempos grande interesse por qualquer tipo de instrumento musical e deles fora capaz de obter alguns acordes de imediato. Instantes depois, começou a extrair alguns sons da gaita, mas como a empunhava de viés e soprava num único orifício, o som, simples, lembrava o do vento. Ele parecia temer que, em vez de obter um acorde, uma horrível dissonância lhe morderia a ponta do nariz caso soprasse em dois ou mais orifícios. Por fim, ergui-me da mesa onde estivera tomando o uísque comprado em *duty-free shop* e, consciente da tensão que enrijecera instantaneamente o restante da família, caminhei na direção de Iiyo, que se tinha recostado de viés no sofá com o corpo retesado e lembrava uma faca cravada ali. Sem mudar de posição, meu filho agarrou a gaita por uma das extremidades, ergueu-a perpendicularmente diante do nariz com as duas mãos como se empunhasse uma clava e olhou para mim. Seus olhos me chocaram. Tão congestionados que pareciam arder em febre, eram cruentos e revestidos de um lustro amarelado que lembrava o da resina. Olhos de fera no cio que, levada pelo ímpeto sexual, esvaíra-se em lascívia, cujos efeitos ainda sofria. Logo, ao período de ação frenética se seguiria o de embotamento, mas algo ainda rugia oculto em seu corpo. Meu filho tinha sido consumido internamente por essa besta exaltada e me fitava com o olhar perdido, como se nada pudesse fazer para se defender dela, mas suas sobrancelhas negras, seu nariz imponente e seus lábios vermelhos continuavam relaxados e inexpressivos.

Comovido, permaneci em silêncio, apenas contemplando aqueles olhos erguidos para mim. Quando minha mulher se aproximou e disse a meu filho que já era hora de dormir, ele obedeceu mansamente e subiu, levando consigo o jogo de fraldas que usaria naquela noite. Antes, porém, deixou cair a gaita de boca como se até então tivesse apenas segurado casualmente um objeto sem nenhum significado para ele. Ao passar, roçou por mim e, de relance, lançou-me um olhar que me trouxe à mente a imagem de um cão que, de tanto rir na ausência de seres humanos, acabou por ficar com os olhos congestionados.

— Do mesmo jeito que segurou a gaita há pouco, Iiyo empunhou a faca, encostou à cabeça ali na cortina e ficou imóvel, espiando o jardim, sabe? Sua imobilidade era tão grande que tivemos medo de chamá-lo ou de lhe dizer qualquer coisa durante todo o tempo que durou a refeição — disse minha mulher, depois de pôr meu filho na cama, sobre o episódio da faca que relatei acima.

Ela também me contou a respeito das coisas estranhas que meu filho andara falando. Realmente, agora que estou em casa, Iiyo não se rebela contra minha mulher e, se ouve dizer que vão me buscar no aeroporto, é capaz de esperar em casa pacificamente com a irmã sem que ninguém precise supervisioná-lo. Destarte, considero perfeitamente natural que, ao ver meu filho se tornar violento, minha mulher tivesse tentado controlá-lo ameaçando contar tudo para mim assim que eu retornasse. Contudo, meu filho, que na ocasião ouvia uma sinfonia de Bruckner a todo o volume numa emissora FM, respondera com berros que sobrepujaram facilmente a sinfonia:

— Não, nada disso, meu pai morreu!

Minha mulher ficou completamente aturdida, mas conseguiu se recompor e tentou corrigir a confusão mental de meu filho. Não, o pai não morrera: assim como fizera outras vezes em que se ausentara por longos períodos, ele apenas tinha ido ao exterior e vivia lá, não, ele não morrera. Do mesmo jeito que voltara anteriormente da viagem, também desta vez ele retornaria, minha mulher tentara convencê-lo, esbravejando na tentativa de se fazer ouvir acima da sinfonia de Bruckner, a qual descobri tratar-se da Número 8 em Dó Menor depois de verificar, com disposição sombria, a grade de programação das emissoras FM numa revista sobre a mesa. Meu filho, porém, continuou a contradizê-la e a insistir teimosamente:

— Não senhora, meu pai morreu! Ele morreu!

A despeito da óbvia estranheza, esse extraordinário diálogo travado entre mãe e filho tinha certa coerência.

— Você sabe que ele não morreu, não é, Iiyo? Ele está viajando, certo? Tanto assim que vai voltar no próximo domingo!

— É mesmo? Ele volta no próximo domingo? Ele pode até voltar, mas agora morreu! Meu pai morreu!

A Sinfonia nº 8 de Bruckner reboava, interminável e, enquanto dialogava aos berros com o filho, minha mulher começou a sentir que as forças lhe faltavam, como se o corte sofrido no Parque Familiar Kinuta recomeçasse a sangrar. Aliás, o que mais contribuíra para deprimi-la foi imaginar de repente que esse diálogo poderia realmente acontecer no futuro, quando então o pai teria de fato morrido, mas ela estaria insistindo que isso não acontecera na tentativa de controlar o filho...

Apesar de tudo, na manhã do dia seguinte ao de meu retorno, consegui encontrar um meio de restabelecer contato com meu filho e, em decorrência, a família toda fez as pazes com ele. Apesar de não ter conseguido dormir até quase o dia clarear, eu estava à mesa com meus filhos durante a refeição matinal. (Sentado de viés em relação à mesa e longe do resto da família, Iiyo levava o *hashi* à boca lentamente, como se houvesse chumbo em seus braços. Desde que começara a tomar Hidantol, um remédio antiepiléptico, seus movimentos eram sempre letárgicos no período da manhã e ele parecia não ouvir nada do que eu ou minha mulher lhe dizíamos.) Terminada a refeição, as crianças, ainda em férias escolares, retiraram-se para seus quartos e eu tornei a cair no sono no sofá que Iiyo havia monopolizado até o dia anterior.

Passados alguns instantes, senti despertar em mim certa lembrança da minha meninice, ou melhor, reconstituir-se integralmente em meu íntimo um episódio ocorrido em local e dia determinados desse período, e tocado por uma nostalgia tão intensa que quase chegava a ser palpável, estremeci e acordei. Eu estava a ponto de chorar. Sentado no chão, perto da ponta do sofá, meu filho usava os cinco dedos da mão direita em concha para acariciar de leve, com infinito cuidado, como se tocasse um objeto frágil e macio, o meu pé que espiava da borda da coberta. Falava em voz serena e baixa, em tom de monólogo ou de alguém em busca de afirmação, e foram essas palavras, ouvidas momentos antes de acordar, que evocaram em mim aquela sensação de nostalgia condensada, frágil e trêmula como um bloco de gelatina viva.

— *Pé, tudo bem, pé? Você é um pé bonito, muito bonito! Tudo bem com você, pé? E a gota, como vai? Pé bonito, muito bonito!*

— Iiyo, o pé está bem. A crise de gota já passou, ouviu? O pé está bem — disse eu quase no mesmo tom de seu murmúrio.

Nesse momento, meu filho ergueu o olhar para mim e me fitou: ele parecia ofuscado, é verdade, mas recuperara o olhar com que costumava me fitar antes da viagem.

—Ah... *o pé está bem? O pé é bonito, não é? Ele é realmente maravilhoso!* — disse.

Depois de alguns instantes, meu filho se afastou do meu pé e, apanhando a gaita de boca que havia deixado cair na noite anterior, tentou tirar alguns acordes. Logo, aos acordes se seguiram melodias. Iiyo parecia ter compreendido as diferentes funções dos orifícios existentes nos dois lados do instrumento, pois tocou em diversos tons uma melodia simples e bela que só posso comparar a uma das sicilianas de Bach. Para o almoço, foi com prazer que eu mesmo preparei um espaguete à carbonara. Depois de ver meus dois filhos menores à mesa, chamei Iiyo, e ele respondeu com uma voz límpida e vibrante, tão repleta de meiguice que fez minha mulher rir alto.

— Defini o meu pé para Iiyo. Essa foi a pista que abriu a via de comunicação com ele — disse eu à minha mulher. — Eu vinha prometendo a ele que lhe daria a definição de todas as coisas deste mundo, sabe? Mas até agora a única definição mais precisa que consegui lhe dar foi a do meu pé, e mesmo ela acabou não sendo invenção minha, e sim conseqüência da gota.

Definição. Um livro contendo a definição de todas as coisas existentes no mundo. Para demonstrar que eu estava retornando de fato, ou talvez caminhando outra vez na direção de Blake, conforme pressentimento descrito anteriormente, quero antes de mais nada esclarecer que, ainda no estágio de planejamento desse livro de definições destinado a princípio a explicar em termos fáceis a Constituição, ou seja, cerca de dez anos antes, eu já o intitulara *Canções da inocência, canções da experiência*, de acordo com Blake.

Eu pretendera desenvolver o trabalho em forma de livro infantil ilustrado, mas até agora o livro não foi além da fase de planejamento. Há cerca de oito anos, falei sobre o poder da imaginação infantil numa palestra e, na ocasião, declarei o seguinte. (Nessa altura, eu já havia tentado concretizar o projeto diversas vezes e sentira as dificuldades que cercavam a empreitada. Penso agora que falar disso publicamente tenha sido uma tentativa de me impor a realização desse projeto.)

"Ultimamente, venho pensando em escrever, para o meu filho e para os amiguinhos dele que freqüentam esta escola especial, uma espécie de manual que futuramente os habilite a viver neste nosso mundo. Eu poderia explicar o mundo, a sociedade e o ser humano em termos compreensíveis a todas as crianças em escolas especiais, e lhes dizer: 'E agora, amiguinhos, sigam em frente com ânimo e coragem, sem se esquecer de nenhum dos pontos que acabo de lhes explicar'. Eu poderia, por exemplo, explicar-lhes o que é a vida de modo conciso e fácil de compreender. E eu nem teria de escrever o livro inteiro. Os meus muitos amigos com certeza não se negariam a escrever para o meu filho — o senhor T, sobre música, por exemplo. Assim, iniciei esse projeto, mas a realidade me confrontou com um acabrunhante volume de dificuldades. Eu tinha vontade de escrever de maneira a estimular vivamente a imaginação infantil, mas a todo passo dava-me conta de que a realidade a ser descrita não o permitia."

Depois de transcrever fielmente o que eu disse em público naquela ocasião, dou-me conta agora de que não fui completamente sincero. Eu havia dito que pretendia escrever um livro com definições do mundo, da sociedade e do ser humano para o meu filho e para os amigos dele que freqüentavam a escola especial. Que a Constituição seria também um dos temas centrais do livro. Neste último aspecto, dou também a entender que a realidade respaldada pela Constituição torna impossível escrever de maneira concisa, exata e ao mesmo tempo capaz de despertar a imaginação nas crianças. Não estou agora afirmando que nada do que eu disse corresponde à realidade. Mas, verdade seja dita, a raiz do problema estava em mim, e não fora de mim. Falando com mais clareza, ou melhor, com mais coragem ainda, a causa de todo o problema era a minha preguiça. E na base dessa preguiça escondiam-se impotência e medo, os quais, por sua vez, resultavam da percepção de minha própria incapacidade. Eu já tinha concebido esse projeto antes ainda de meu filho começar a freqüentar a escola. Naquele tempo, compus um esboço para uma criança pequena que nunca havia saído de casa e, depois, fui alterando aos poucos a redação conforme meu filho e seus colegas progrediam do curso primário para o secundário. Contudo, neste momento em que meu filho já se encaminha para a segunda série colegial da escola especial, dou-me conta de que, até agora, só consegui lhe oferecer uma única definição segura: a do pé, pé bonito, e ainda assim graças a uma crise de gota que eu sofrera tempos atrás.

    Na época em que tive a crise de gota, meu filho iniciava o curso secundário na escola especial, e sua mente registrou para sempre a imagem do pai — naquele tempo mais forte e maior que ele — impotente e totalmente dominado pelo dedão do pé vermelho e intumescido, incapaz de suportar até mesmo o peso de um lençol sobre o dedo inflamado, um pai que à noite dormia (aliás muito pouco sem ingerir bebida alcoólica) com o pé exposto, que de dia permanecia deitado no sofá da sala de estar e que para ir ao banheiro tinha de se locomover de gatinhas com os pés no ar. Meu filho tentava a todo custo ajudar o pai incapacitado. Enquanto eu rastejava pelo corredor sentindo na canela a dor de caminhar daquele jeito, meu filho corria a meu lado como um cão pastor que tenta reconduzir a ovelha desgarrada e, obeso e desajeitado como era, algumas vezes lhe acontecia de cair com todo o peso do corpo justo sobre o meu pé doente. Eu urrava de dor, literalmente, mas seu jeito de se encolher por inteiro em reação ao meu grito me fazia pensar, por um louco instante, se eu não seria um pai abrutalhado, do tipo que espanca o filho. Essa idéia gravou-se em mim como uma chaga. O tempo passou e, conforme as crises de gota abrandavam, meu filho resolveu falar diretamente com o pé, tocando a raiz ainda rosada do dedão com os cinco dedos da mão em concha enquanto sustentava o corpo com a outra mão para evitar tombar para a frente: *"Pé bonito, você está bem? Sabe que você é muito bonito, pé?"*.

    — O episódio não estaria a indicar que essa questão da morte do pai tornou-se pela primeira vez compreensível para Iiyo? Seja como for, Iiyo se comportou realmente mal, a respeito disso não há dúvida — disse eu à minha mulher. — E quanto ao aspecto difícil de se compreender nessa questão, ou seja, o de ele achar que as pessoas voltam depois de mortas, creio que entenderemos a origem dessa idéia se o vigiarmos doravante com atenção. Iiyo não costuma falar só por falar. E, depois, acho que eu mesmo tive pensamentos semelhantes nos meus tempos de criança... Seja como for, a verdade é que eu viajei e demorava a voltar e, nessas circunstâncias, não seria natural que ele tenha sido levado a pensar no que se seguiria à minha morte? O pai tinha ido para um lugar distante, e a experiência acumulada no campo emocional lhe dizia que isso equivalia a morrer; e se além de tudo ele viu, embora como parte de um jogo, até a mãe lhe fugir e deixá-lo para trás, acho que teve motivos suficientes para ficar frenético. Pois o jogo, principalmente para crianças, é modelo de realidade. Pensando bem, o jeito como ele empunhou a faca, por exemplo, me parece defensivo, e se ele ficou imóvel espiando além da cortina nessa posição, não teria sido com o intuito de vigiar os inimigos externos e de proteger a família de um eventual ataque deles, agora que o pai morrera? Algo me diz que sim.

Em seguida eu disse, não para minha mulher, mas para mim mesmo, e portanto em pensamento: uma vez que meu filho pondera com a seriedade que lhe é possível sobre o que lhe acontecerá depois de minha morte, eu mesmo, como pai, não teria a obrigação de deixar de lado qualquer receio ou preguiça e de prepará-lo para esse tempo depois de minha morte, aliás inevitável, e para a relação dele com o mundo, a sociedade e o ser humano?

Vou, portanto, deixar de lado a dúvida quanto à minha capacidade de escrever de maneira facilmente compreensível para o meu filho e me esforçar por compor esse livro de definições, um manual completo que o ensine a não se perder jamais nos meandros da vida e a se relacionar devidamente com o mundo, com a sociedade e com o ser humano, muito embora já se tenha tornado bastante claro para mim que tal empreitada é impossível. Vou escrever o livro de definições do mundo, da sociedade e do ser humano nem tanto para dedicá-lo a meu filho, mas com o objetivo de purgar e de incentivar a mim mesmo. A experiência da gota forneceu a meu filho uma definição lúcida de pé, mas, ao compreender essa definição, ele me concedeu também a oportunidade de compreender o significado da expressão "pé bonito". Neste momento, em obediência à impetuosa necessidade surgida durante a viagem à Europa, vou me concentrar na leitura de Blake por algum tempo. Mas não me seria possível também escrever de maneira simultânea o livro de definições do mundo, da sociedade e do ser humano? Agora, porém, não na forma de um manual facilmente compreensível a meu filho e aos colegas dele, mas na de um romance em que eu falaria, antes de mais nada, das experiências que me possibilitaram chegar a certa definição que neste momento considero de suma importância para mim e, depois, do intenso desejo que me queima internamente de transmitir tais experiências a todos os seres de alma inocente...

Tempos atrás, alimentei uma fantasia. Cheguei até a escrever sobre isso. No dia de minha morte, toda a experiência acumulada em mim fluiria para o espírito inocente de meu filho. Se porventura tal fantasia se tornasse realidade, meu filho enterraria no seio da terra o pai que já então teria se transformado num punhado de cinzas e ossos e, depois, leria o livro de definições que vou escrever agora. Mas pode até ser que eu esteja me apegando a esse tipo de fantasia infantil apenas para desviar meus pensamentos das provações que estarão à espera de meu filho num mundo onde eu já teria deixado de existir...

Dentre as definições de "rio", uma existe registrada em minha memória de maneira tão límpida quanto a de "pé bonito", esta última uma propriedade tanto minha quanto de meu filho. E como foi clara e simples essa definição em que o próprio autor, o sr. H, quase não precisou usar palavras! Cerca de dez anos atrás, embarquei num avião com o já idoso escritor sr. H e voava para o leste de Nova Délhi. Naquele momento, o sr. H desfez a impressão de que dormitava ao apontar para a janela com um gesto decidido e me chamar a atenção para o rio que corria abaixo de nós e que deixava uma marca sinuosa e profunda, como a de uma costura desfeita, sobre as terras férteis cor de argila de Bengala. Segundos depois, o sr. H recostou-se outra vez no assento, cujo encosto deixara tombado para trás, e fechou os olhos, momento em que me debrucei sobre seus joelhos e espiei a paisagem que se descortinava da janela. (Pouco antes de embarcarmos naquele avião, certo acontecimento me fizera imaginar que um conflito havia surgido entre mim e o sr. H, mas acabamos por nos entender em seguida e, naquele instante, suas palavras, ou melhor, sua atitude me deu mais ânimo.) Em parte por causa do movimento do avião, que a essa altura já voava em círculos preparando-se para a aterrissagem, o rio, que só posso descrever como verdadeiramente indiano ou como "rio dos rios", ocupava todo o campo visual e acrescentou uma nova imagem à outra, original, que eu já possuía dele, qual seja, a imagem de águas límpidas a correr pelos vales cercados de florestas de Shikoku, meu torrão natal. O rio que eu via agora tinha cor de argila um pouco mais clara que a da superfície da terra e, embora não desse nenhuma indicação do rumo que seguia, sem dúvida também corria na direção do mar. Creio que os gestos feitos havia pouco pelo sr. H — um leve movimento da mão e do pulso, e outro quase imperceptível dos lábios a escandir a palavra "rio" — são a melhor definição de rio, e eu os mantenho gravados na memória, lado a lado com a lembrança do episódio que antecedeu essa viagem aérea.

Naquele dia em que cruzei o continente indiano numa aeronave a jato, o sr. H e eu, dois japoneses perdidos no meio de indianos, tínhamos previamente aguardado durante dez longas horas o momento do embarque. E no decorrer desse tempo foram realmente muito poucas as palavras que o sr. H me dirigira: aquele "rio", que talvez tivesse sido apenas um movimento dos lábios, mais a frase "quer ler este texto?", ao me passar certa reportagem do jornal *Herald Tribune* nem bem chegáramos ao aeroporto e, antes ainda disso, as usadas para me relatar o episódio dos óculos sujos, no interior do táxi. Até momentos antes da decolagem do avião com destino a Calcutá, eu imaginava que o sr. H se mantinha em irritado silêncio porque eu, com meu desconhecimento dos costumes indianos, o levara a se apressar sem motivo. Pois naquele dia de outono, minha pressa fez com que o sr. H passasse dez horas infrutíferas num aeroporto vazio e de conformação indefinível — mais parecia um grande depósito abandonado —, quando podia muito bem tê-las passado descansando tranqüilamente em seu quarto de hotel. E assim o sr. H externava sua ira fechando todas as portas de comunicação comigo. Nascido no seio de tradicional família proprietária de agências de transporte marítimo no mar do Japão, o sr. H — que não quis se tornar mercador apesar de ter herdado o que poderia ser classificado como quintessência do humanismo acumulada em sua família tradicional — seguira para a caótica China do pós-guerra como se buscasse provações de modo proposital, e lá realmente as encontrou. Tornou-se então escritor e filósofo, e vem desenvolvendo um trabalho original, típico do pós-guerra. Mas qualquer que fosse seu passado familiar ou pessoal, ele dificilmente alteraria um aspecto de sua personalidade: quando irritado ou indignado, não recuperava o bom humor com facilidade. E para o causador de sua ira ou indignação, a missão de devolver-lhe a boa disposição se tornava quase impossível. Mas antes de ficar claro para mim que o sr. H estava irritado, ele tirou de sua pasta e me mostrou um artigo publicado no *Herald Tribune*, cujo texto sou capaz de reproduzir com exatidão. O artigo era sobre o celista russo Rostropovitch, que criticava a falta de liberdade de expressão na Rússia. Pois eu havia copiado na capa do livro que lia naquele dia as observações desse músico, que, na época, ainda se encontrava em seu país e se dedicava de corpo e alma a defender o camarada Soljenítsin. Rostropovitch dizia: "Todo ser humano deve ter o direito de expressar sem receio seus pensamentos e opiniões sobre coisas que sabe e experimentou. Não estou falando de expressar simplesmente, com leves alterações, as opiniões alheias...".

Aos poucos, foi se tornando claro para mim que a irritação do sr. H tinha como causas não somente a minha pessoa, pelo comportamento desastrado, e a companhia aérea, pelo atraso do vôo, como também a questão da supressão dos direitos humanos e da palavra na União Soviética. E o episódio dos óculos sujos, que mencionei antes, ocorreu da seguinte maneira: na ocasião, o sr. H e eu estávamos em Nova Délhi participando de um encontro de escritores da Ásia e da África, e entre os muitos escritores e poetas russos ali presentes havia uma poetisa, amiga de longa data do sr. H. Na noite anterior, o sr. H tinha discutido até altas horas com essa poetisa, que vou chamar de sra. Nefedovna, que aparentava ter, assim como o sr. H, cerca de cinqüenta e cinco anos, era miúda e possuía um ar de intelectual liberal que, aliado à beleza urbana característica das mulheres da raça judaica, a fazia parecer dez anos mais nova. Como o sr. H, testemunha de diversas guerras internacionais, não era de falar levianamente de assuntos políticos, eu me contive e não lhe fiz muitas perguntas, mas entendi que a discussão se prendia à declaração de Rostropovitch a respeito dos direitos humanos entre os russos daquela época. O sr. H mantinha bom relacionamento com os burocratas culturais russos, mas ao mesmo tempo vinha demonstrando clara simpatia pelos intelectuais e cientistas defendidos por Rostropovitch. E ao lado deles também se posicionou ao desenvolver, diante dos representantes soviéticos presentes à reunião dos escritores da África e da Ásia, sua crítica em inglês de maneira serena, bem a seu estilo, mas com estratégica perseverança e lucidez. Apesar disso, o sr. H tentara, ao que tudo indicava, convencer a sra. Nefetovna de que ela não devia correr o risco de cometer excessos ao participar dos movimentos em prol dos direitos humanos em Moscou, pois, se fosse descoberta, não só estaria impossibilitada de realizar aquelas viagens internacionais, como também de atuar dentro da Rússia como fazia até então, sobretudo por ser judia. Mas com a falta de cerimônia que a amizade desenvolvida a cada encontro internacional naqueles últimos quinze ou dezesseis anos lhe concedia, a sra. Nefetovna — essa intelectual russa "cabeça-dura", incorrigível, conforme definiu o sr. H — rejeitara as advertências dele. O sr. H usa óculos desde a infância, mas a sra. Nefetovna começara a usá-los para ler apenas nos últimos tempos, e os carrega sempre na bolsa. Poetisa conhecida e grande estudiosa do sânscrito, a sra. Nefetovna usa óculos para ler diligentemente textos técnicos, na maioria das vezes impressos em letras miúdas, mas não os mantém muito limpos, como é comum acontecer com pessoas que não formaram ainda o hábito de usá-los. Assim, o sr. H, homem meticuloso, desenvolveu o costume de limpá-los para ela; na noite anterior, porém, muito pelo contrário, ele havia tirado uns restos de sujeira do próprio bolso e os espalhara sobre as lentes da amiga.

Foi esse incidente que o sr. H me contou no interior do táxi que nos levava para o aeroporto. Ao chegarmos, o sr. H sentou-se ao balcão do bar, que acabava de abrir, começou a tomar não me lembro direito se cervejas ou algo mais forte e, uma vez ali acomodado, passou a me ignorar por completo. O avião devia partir às sete da manhã, e eu, que andara preocupado com a perspectiva de seguir viagem apenas em companhia do sr. H — na noite anterior tínhamos nos despedido do grupo de escritores japoneses —, exigira dele o cumprimento dos horários do cronograma de viagens com uma insistência realmente exagerada. Na tentativa de acordar o sr. H, percorri diversas vezes um corredor descoberto que beirava o jardim interno semelhante a um bosque — lembro-me agora de gigantescas árvores de aspecto arrasado, de troncos negros e folhas secas de tonalidade marrom-dourada que mais pareciam minerais que vegetais, e me incomoda não saber o nome daqueles espécimes tão indianos — e, ao ver que ele custava a sair do quarto, cheguei, à força de gorjetas, a mandar um mensageiro chamá-lo e o arrastei para o aeroporto. Antes de me pôr a insistir tanto, porém, não me dei ao trabalho de ligar para o aeroporto a fim de confirmar se o vôo partiria de fato no horário previsto. Apressei o motorista do táxi e com muito custo chegamos no horário previsto, mas a companhia aérea adiou diversas vezes a partida sem nenhuma explicação e, por fim, vimos a tarde chegar sem que nosso vôo tivesse sido anunciado.

O sr. H, homem bastante familiarizado com os usos e costumes da Índia e que tem até obra publicada sobre suas experiências nesse país, talvez soubesse de antemão ser impossível partirmos no horário previsto e, nessa hipótese, minha atitude teria sido mais que suficiente para provocar sua ira. Ciente disso e decidido a não permitir que o anúncio de nosso vôo pelo alto-falante passasse despercebido, postei-me diante do painel eletrônico que registrava as previsões de partidas e fiquei lendo sobre animais selvagens da Índia num livro comprado na livraria do hotel, enquanto o sr. H bebia sozinho no bar do aeroporto. Embora fosse um relato escrupuloso das memórias de certo proprietário de plantações de nome E. P. Guy e espelhasse fielmente a personalidade séria e a vida conscienciosa do autor, o livro continha alguns detalhes bem divertidos que o transformaram em leitura adequada para viajantes. E foi na capa desse livro que eu anotei as observações de Rostropovitch. Aliás, tenho neste exato momento o próprio livro a meu lado. Guy conta que, por ocasião da separação do Paquistão em 1974, amigos da região de Caxemira lhe relataram o seguinte fenômeno bastante estranho, testemunhado por eles. Na ocasião, os hindus, que veneram bois como animais sagrados, atravessaram a nova fronteira e foram do Paquistão para a Índia, enquanto os muçulmanos, que não comem carne de porco, tinham feito o movimento contrário e ido para o Paquistão — momento em que os animais selvagens também tinham, instintivamente, buscado o caminho da própria sobrevivência. Uma quantidade enorme de bois selvagens havia então partido para a Índia e, simultaneamente, igual quantidade de porcos selvagens migrara para o Paquistão em busca de segurança!

A tarde já ia avançada. Isso significava que esperávamos havia muito, e me ocorreu contar essa historieta ao sr. H para provocar-lhe o riso. Sentei-me, pois, na banqueta ao lado do sr. H, que ainda bebia sozinho no bar do aeroporto, e pedi também uma cerveja. O *bartender*, um indiano pouco atencioso, ou melhor, um homem cujas feições sombrias e mal-humoradas indicavam ser essa a sua atitude básica com relação à vida, serviu-me uma cerveja morna com a displicência de alguém que pensa: "Só me faltava essa: outro japonês alcoólatra!". Bebi antes de mais nada essa cerveja e, depois, contei o episódio dos animais para o sr. H, que, com o olhar fixo na prateleira de bebidas baratas e no mapa da Índia diante de si, não demonstrou nenhum interesse. Então, nada mais me restou a fazer senão pedir outra cerveja e também fixar o olhar na prateleira de bebidas e no mapa da Índia. E enquanto eu renovava os pedidos de cerveja, aos poucos fui sendo dominado por um impulso cuja natureza não era de todo estranha para mim. Se bem me lembro, foi lá pelos meus dezessete ou dezoito anos — a idade atual do meu primogêntio, portanto — que me dei conta, pela primeira vez, desse impulso que continuo a chamar de *leap* (salto), conforme defini em minha juventude e, toda vez que pressinto sua aproximação, tento afastá-lo para impedir que se assenhore de mim, ou, ao contrário, vou propositadamente a seu encontro, momento em que me comporto de modo muito estranho. *Leaps* de diferentes graus de intensidade, aqui incluídas as bobagens que faço sob o efeito do álcool, me acometem cerca de uma vez por ano, e pode até ser que o encadeamento deles venha desviando minha vida de seu curso natural. Ou talvez eu possa dizer, de modo inverso, que os *leaps* me transformaram no que sou hoje.

No caso desse que me acometeu em Nova Délhi, temo soar exagerado, mas o incluo na categoria dos perigosos, pois lembrei-me de escrever um poema em que não só trocei do meu amigo, o sr. H — a quem sempre amei e respeitei nesses longos anos de convivência —, como o retratei como um homem já passado da meia-idade, perturbado por um amor triste; não contente com isso, resolvi ainda, num ato que só posso classificar como brincadeira rude e de mau gosto, mostrar esse poema a ele, que continuava a beber para dar vazão à própria irritação.

Virei o descanso para copo e, no verso, comecei copiando o mapa da Índia que tinha diante de mim. Em seguida, marquei nele, com estrelas, diversas localidades e escrevi um poema em inglês em que inseria o nome dessas localidades. O título era "An Indian Gazeteer" (Geonímia indiana). Nesse momento, lembro-me com clareza apenas que nesse poema (?) em inglês eu me referia a um homem que, já passado da meia-idade e doente de amor, bebe com o pensamento preso em Mysore, a cidade indiana onde o objeto de sua paixão, uma mulher madura como ele, o abandonara. O ponto alto do poema era uma insinuação, um trocadilho com o nome dessa localidade. Pois naquele dia a sra. Nefetovna, com quem o sr. H tinha discutido na noite anterior, seguira de trem para uma conferência sobre lingüística que se realizaria em Mysore. Ao separar o nome da localidade em dois, obtive *my sore*, expressão que, de acordo com o dicionário de bolso que tenho agora diante de mim, significa: meu 1) ponto doloroso ao toque, ferida, machucado; 2) sofrimento (dor, irritação), recordação desagradável... Para ser franco, eu nunca havia considerado que a longa relação do sr. H com a sra. Nefetovna, desenvolvida durante as muitas reuniões internacionais em que se encontraram, tivesse algo a ver com amor. Nós, que no período estudantil fôramos influenciados por obras de pessoas da geração do sr. H, ou seja, de escritores do pós-guerra, tínhamos vez ou outra nos comportado como meninos malcriados em relação a eles, e um exemplo disso era o jovem O, que participava do grupo de escritores japoneses e que se referia a Nefetovna como amante do sr. H só para atazaná-lo. Contudo, O e eu respeitávamos de maneira absoluta tanto H como Nefetovna, dois intelectuais idosos e independentes, e nunca nos passara pela cabeça pensar neles como amantes. Apesar de tudo, eu havia empurrado esse provocante arremedo de poema no exato ponto em que o sr. H, cabisbaixo e sem os óculos — vejo ainda agora diante de mim o formato daquela cabeça que, sem os óculos, lembrava a de um guerreiro de clã poderoso e nobre da Idade Média —, concentrava o olhar. Até quando pretende continuar irritado pelo simples fato de ter sido acordado cedo demais e pelo atraso do vôo, senhor

H? Vamos, irrite-se mais, eu também não vou mais andar pisando em ovos a seu redor, queria eu lhe dizer com o gesto, instigado por esse incontrolável *leap*.

O sr. H manteve a mesma postura, apertou os olhos e leu o meu arremedo de poema. Depois, repôs os óculos e acompanhou lentamente, duas a três vezes, as linhas dos versos curtos, uma a uma, conforme me foi possível observar pela maneira como a área de sua têmpora se crispava. Eu, porém, comecei imediatamente a me arrepender do meu gesto insensato, e tão intenso foi meu arrependimento que senti o espírito mergulhar em negro desespero... Logo o sr. H voltou para mim o rosto num gesto lento, e o que realmente me arrasou foi a expressão em seu olhar.

Escrevi antes que quando retornei da viagem à Europa e encarei meu filho pela primeira vez, o olhar desse meu filho, que segundo me contaram tinha se portado da maneira mais selvagem possível na minha ausência, era o de uma fera no cio levada pelo ímpeto sexual e esvaída em lascívia, mas de cujos efeitos ainda sofria, olhar de alguém consumido internamente por uma besta exaltada, olhar difícil de suportar, em suma. Agora, quero acrescentar que, em seus olhos cruentos de lustro amarelado e resinoso, havia também dor de tamanho e peso incalculáveis. Naquele instante, o relato do comportamento selvagem de meu filho, somado à reação à gaita que eu lhe dera e à minha própria irritação em conseqüência do cansaço da viagem, não me proporcionou a tranqüilidade emocional necessária para compreender essa dor.

Ainda assim, pergunto-me agora como foi que eu, o pai, não consegui reconhecer no olhar realmente desolado de meu filho a expressão daquela dor compacta. Mas, no fim, o que possibilitou a mim e à minha família partilhar com meu filho essa dor e compreendê-la foi o poema de Blake. "Como posso ver uma lágrima rolar/ Sem partilhar também da dor alheia/ Como pode um pai do filho ver o pranto/ Sem que se encha também da mesma dor?",* diz um trecho do poema "Sobre a tristeza alheia".

Esse poema faz parte de outro, "Canções da inocência", que termina com o seguinte trecho: "Sua alegria ele nos dá/ Destrói a dor que nos devora;/ Até sumir nossa aflição/ Ele conosco fica e chora".**

Mas o que me possibilitou realmente compreender em toda a plenitude a dor no olhar de meu filho foi a definição de dor que vi surgir certo dia, por um breve instante, no olhar do sr. H num bar do aeroporto de Nova Délhi.

---

* "Can I see a falling tear,/ And not feel my sorrows share,/ Can a father see his child,/ Weep, nor be with sorrow fill'd." (N. T.)
** "O! he gives to us his joy,/ That our grief he may destroy/ Till our grief is fled & gone/ He doth sit by us and moan." (N. T.)

2. Um frio menino de pé no ar em tumulto

"A Inocência convive com a Sabedoria, jamais com a Ignorância",* escreveu Blake. Além dessa frase, que quase se constitui num aforismo, fazem parte de um longo poema as seguintes palavras de sentido não muito claro para mim: "Inocência desorganizada, absoluta Impossibilidade".**
Reli o poema em diversos estágios de minha vida, mas quase sempre de maneira apressada. Embora a própria natureza dos poemas épicos de Blake faça com que só possa afirmar que os leu aquele que os esmiuça, neles venho descobrindo, à minha maneira, alguns versos que me calaram fundo na alma. Tomo como exemplo o poema épico intitulado "Os quatro Zoas, ou tormentos de amor e ciúme na morte e julgamento de Albion, o homem ancestral", em que "Os quatro Zoas" significaria "os quatro seres viventes" conforme a versão grega das Revelações. Nele, uma das cenas que considero inesquecível é a do Juízo

---

* "Innocence dwells with Wisdom, but never with Ignorance." (N. T.)
** "Unorganized Innocence, an Impossibility." (N. T.)

Final, em que mortos com aspecto idêntico ao de quando eram vivos, isto é, ostentando até seus ferimentos, erguem-se para acusar. "Exibem suas chagas, acusam, agarram os opressores/ Na mansão dourada cantos e júbilo no deserto o Frio Menino/ Chora, de pé no ar em tumulto; os filhos de seis mil anos/ Mortos na infância clamam furiosos, imensa multidão clama furiosa/ Nua e pálida de pé no ar ansioso esperando a salvação."*

Escrevi acima que reli rapidamente os poemas de Blake, mas não quis com isso dizer que sou capaz de lê-los de modo fluente. Pelo contrário, neste momento em que tantos anos se passaram desde o dia em que comecei a lê-los, o texto continua difícil para mim. A dificuldade é particularmente evidente nesses poemas extensos denominados "Profecias", escritos a partir da metade do período produtivo de Blake, pois neles existem verdadeiros nós que retardam a compreensão por parte de estrangeiros. Mas por mais numerosos que sejam tais nós, até eu poderia apreender em certa profundidade o sentido dos poemas caso me dispusesse a dedicar-lhes tempo e a lê-los cuidadosamente à luz das notas explicativas. Tanto assim que cuidei de adquirir obras de referência e de comentários sobre Blake sempre que entrava numa livraria ocidental. E ainda cuido. Mas desde a juventude sempre temi que, uma vez começada a leitura de Blake desse modo cuidadoso, eu haveria de sentir que tempo algum seria suficiente para mim, por mais que dele dispusesse. Eis por que, ansioso por ao menos passar os olhos por todos os oitocentos e cinqüenta e cinco versos que compõem es-

---

* *"They shew their wounds they accuse they seize the oppressor howlings began/ On the golden palace Songs & joy on the desart the Cold Babe/ Stands in the furious air he cries the children of six thousand years/ Who died in infancy rage furious a mighty multitude rage furious/ Naked & pale standing on the expecting air to be delivered."* (N. T.)

te "Quatro *Zoas*", saltitei pelo poema em busca apenas dos trechos que me eram facilmente compreensíveis.

De modo que, se pudesse me alhear tanto da linguagem complexa da obra inteira de Blake como da concepção de Deus e da condição quase divina do ser humano nessa visão cósmica única de Blake, e citar outro trecho que me tenha impressionado vivamente, tal trecho seria o seguinte: "Que o Homem labute, sofra, aprenda, esqueça e volte/ Ao vale escuro de onde veio e recomece a luta".*

Quando li pela primeira vez esse trecho, destacado do restante, eu ainda cursava o primeiro ano da faculdade e estava no departamento de educação. Lembro-me com clareza de mim mesmo a ler com a cabeça projetada para a frente, e até do ambiente que me rodeava. Eu devia estar havia apenas algumas semanas na faculdade. Li o trecho casualmente na biblioteca erigida nos tempos do antigo Colégio Imperial e situada num ponto do campus onde havia diferentes espécies de azaléias, a emprestar certa importância botânica à área. Enquanto me encaminhava para a biblioteca, lembro-me porém de ter me voltado para cada um dos diversos arbustos de azaléias e os desafiado: "Vocês não são azaléias verdadeiras; as verdadeiras são as que florescem nas encostas das montanhas que se agigantam nos vales onde nasci e cresci, e cujas raízes protegem as escarpas de terra avermelhada".

Quanto aos versos, descobri-os num livro grande de capa dura que repousava na mesa ao lado do lugar onde me sentava. Rente ao livro, havia ainda um embrulho cujo envoltório, um pedaço de pano quadrado, estava parcialmente desfeito e deixava à mostra diversos outros livros ocidentais, mas não havia ninguém sentado na cadeira diante deles.

* "*That Man should Labour & sorrow & learn & forget, & return/ To the dark valley whence he came to begin his labours anew.*" (N. T.)

Ergui-me um pouco da poltrona em que acabara de me sentar, espiei a página aberta e, embora considerasse incômodas as aspas no início de cada linha impressa no canto inferior direito da página mais próxima a mim e que deviam sinalizar as falas dos personagens da obra, continuei lendo. E foi assim que me deparei com o trecho traduzido antes e, ao mesmo tempo, percebi que recebia uma profecia definitiva sobre a vida que acabava de começar para mim... Realmente, foi assustador. Logo, o dono do livro aberto a meu lado — me ocorre agora que ele podia ser um professor ou professor adjunto, e devia ter menos que a minha idade atual — retornou a seu lugar. Ao sentar-se na cadeira, fixou em mim um olhar estranhamente pegajoso, o que despertou num átimo em minha mente aturdida e em pânico a idéia de que aquele canto talvez fosse de uso exclusivo do corpo docente, e me forçou, pobre calouro, a ficar em pé e a sair correndo como um fugitivo. E enquanto fugia uma dúvida me perseguia: teria o professor, ou professor adjunto, que aliás continuava a me olhar fixamente, desconfiado que eu tentara roubar seus livros ocidentais? (Naquela época, estudantes não conseguiam adquirir livros importados com facilidade.)

Eu não conseguira perguntar ao dono do livro a autoria ou o título dos versos que acabara de ler — a mim me pareceram ser parte de um poema dramático — e que tão profundamente me haviam impressionado, mas estava certo de que jamais haveria de esquecê-los e de que ainda os reencontraria à minha própria custa. A corroborar essa certeza, tinha a meu favor naqueles tempos a confiança que depositava em minha memória, sobretudo porque os versos pareciam ter se cravado em meu ser. Ergui-me, portanto, da cadeira em que me sentara a princípio — o local era próximo ao canto onde havia um enorme dicionário Webster apoiado numa prancheta alta e inclinada para possibilitar consultas em pé e que por isso mesmo me dera a impressão de ser reservado a pesquisadores e gente erudita e me forçara, num ato reflexo, a saltar em pé —, cruzei em sentido diagonal a enorme sala de leitura semelhante a um espaçoso vestíbulo, sentei-me no canto oposto e, com as têmporas apoiadas nas mãos, deixei-me ficar ali perdido em pensamentos, esquecido até de reabrir o romance de Gide que estivera lendo com o auxílio de um dicionário.

"... e volte/ Ao vale escuro de onde veio", & *return/ To the dark valley whence he came*, mas eu nunca havia percebido, ao menos conscientemente, que o vale no meio de uma floresta onde eu nascera e crescera era um "vale escuro". Foi o que pensei naquele momento, lembro-me ainda. As casas, a minha inclusive, situadas à beira da estrada que cortava o vilarejo onde nasci e cresci eram conhecidas como "*naru-ya*", e uma vez que "plano" é "*narui*" para o povo da minha região, eu achava que morávamos num lugar plano, mas meus amigos — filhos e irmãos de trabalhadores coreanos trazidos para ali compulsoriamente para executar o trabalho de desmatamento — me disseram com uma ponta de estranheza na voz que "*naru*" devia significar "sol" e, desde então, eu guardara a impressão de que o vale era um lugar banhado de sol.

Contudo, naquele momento em que me via numa cidade grande distante do meu vale, no interior de um prédio também grande e pouco acolhedor, sentado com as mãos na cabeça diante de uma luminária afixada na parede de um cubículo ainda menos acolhedor, ocorreu-me de repente que o meu vale era escuro, e que escuro não tinha necessariamente sentido apenas negativo.

"Que o Homem labute, sofra, aprenda, esqueça e volte," *That Man should Labour & sorrow, & learn & forget*, mas trabalho e sofrimento não se opunham necessariamente, podiam até ser duas faces adjacentes da vida, comecei então a compreender, ao lembrar a labuta de minha mãe nos dias que se seguiram à morte de meu pai, ocorrida nos últimos anos de minha adolescência. Além disso, as palavras seguintes do poema me pareceram uma assustadora profecia. Eu acabara de entrar na Universidade de Tóquio e começava a aprender francês. Essa tinha sido a área que eu escolhera depois de me formar no colegial e deliberar durante um ano, e eu não tinha nenhuma dúvida quanto a persistir nela. Ainda assim, sentia em meu íntimo uma surda corrente subterrânea de desconforto. E naquele momento, ao pensar em mim distante de meu vale e associar essa situação ao poema à minha frente, achei possível elucidar tal sentimento. Saído de meu saudoso vale, eu vivia então num canto de uma cidade enorme cuja topografia não conseguira absorver, sem saber direito se eu realmente existia ou não. Além de estudar francês, eu fazia alguns bicos, mas tinha sido poupado de "labutar". Em outras palavras, significava que eu escapara temporariamente de sofrer, ou seja, que eu vivia apenas uma vida fictícia, em plano diferente do labutar e do sofrer. E assim, eu estudaria francês para logo esquecer. Era uma certeza. Aprender e esquecer, como se eu estivesse aprendendo apenas para melhor poder esquecer... Depois de sair do vale quase tangido, nisso se resumiria todo o cotidiano da vida independente que eu levava naquela cidade grande. No final, eu haveria de retornar ao vale. E então o trabalho e o sofrimento de que eu vinha sendo poupado temporariamente na cidade grande haveriam realmente de começar. Seria um recomeço no sentido verdadeiro. "*& return/ To the dark valley whence he came, to begin his labour anew.*"

Desabado na cadeira, passei algum tempo imóvel com as mãos na cabeça. Na hora do almoço, fui à cantina do campus diante dos dormitórios, comprei pão e um croquete, espargi molho sobre ele e preparei um sanduíche como todos em volta faziam — um aviso afixado pela associação dos estudantes no balcão da cantina solicitava a quem não tivesse comprado croquetes que evitasse passar só o molho no pão. Em outras palavras, essa era a dimensão da pobreza daqueles tempos, e eu me pus no meio da multidão que se juntava diante do bebedouro. Eu não tinha dinheiro para comprar leite. Acabara de visualizar o resto de minha vida e de sancionar a totalidade dessa deprimente visão, e esse motivo subjetivo fora suficiente para me fazer sentir superior aos estudantes ao redor, que agora me pareciam crianças ingênuas.

Descobri eu mesmo que os versos sobre "labutar e sofrer" eram de Blake conforme imaginara quando os li no livro aberto a meu lado. A descoberta, porém, só se deu quase dez anos depois daquela experiência na biblioteca do departamento de educação do campus universitário de Komaba, e cerca de um ano antes do nascimento de meu primogênito. Durante todo o tempo em que estudei literatura francesa, bem como nos cinco ou seis anos que se seguiram à formatura, continuei a sentir que, afinal, todo o processo era parte de *& learn & forget*. Ainda assim, mantive a atitude de ler, dentre os textos estrangeiros, apenas aqueles em francês, sempre com um dicionário ao lado e sentado à escrivaninha para fazer as anotações necessárias. Aos poucos, me dei conta de que nunca me tornaria um estudioso da literatura francesa — era a confirmação precoce de um estágio além do previsto em *& learn & forget* — e então comecei a ler outra vez, além de livros em francês, também os em inglês, e sobre os mais variados temas, estes, porém, deitado num sofá, quase sem recorrer a dicionários e sem nada anotar. Eu me casara, e a mudança ocorrida em meu estilo de vida talvez se refletisse dessa maneira.

Portanto, eu lia certa vez uma antologia de poemas que incluía algumas de Blake quando dei com um trecho de uma peça longa desse poeta até então desconhecido para mim. Percebi de imediato que o estilo, o fraseado e a paixão ali presentes eram os mesmos da estrofe que eu lera naquele distante dia do período de transição da adolescência para a juventude e que me comoveram de maneira tão impactante. Tive certeza absoluta disso, e me dirigi no mesmo dia à livraria Maruzen, onde comprei as obras completas de Blake. Com o livro em mãos, adotei o método de ler apenas as palavras iniciais de um verso e logo passar para o seguinte; dessa maneira, dediquei-me a buscar aquelas estrofes que tinha guardadas imprecisamente na memória. No dia seguinte, eu já conseguira descobrir o trecho em questão embutido no poema "Os quatro Zoas".

A noite já ia alta, mas ainda assim telefonei para Y, ex-colega dos tempos do departamento de educação em Komaba e que, depois de se pós-graduar em literatura inglesa, passou a dar palestras numa universidade feminina. Perguntei a ele que nomes lhe ocorriam de professores ou de professores adjuntos de meia-idade que pudessem estar lendo obras de Blake na biblioteca do campus universitário nos tempos em que nós dois estávamos no departamento de educação. Se o tal professor tivesse publicado trabalhos a respeito de Blake, talvez eu pudesse encontrar algum comentário sobre aquele trecho de "Os quatro Zoas"...

— Bem... Por volta de 53 ou 54, professores que vinham do campus central de Hongo fazer palestras em Komaba e que tinham interesse em Blake... só podem ser os professores S ou o T, mas esses você também conheceu, não é mesmo? E a idade não bate, eles já tinham mais de cinquenta anos na época... — respondeu Y, antes de mais nada examinando a questão com objetividade, conforme era seu hábito desde jovem, para só depois expor suas conjecturas da seguinte maneira: — Ou talvez, e eu repito, talvez, seja aquele que todo mundo chamava de "autodidata". Era bastante famoso entre as pessoas ligadas à área de literatura inglesa. Ele adoeceu e largou os estudos na época em que ainda freqüentava o antigo colegial e se preparava para entrar na Universidade Imperial. Quando o conhecemos, ele havia recuperado a saúde e negociava com a faculdade a sua readmissão e a retomada dos estudos. O sistema educacional tinha sido reformulado, de modo que a readmissão era praticamente impossível, mas como ele apresentara problemas de ordem nervosa no passado, a secretaria da faculdade achou por bem permitir-lhe ao menos o uso da biblioteca. O apelido dele era "autodidata". Quase sempre carregava uma coletânea de poemas de John Donne, mandava um aluno abri-la numa página qualquer e, então, diagnosticava o futuro desse aluno com base nas metáforas e simbolismos contidos nessa página. Eu, porém, não o conheci pessoalmente.

De fato, eu mesmo recebera um forte sinal, não de Donne, no meu caso, mas de Blake, como se meu futuro estivesse descrito na página aberta sobre a mesa ao lado, e naquele momento, em que quase dez anos já se haviam passado, a impressão persistia com força suficiente para me fazer procurar aqueles versos.

— O apelido vem do poema "Náusea", de Jean Paul Sartre, que aliás era especialidade sua, não era? — disse-me Y, acrescentando, entre constrangido e divertido: — E depois de diagnosticar o futuro do aluno, o "autodidata" algumas vezes o convidava a, vamos dizer... a iniciar uma relação do tipo homossexual, entende?

— Eu não teria corrido esse risco porque nunca fui muito bonito — respondi. — Seja como for, me parece que o professor que deixou o livro de Blake aberto sobre aquela mesa e se ausentou só pode ter sido o tal "autodidata"... E se realmente era, o livro devia ser dele, e provavelmente não vai adiantar nada eu ir à biblioteca a esta altura em busca daquele exemplar. A não ser que o homem ainda continue por lá.

— Não, ele morreu. O comportamento a que me referi se tornou muito evidente, ele foi expulso da biblioteca da mesma forma que o personagem de Sartre (em "Náusea", ele foi preso, não foi?), e parece que entrou em depressão porque não lhe permitiram mais freqüentar o campus. Um funcionário antigo da secretaria ficou preocupado e, segundo me contaram, foi procurá-lo no apartamento onde morava. E então descobriu que o "autodidata" tinha se suicidado: quando o encontrou, já estava morto havia dois ou três dias. Saiu nos jornais...

As palavras dos versos em questão descrevem cavernas de túmulo e foram proferidas por uma das mulheres da figura divina, típica dos poemas épicos de Blake. Se na época do meu primeiro encontro com o "autodidata" eu já fosse um rapaz seguro, perfeitamente ambientado à vida na cidade grande e, no momento em que ele retornou à mesa, eu lhe tivesse feito perguntas sobre o que acabara de ler na página aberta, não teria ele descrito meu futuro? E se suas palavras coincidissem com o pressentimento que eu tivera de meu futuro ao ler os versos, ele realmente me teria impressionado e, qualquer que fosse a reação dos demais jovens que lhe ouviram as profecias, eu mesmo teria acreditado em suas palavras e com ele iniciado uma relação do tipo discípulo e mestre. Mesmo que tal relação, uma vez iniciada, viesse a ser interrompida pelos avanços de caráter homossexual que, cedo ou tarde, ele faria em minha direção...

"E volte ao vale escuro de onde veio." Embora a expressão *dark valley* desse verso tenha em sua composição um adjetivo de sentido negativo, "escuro", provocou em mim forte sensação de nostalgia. Esta sensação se fixou definitivamente depois do nascimento de meu filho, época em que o curso dos acontecimentos me levou a sentir que eu não retornaria ao meu vale mesmo depois de formado na faculdade — de que valeria ali meu conhecimento da língua francesa? —, época, também, em que o vale se tornou "meu" apenas no âmbito da imaginação, mas em que, ainda assim, aconteceu-me de sonhar com meu retorno a ele em companhia de meu filho. Quero porém dizer, antes de mais nada, que o sonho não ocorria durante meu sono, e sim em estado de vigília e à luz da consciência, um tipo de sonho curioso e peculiar. Para o leitor disposto a me analisar pelo método da interpretação dos sonhos, exponho previamente meu pensamento, qual seja, o de que esse não é o único método interpretativo, outros existem.

Em meus sonhos, o vale surge sombrio, bem de acordo com a expressão *dark valley*, e todos os meus familiares, que se agrupam na sala de estar, apresentam a pele escura e opaca, a começar por minha mãe. Até meu pai, falecido na minha infância, aparece nesses sonhos sentado de forma circunspecta com seu quimono formal provido de brasão familiar. Acabo de retornar ao *dark valley* em companhia de meu filho (minha mulher nunca está nesses sonhos), e ele ainda tem na cabeça as bandagens brancas que lhe foram aplicadas depois da cirurgia de remoção da tumefação. A família inteira, a começar por minha mãe, recebe meu filho excepcional como se ele fosse o verdadeiro e único patrimônio de toda a minha vida na cidade grande, ou seja, como se ele representasse todo o provento de meu Labor & sorrow. Naquelas circunstâncias, ninguém grita de alegria, mas a fisionomia de cada membro da família parece me dizer: muito bem, você fez um bom trabalho! Essa cena surge em meus sonhos de tempos em tempos. Estão todos presentes, mas minha aparência e a de meu filho acompanham as diversas fases do crescimento dele e se alteram, enquanto a de minha mãe e a do resto da família permanecem sempre iguais, sempre no vale escuro... Ao pensar nisso agora, percebo claramente: essa imagem que construí em meus devaneios está relacionada com a idéia de morte. Outra razão não haveria para que, no vale sombrio, meu pai, que morreu em idade próxima à minha atual, esteja sentado ao lado de minha mãe, só ele usando um quimono formal.

Definição de morte. No meu caso, tal definição está intimamente ligada às múltiplas camadas de experiência de minha infância, vivida em meu vale no meio de uma floresta da ilha de Shikoku, assim como à topografia do próprio vale, da qual não conseguiria sequer me lembrar caso a separasse dessas experiências. Nos mais de trinta anos que se passaram desde que parti do vale, tive naturalmente algumas experiências relacionadas com morte, mas percebo agora que foram todas secundárias. Foi nesse vale que vivenciei as mortes encadeadas de minha avó e de meu pai: sobre este último, a primeira exercera forte influência. Foi também no vale que vi um homem enforcado pela primeira vez. Com relação ao homem enforcado, especialmente, a designação "neste vale" constitui um determinante fundamental da experiência. Isso se torna claro quando posiciono o foco no homem enforcado e recomponho a cena daquele dia.

Um homem surgiu enforcado atrás do santuário Jizo, situado numa área contígua à floresta do templo xintoísta, mas que, circunscrita num rebaixamento do terreno, dela se destacava. O homem, pequeno, de meia-idade e considerado insignificante até pelas crianças que cruzavam com ele na rua, tinha se matado. Meu irmão menor, que fora tocar o corpo, comentou: "Nossa! Como ele balançava!". Eu mesmo o observei por trás da pequena multidão de espectadores composta de gente da vila e de fora dela. O local onde eu me encontrava em companhia dos demais, normalmente proibido às crianças, era usado para a secagem dos barris da única fábrica de saquê, fechada na época. Daquele ponto, posicionei o foco no pequeno cadáver, percorri com o olhar o santuário Jizo, o templo xintoísta e a floresta ao fundo, imprópria para a vida humana e de um verde mais intenso que o dos arredores, e senti nascer um sentimento de admiração: "Ah, então é esse o tipo de lugar que um homem escolhe para se enforcar!". E sempre concentrando o foco no homem enforcado, senti que captava em sua totalidade o significado topográfico do vale. Baseado nessa percepção, tentei explicar a estrutura de nossa vila a um professor vindo de outra cidade para nos dar aulas de acordo com o novo sistema de ensino público implantado pelo governo, mas não fui capaz de concatenar direito as idéias e só consegui que ele risse de mim.

Definição de morte. Quero agora examiná-la com base em outra experiência que vivi nesse vale. Dessa experiência, resta em meu corpo uma cicatriz. Em outras palavras, por intermédio dessa cicatriz sinto que a experiência é um acontecimento ainda hoje vivo em mim.

Já estávamos no período final da guerra e eu cursava o quarto ano primário do sistema reformulado de ensino. Se você descer correndo a estreita passagem entre minha casa e a do vizinho, rumo aos fundos, chegará ao rio Oda. Para mim, esse rio adquirira o sentido de alternativa para a estrada que passava diante de casa (quem construir uma jangada e descer a correnteza verá esse sentido, oculto no cotidiano, tornar-se óbvio), e certa manhã de começo de verão em que ar e água continuavam gelados e meus amigos ainda não haviam descido ao rio, armei-me de um arpão rústico e entrei sozinho na água. Ao relembrar os fatos agora, fica claro que, na época, a história de um acidente ocorrido dias antes rio acima, nas proximidades de Oda-miyama, embora não se constituísse em motivação definida na mente daquele menino pálido e franzino — eu mesmo —, influenciara fortemente seu espírito e seu corpo.

Os detalhes do acidente foram comentados por grupos de pessoas em conversas à beira da estrada e, de boca em boca, desceram o rio até chegar a nossa vila: uma criança havia se afogado num poço a montante do rio Oda. O garoto mergulhara fundo para tentar arpoar os peixes que costumavam se agrupar numa gruta existente do outro lado de uma fenda num rochedo. Quem quisesse realizar essa proeza tinha, antes de mais nada, de deitar a cabeça na boca da fenda e de introduzi-la na estreita passagem. Depois, teria de se locomover lateralmente por uma curta distância, quando então, embora não houvesse espaço para passar os ombros, seria possível tanto aprumar a cabeça e visualizar o interior da gruta como também introduzir os braços nela. Uma vez arpoado o peixe, bastava refazer o movimento lateral anterior, deitar a cabeça para passar pela fenda e então emergir. O garoto tinha conseguido realizar todas essas manobras com sucesso, mas se esquecera, na última etapa, de deitar a cabeça a fim de passá-la pela estreita fresta. Dizem que foi insano o trabalho de recuperação do corpo do menino que se afogara com o topo da cabeça e o queixo engastados nas placas de rocha que compunham a parte superior e a inferior da estreita fenda. Os comentários sobre o incidente foram acrescidos de uma espécie de ensinamento: quando o ar falta e nos instiga a emergir com urgência, pessoas em geral, e não só crianças, são levadas a se esquecer de pequenos detalhes, como o de deitar a cabeça. Ao lado dos adultos, eu ouvi tudo isso.

Na manhã seguinte, limpei minha máscara de mergulho com um punhado de folhas de artemísia, segurei na mão direita um arpão imprestável, já que o elástico tinha se desgastado, chutei bravamente a água e os reflexos dos raios solares e comecei a nadar. Subi a correnteza na direção de duas rochas, uma grande e uma pequena, conhecidas como Rochas Casadas e em cuja base a corredeira formava um poço fundo. Parece que nós, as crianças, conhecíamos o nome de cada rocha, cada poço ou baixio do rio Oda. Ou melhor, era desse modo, transformando em palavras toda a sua topografia, que compreendíamos o vale.

Naquela manhã, eu, que por não possuir capacidade pulmonar para mergulhar fundo o bastante nunca tinha me aproximado do local onde os mais velhos diziam existir um ninho de robalos, estava para realizar essa façanha sozinho. Caso conseguisse atingir a profundidade necessária, espiaria a fenda na rocha por onde, segundo me contaram, também só se passava deitando a cabeça. E mergulhei. Como se já tivesse realizado essa proeza antes — como se já a tivesse realizado havia apenas dois ou três dias a montante do rio Oda —, aproveitei o impulso do mergulho e, sempre lutando para manter em posição horizontal o corpo que insistia em voltar à tona, meti a cabeça deitada pela fresta da rocha e movi-me de lado. Bem diante do rosto, que endireitei a seguir, havia um espaço límpido transbordante da luz fraca do amanhecer e um cardume de incontáveis robalos. Um cardume de robalos estáticos. Estática, porém, talvez fosse apenas a distância que os peixes mantinham entre si, pois cada um deles parecia nadar contra a correnteza, a qual existia também ali no fundo do poço. Minúsculos pontos prateados e brilhantes cobriam os corpos fosforescentes de um verde amarelado. E então os olhinhos de cada um dos robalos do cardume, redondos e pretos como gotas de *sumi*, voltaram-se para mim e me encararam. Estendi o braço direito e lancei o arpão, mas a gruta era mais funda do que eu calculara e o arpão, impulsionado pelo elástico desgastado, nem chegou a se aproximar do cardume. Eu, porém, não me desapontei: ao contrário, achei até justo que o cardume não tivesse sido perturbado. Metido no centro de uma caverna semelhante a um ovo aberta no meio de um rio que corria num vale, senti então que viveria ali para sempre, respirando por guelras. Realmente, tenho a impressão de que permaneci um tempo muito, muito longo no fundo do rio. Tanto que chego até a sentir que ali estou até agora e que o conteúdo de toda a minha vida até este momento não passa de simples leitura dos padrões incessantemente produzidos pelo cardume de robalos em suas mínimas mudanças de posição. Ainda assim, em determinado momento movi-me em sentido contrário àquele de quando entrei e senti instantaneamente o topo da cabeça e o queixo engastados na fenda. O que me lembro em seguida é de ter me apavorado, me debatido, bebido muita água e sufocado. E, depois, que braços descomunalmente fortes me empurravam em direção oposta à que eu tentava seguir por conta própria, ou seja, para dentro do cardume de robalos e, em seguida, que me torciam os pés e me puxavam para fora. Depois, senti a nuca ferida e tive a visão de sangue se espalhando na água como fumaça. Então, subitamente livre tanto da rocha quanto dos braços, percebi, não que emergia, mas que era arrastado pela força da correnteza para uma enseada à margem da corredeira... Enquanto escrevo estas linhas, tateio a nuca com os dedos da mão esquerda e sou capaz de localizar de imediato a cicatriz que ali restou. Tivesse eu permanecido entre os robalos daquele cardume, não teria agora esta cicatriz na cabeça e, no vale, haveria para sempre um outro eu de pele imaculada como a do demônio oculto nas nuvens, para quem não haveria labutar nem sofrer, nem aprender nem esquecer — assim penso, agitado por uma emoção profunda que é minha velha conhecida e que já me assaltou repetidas vezes, enquanto toco com os dedos a cicatriz em forma de risco...

A expressão "demônio oculto numa nuvem", que citei conforme me assomou à lembrança, também é de Blake. A associação conecta-se diretamente a uma lembrança, a da sensação de arrojo — muito semelhante à de fazer uma careta e mostrar a língua alegremente para o resto do mundo — que me movera durante aquela experiência e que me ocorreria anos mais tarde, enquanto lia Blake. O poema, intitulado "Dores da infância", é amplamente conhecido, e o trecho "*piping loud*", que eu traduzo como "gritando alto", é comumente traduzido como "chorando alto". "Minha mãe gemeu! Meu pai chorou/ Saltei para o mundo cheio de perigos;/ Nu, indefeso, gritando alto/ Como um demônio oculto numa nuvem."*

Estimulado pelo poema que canta o nascimento de uma criança, eu me lembrara da sensação de alegria quase destrutiva daquela manhã. Com um chute, eu havia dispersado a luz à tona da água e tentado, com enorme alegria, chegar ao poço das Rochas Casadas num ato diretamente oposto ao da criança que nasce chorando (como se houvesse, imagino agora, um sinal "menos" acrescido à ação de nascer). Simbolicamente falando, percorri o caminho inverso ao do nascimento (avancei para a direção também sinalizada com "menos"), tentei retornar ao útero materno. Os gemidos ocasionados pelas dores do parto são provavelmente de natureza neutra, não se relacionam nem com tristeza, nem com alegria. Por conseguinte, não há por que convertê-los com um sinal negativo. Meu pai, então falecido, isto é, já do outro lado, ficaria feliz com o retorno do filho. De um mundo cheio de perigos, eu estava prestes a retornar à segurança originária. Indefeso e nu, gritando alto, como um demônio oculto numa nuvem...

Esse é o sentido daquela experiência, que se tornou claro através de Blake, sentido que comporta ainda outra definição de

---

* "*My mother groand! my father wept/ Into the dangerous world I leapt:/ Helpless, naked, piping loud;/ Like a fiend hid in a cloud.*" (N. T.)

morte que me é saudosa. Sangrando como um grande peixe ferido e boiando obliquamente na água, fui encontrado por minha mãe à beira da corredeira e levado ao médico. Tudo indica que minha mãe estranhou a curiosa excitação de que eu parecia possuído naquela manhã e me seguiu desde o momento em que desci o barranco do rio. Caso isso seja verdade, porém, não teria sido também ela que, nas profundezas do poço das Rochas Casadas, me empurrou de volta para o meio dos robalos, como se quisesse me castigar e, depois, me puxou para fora? Pois me pareceu ter visto além da água embaçada pelo sangue (tão semelhante a líquido amniótico!) as feições maduras de minha mãe, com suas sobrancelhas destacadas em forma de circunflexos grossos e curtos, como as de uma careta rabiscada por uma criança, e seus dois olhos arregalados e irados, finamente traçados. Mas seria possível que aquela força descomunal tivesse origem num corpo feminino submerso? Para começar, eu sentia, apesar da pouca idade, que aquela experiência se revestia de características que a tornavam difícil de ser relatada. Eis por que até hoje nunca contei os acontecimentos daquele dia a ninguém, nem mesmo a minha mãe, e ela, por sua vez, só me disse que me achou numa enseada com o corpo oblíquo na água, ora boiando, ora afundando. Se quem me salvou no fundo do rio foi realmente minha mãe, foi ela também que provocou o ferimento cuja cicatriz trago na nuca. Com relação à cicatriz, o que me ficou na lembrança é a imagem de minha mãe sustentando sobre os joelhos a metade superior de meu corpo prostrado de febre e repetindo sem cessar enquanto trocava a bandagem de minha cabeça: "Que crueldade! Que crueldade!". Mesmo tão novo, eu percebia que suas exclamações não se relacionavam apenas com o ferimento que ela via diante de si, e essa percepção me impediu, cada vez que me lembrava da experiência daquele dia, de lhe pedir os esclarecimentos necessários.

* * *

Com o passar do tempo, comecei a ter certeza de que a imagem do rosto irado de minha mãe dentro da água nada mais era que a reprodução incessante de um sonho que eu tivera naqueles dias de febre alta, decorrente do ferimento na cabeça. Desse modo, devo ter vencido uma etapa do processo de ruptura do cordão umbilical que me prendia à minha mãe. O sonho se repetiu diversas vezes, e por isso mesmo crescia em mim, cada vez que eu despertava, a certeza de que aquele rosto pertencia ao mundo do sonho, isto é, que eu não o vira realmente.

Contudo, nova luz de realidade iluminou as imagens desse sonho depois que cresci, me casei e tive meu primogênito excepcional. Em parte por certa atitude de minha mãe e por seu hábito de conscientemente aludir aos fatos de maneira fragmentária, em parte pelos pensamentos que tais alusões desencadearam em mim.

Quando meu filho nasceu, ele tinha na parte posterior do crânio uma tumefação vermelho-escura do tamanho de uma outra cabeça, e eu, depois de interná-lo no centro de terapia intensiva neonatal do hospital universitário N, andei de um lado para o outro completamente perdido, sem coragem de revelar essa condição nem a minha mulher, nem a minha mãe. Não obstante, a cabeça propriamente dita se desenvolvia muito bem e em conformidade com as expectativas, e com ela também crescia a intumescência: ao espiar pelo vidro do berçário, eu notava que ambas apresentavam aspecto bem nutrido e que os sinais de energia vital emanados pela última eram especialmente nítidos. Dois meses e meio depois do nascimento de meu filho, resolvemos pedir ao dr. M — ele cuidara do recém-nascido e também de mim, abalado e incapaz de tomar qualquer atitude — que o submetesse a uma cirurgia. Na véspera da remoção da tumefação, minha mãe, que tinha vindo a Tóquio com a intenção de ajudar e se dera conta de que, muito pelo contrário, sua presença em casa redundava em mais trabalho para minha mulher, arrumou suas coisas durante a noite, pois pretendia retornar na manhã seguinte ao vale na floresta de Shikoku assim que nos visse partir para o hospital de Itabashi. Recordo-me que minha mulher, ainda na casa dos vinte e mal recuperada da prostração pós-parto, lembrava um filhote de passarinho ressabiado com o vento, mas como ela sabia que minha mãe partilhava seus temores, tentava de algum modo confortá-la. Sentado numa cadeira de balanço de ratã na sala de visitas e estar conjugada, eu mesmo batia ritmicamente o encosto da cadeira contra o armário de louças e, perdido, observava as duas mulheres. Elas estavam sentadas uma de frente para a outra sobre um tapete de tecido sintético disposto sobre o assoalho da saleta e conversavam tendo entre si uma pequena mala de viagem. Achei curiosa a semelhança das duas mulheres, a suplantar tanto a diferença de idade entre elas como a inexistência de consagüinidade.

Minha mulher falava em tom absorto e com voz fina. "Diferente de uma criança normal, Iiyo não reage quando os pais o chamam. O que me preocupa", dizia, "é não poder chamá-lo de volta para a vida caso ele se veja entre a vida e a morte em algum momento da cirurgia..." Minha mulher repetia a mesma coisa havia duas ou três semanas e eu sempre lhe respondia que, se isso acontecesse, ele ou qualquer outra criança normal estariam na mesma condição e que o único recurso era entregá-lo aos cuidados do dr. M.

Muito agitada, minha mãe não só demonstrava simpatia pela insegurança de minha mulher como também a ampliava. Em vez de concordar apenas com graves meneios de cabeça, ela movia bruscamente o pescoço magro e fino e dizia: "Você está certa! Certíssima! Lá na minha terra já aconteceu muitas vezes de pessoas dadas como mortas voltarem à vida ao ouvir o chamado dos pais!". Mal disse isso, mordeu os lábios e prendeu a respiração, sobressaltada.

Já escrevi em outra ocasião que, levado pelo desejo que agora julgo egocêntrico de chorar a anomalia de meu filho recém-nascido em ombro amigo, fui procurar o professor W, que inaugurara a cadeira de literatura francesa numa universidade particular e para lá se transferira, e que nessa oportunidade tinha visto seu pescoço tingir-se instantaneamente de vermelho-rubro; agora, sentado na cadeira de balanço, lembrei-me das palavras desse professor. "Veja bem, nos tempos que correm, nem sempre se pode afirmar que nascer é melhor que não nascer...", murmurara ele em tom de voz que só posso definir como gracejo repleto de tristeza, ao mesmo tempo que desviava o olhar de todas as pessoas presentes em sua sala de estudos de aspecto moderno e dinâmico.

— Admitindo que no próprio organismo existe algo que o impulsiona na direção ou da vida ou da morte, e que o recém-nascido está nessa divisa, vamos conceder a ele ou a seu organismo a liberdade da escolha. Pois nos tempos que correm, nem sempre se pode afirmar que nascer é melhor que não nascer...

Tanto minha mulher como minha mãe ignoraram por completo o hesitante discurso que eu fizera enquanto batia a cadeira de balanço contra o armário, no exíguo espaço a que me via confinado. Senti como se estivesse falando sozinho, cercado de paredes à prova de som. Pior, vi empalidecer e crispar-se o perfil de minha mãe, que, cabisbaixa, parecia olhar fixamente para uma área em torno dos joelhos dela e de minha mulher. "Ah...", percebi naquele momento, já arrependido do meu discurso leviano, "esta expressão que lembra uma cara de rabisco com sobrancelhas em forma de acentos circunflexos não é de tensão, mas de franca ira!"

— Meu filho é desse jeito e não podemos depender dele, Iiyo só poderá ser salvo por sua força — disse minha mãe em voz baixa, quase sussurrante, enquanto minha mulher, embora aparentasse insegurança, concordava com meneios da cabeça tornada ainda menor por causa do cabelo preso por grampos em cachinhos. Naquela noite, depois de me deitar sozinho na cama de meu gabinete, comecei aos poucos a me convencer de que não ouvira direito as palavras de minha mãe. Era óbvio que a minha força ou a de minha mulher de nada valeriam na cirurgia da manhã seguinte. Tudo que podíamos fazer era confiar no dr. M. As duas mulheres sabiam disso, apenas tinham tecido comentários a respeito da insegurança de não saber se a criança tinha ou não vontade de viver. Dois tipos sangüíneos diferentes haviam criado o organismo da criança. O meu e o de minha mulher. E por não confiar no do próprio filho no tocante à orientação do neto para a vida ou para a morte, minha mãe talvez tivesse dito à minha mulher em voz baixa, mas repleta de tanta ansiedade que chegara a soar miserável: "Só *pelo seu sangue (chi kara)* Iiyo poderá ser salvo", e não "Só pela sua *força (chikara)* Iiyo poderá ser salvo!".

Uma vez alcançado esse ponto de raciocínio, comecei não só a achar que minha mãe mergulhara realmente no poço das Rochas Casadas e me mostrara sua cara de rabisco com sobrancelhas de circunflexos, como também que ela ficara, a partir daquele acontecimento, com a impressão de que eu era do tipo que se desviava deliberadamente da direção da vida e, irada, acabara de certa forma desistindo de mim. No instante em que me dei conta disso, comecei a achar que, desde o dia do evento no poço até o da primeira cirurgia de meu filho, haviam ocorrido muitos outros incidentes que corroboraram tal impressão.

A longa cirurgia realizada pelo dr. M e seus assistentes foi bem-sucedida: meu filho se livrou da tumoração brilhante semelhante a outra cabeça, e minha mulher, a mãe dela e a minha foram as pessoas que mais se alegraram. Quanto a mim, o jovem pai, embora igualmente feliz, a leve sensação de desconforto que a lembrança do diálogo da noite anterior deixara em mim não me permitiu expressar devidamente meu contentamento.

Definição de morte. Não posso afirmar que estou neste momento dando a meu filho excepcional uma definição de morte correta, breve e ao mesmo tempo estimulante. Além do mais, minha mulher e eu vínhamos usando descuidadamente a palavra "morte" em nossas conversas com ele. Certo incidente me alertou para esse fato e me fez ver que isso vinha acontecendo repetidamente havia mais de dois anos. O que me faz ter certeza disso foi o episódio ocorrido no final da primavera (por experiência própria, acredito que existe secreta correlação entre a mudança das estações, isto é, a rotação do Universo, e o movimento que ocorre nas profundezas do organismo humano) de dois anos atrás: a crise de epilepsia de meu filho, que marcou de maneira memorável nosso cotidiano, cujo centro é meu filho.

Quanto à epilepsia, devo esclarecer que não chamamos um especialista no momento da crise para lhe pedir um diagnóstico. Aconteceu apenas que, passada a crise, consultei o dr. M e lhe descrevi os sintomas, e quando falei de "crise epiléptica" ele não me contradisse.

Com relação à "epilepsia" de meu filho, desde o princípio minha mulher e eu tivemos opiniões divergentes. Não que elas fossem necessariamente opostas: nós apenas considerávamos nosso filho de maneiras diferentes, embora paralelas. Iiyo tem às vezes perdas momentâneas de visão, breves, é verdade, mas capazes de fazê-lo estacar no meio da rua. Se isso acontece no momento em que ele atravessa uma passagem de nível ou uma faixa para pedestres, o perigo é imediato. Com o intuito de suprimir essas crises intermitentes que vinham ocorrendo nos últimos cinco ou seis anos, o dr. M receitou o antiepiléptico Hidantol em pílulas, o qual, em sua opinião, era o que apresentava menos efeitos colaterais. Pois minha interpretação das crises que começaram a acometer meu filho baseou-se na escolha desse remédio pelo médico. As gengivas de meu filho estão inchadas e rosadas, e pelotas vermelhas do tamanho de grãos de arroz despontam entre os dentes, mas, ao que parece, esse é um dos efeitos colaterais mais brandos dessa medicação antiepiléptica.

Minha mulher tinha ouvido de amigas da APM da escola especial freqüentada por meu filho que epilepsia era algo muito diferente e que, se esse mal realmente acometia meu filho, na certa era numa de suas formas mais brandas. Além disso, minha mulher insistia que na ficha médica de nosso filho, preenchida na época da admissão na escola especial, constava "síndrome do cérebro partido" — para nós, leigos, a própria denominação soava temível e grotesca — e que lá não havia nenhuma menção a epilepsia. Procurei então em algumas enciclopédias o subtítulo "síndrome do cérebro partido" sob o título epilepsia, e me frustrei.

Quando meu filho teve a primeira crise grave, minha mulher não estava em casa. Não houve gritos nem convulsões, os quais eu definiria como sintomas salientes, mas algo que poderia talvez ser corretamente descrito como seu oposto côncavo. Estávamos todos na sala de estar e eu, como sempre, lia deitado no sofá; meu filho se encontrava deitado no tapete do assoalho, e ouvia Mozart tocado baixinho na vitrola. Passados alguns instantes, em vez de colocar um novo disco no aparelho, Iiyo empurrou com os cotovelos a pilha de discos que ele próprio havia trazido, num gesto desanimado de criança enfastiada que afasta de si um prato de comida. O gesto cravou-se em meu consciente como um pequeno espinho. Contudo, continuei a ler. Instantes depois, veio-me certa impressão de estagnação ou de obstrução de uma área do corpo de meu filho. Ergui o olhar e vi que ele, ainda deitado no chão, soerguia o tronco apoiado nos dois cotovelos: seu rosto estava sem expressão e, além do mais, seus olhos arregalados pareciam petrificados. A saliva escorria dos lábios entreabertos.

— Iiyo, Iiyo! Que aconteceu? — perguntei.

Com o rosto ainda inexpressivo e sustentando circunspectamente a cabeça no ar, meu filho parecia voltar toda a atenção para algum problema interno, incapaz de se importar com o mundo externo, nem mesmo com o chamado do pai.

Eu me ergui e, sempre a chamá-lo, me aproximei dele imediatamente, mas no curto espaço de tempo que levei para chegar a seu lado Iiyo começou a bater a mão e o cotovelo esquerdos no chão, sem violência porém com evidente força. Vi então que, ainda a bater ritmicamente no chão, ele tinha os olhos revirados e repuxados.

— Iiyo! Iiyo! Você está bem? Está se sentindo mal? — perguntei de modo incoerente enquanto tirava um lenço do bolso da calça, enrolava-o em meu polegar esquerdo e o introduzia entre os dentes de meu filho. No mesmo instante Iiyo mordeu com força a articulação do polegar e eu mesmo gemi por meu filho, que sofria calado. Um ou dois minutos depois, parou de bater no chão e de rilhar os dentes. Amparei-o no instante em que ia cair de costas no chão, ergui-o e assim que o deitei no sofá caiu em sono profundo e começou a roncar tão alto que cheguei a ter medo.

Considerei essas manifestações do organismo de meu filho como sintomas de epilepsia. O relaxamento da rotina por causa das férias escolares com certeza o fizera se esquecer de tomar as drágeas de Hidantol, mas essa espécie de crise seria realmente epilepsia? Em busca de uma definição do mal, consultei diversas vezes a enciclopédia, mas nem minha mulher nem eu solicitamos explicações detalhadas da doença ao dr. M. Isso porque, ao longo dos mais de dez anos de convivência com esse médico, tínhamos entendido que ele nos daria voluntariamente toda informação que julgasse útil para nós sobre a doença de meu filho, e que de nada adiantaria nós, simples leigos incompetentes, procurar nos inteirar de outros detalhes. Contudo, não posso negar que talvez houvesse medo por trás dessa espécie de padrão de comportamento que estabelecemos.

Recentemente, o seguinte caso me chamou a atenção como exemplo de definição de epilepsia facilmente compreensível. Ou seja, desde a primeira crise de epilepsia de meu filho, minha atenção tem sido atraída para notícias relacionadas à doença. O antropólogo cultural Y escreveu um artigo em que analisa o filme *Alexandre, o Grande*, do diretor grego Theo Angelopoulos. De acordo com a matéria, Alexandre, o líder da guerrilha camponesa, é retratado no filme como epiléptico. Durante uma manobra militar, ele desce à beira de um rio para se abastecer de água e sofre uma crise de epilepsia enquanto contempla a superfície da água. Com o intuito de evitar que a crise seja testemunhada pelos soldados, seu ajudante-de-campo ordena de imediato que a tropa se vire de costas. Posteriormente, as tropas seguem em frente e o líder batiza de Alexandre todos os jovens que encontra pelo caminho, mas um desses jovens é ferido na cabeça num ataque das tropas governistas. O exército guerrilheiro é aniquilado, o líder, morto, e o jovem com o ferimento na cabeça vê-se içado sobre a sela de um cavalo e escapa sozinho. Mais tarde, na cena em que o jovem entra na cidade de Atenas, uma voz em *off* diz: "E assim Alexandre entrou na cidade". Esse episódio imprime significado até claro demais ao outro, em que o ainda jovem líder da guerrilha camponesa Alexandre surge na vila com um ferimento na cabeça. Ao ler a análise do sr. Y, prestei máxima atenção ao episódio da epilepsia e o interpretei, reconheço, segundo minha conveniência. Sobrepus a imagem do jovem ferido na cabeça adentrando a cidade de Atenas à do líder guerrilheiro Alexandre e concluí que o segundo tinha epilepsia porque sofrera um ferimento na cabeça na infância, e que o primeiro, ou seja, o jovem ferido que viria a ser Alexandre, líder das tropas de resistência, também desenvolveria epilepsia e, dessa forma, estabeleci em minha mente uma cadeia de natureza mitológica que conecta ferimento na cabeça com epilepsia e com líderes.

Pois as enciclopédias que consultei apontam ferimentos na cabeça sofridos na infância como uma das causas mais freqüentes de epilepsia. Em outras palavras, eu considerava que a epilepsia de meu filho também tinha como origem a cirurgia craniana a que ele fora submetido com dois meses e meio de idade. Em conseqüência de uma pequena falha na estrutura da caixa craniana, formou-se no local uma tumoração semelhante a outra cabeça, destinada a se opor à pressão interna e a evitar que o conteúdo do cérebro extravasasse. A necropsia da tumoração revelou que dentro dele havia algo semelhante a uma bola de pingue-pongue. "Quer ver o material que retiramos?", perguntou-nos o dr. M quando minha mulher e eu fomos a seu consultório obter notícias sobre o resultado da operação, e nós dois recusamos instantaneamente.

Nunca me passou pela cabeça que o cérebro de meu filho tivesse sido danificado na cirurgia. Contudo, como seria possível que uma cirurgia de remoção de um tumor daquele tamanho e de posterior fechamento da fenda no crânio não afetasse o cérebro de uma criança? Prefiro então pensar que os sintomas atuais são uma espécie de medalha à sua vitalidade por ter bravamente suportado e sobrevivido à cirurgia, e por isso trato esses sintomas com muito respeito. E depois me ocorreu um pensamento que só posso classificar como devaneio místico: meu filho assumira a epilepsia que eu mesmo deveria ter desenvolvido em conseqüência do ferimento sofrido na cabeça na infância, quando me aventurara no ninho dos robalos. Quando apalpo a cicatriz situada numa região correspondente à da fenda no crânio de meu filho, sinto haver uma conexão direta entre a força descomunal que se manifestou no ninho dos robalos e seja lá o que for que originou o nascimento de meu filho malformado.

Dias depois da primeira crise de epilepsia, Iiyo, que se achava deitado no sofá da sala e assistia ao noticiário da televisão com um humor sombrio, introspectivo e silencioso, como se ainda sofresse os efeitos de um desgaste interno, soergueu-se com inacreditável agilidade ao ouvir o locutor anunciar a morte de um idoso ícone da música japonesa e gritou com voz embargada de emoção:

— Ah, não! Morreu! Ele morreu!

A exclamação, carregada de profunda dor e emoção, me abalou. De tão insólita, contudo, soou um tanto cômica.

— Que foi, Iiyo? Que aconteceu? Esse homem morreu? E você gostava dele tanto assim? — perguntei, reprimindo o riso. Acho até que eu já sorria naquela altura.

Sem reagir minimamente à minha pergunta, Iiyo tornou a se deitar no sofá, cobriu o rosto com as mãos e enrijeceu-se inteiro. Desconcertado e sentindo o sorriso morrer nos lábios, ergui-me e fui para perto dele enquanto lhe dizia: "Que foi, meu filho? Por que está tão assustado com a morte desse homem?".

Acocorei-me ao lado dele e experimentei sacudi-lo de leve pelo ombro, mas o senti enrijecer ainda mais. Sem motivo algum, tentei então retirar suas mãos do rosto. Elas, porém, cobriam o rosto com a solidez de tampas de ferro... Pensando bem, foi a partir dessa época que, como pai, comecei a sentir dificuldade em lidar com a força física de meu filho, força que passou a se evidenciar cada vez mais com o passar do tempo; não me restou portanto outro recurso senão permanecer agachado observando os dez dedos daquelas mãos que, em contraste com o resto de seu corpo, eram de expressiva delicadeza.

Impossibilidade absoluta de me aproximar de meu filho. Esta sensação eu também experimentara logo após a crise de epilepsia. Iiyo parecera exausto, como se acabasse de praticar um exercício físico violento. Antes de vê-lo adormecer a roncar alto, e logo depois que acordou, eu havia lhe perguntado repetidas vezes:

— Que foi que você sentiu, Iiyo? Falta de ar? Vontade de vomitar? Você se sentiu muito mal, Iiyo?

Meu filho, porém, parecera trancado em si mesmo, num misto de mau humor e fraqueza, e não manifestara a menor reação às minhas perguntas. Aquela e esta foram as duas vezes, desde a crise epiléptica, em que me vi claramente impedido de sondar o íntimo de meu filho.

Até então, eu supunha estar a par de tudo o que acontecia com ele, tanto interna como externamente. Contudo, enquanto meu filho sofria a crise epiléptica, revirava os olhos e batia no chão com a palma da mão, eu não consegui descobrir nada sobre o cenário que com certeza se descortinava em seu íntimo, pois uma vez que meu filho se mostrou exausto, como se acabasse de cumprir uma missão difícil, e adormeceu em seguida a roncar alto, senti que essa missão envolvia algum tipo de visão espetacular. Em meus devaneios, ele vê um cenário semelhante ao do ninho de robalos de minha infância, em que a eternidade se manifesta por um brevíssimo momento... E novamente agora não consigo uma pista sequer que me leve a compreender que tipo de idéia de morte ele nutre capaz de lhe arrancar essa exclamação carregada de dor. Afinal, de que maneira essa emoção concernente à morte cresceu em seu íntimo?

A resposta a esta última pergunta logo me foi dada. Nos últimos dias daquelas férias escolares de primavera, meu filho ouvia uma emissora FM a todo o volume, ainda sob os efeitos da depressão provocada pela crise epiléptica. Decorridas algumas horas, a família inteira se sentiu incomodada. A irmã então lhe pediu:

— Iiyo, abaixe um pouquinho o som, por favor.

Meu filho reagiu com um gesto violento e ameçador que fez a irmã, da metade do tamanho dele, apequenar-se ainda mais.

— Que feio, Iiyo! Isso não se faz! — interveio minha mulher. — Depois que seu pai e eu morrermos, você terá de depender do seu irmãozinho e da sua irmãzinha, não é verdade? Se você continua a se comportar dessa maneira, ninguém mais vai gostar de você. E então, como é que você vai viver depois que seus pais morrerem?

Naquele momento, compreendi tudo com certo pesar. Tinha sido dessa maneira que nós dois vínhamos apresentando a questão da morte a nosso filho, não só uma, mas repetidas vezes... Naquele dia, porém, Iiyo reagiu a nosso chavão com uma resposta totalmente nova:

— *Não faz mal! Eu vou morrer mesmo! Vou morrer logo, de modo que não se preocupem!*

Seguiu-se um momento de silêncio em que todos pareceram prender a respiração: assim como eu, minha mulher ficara atordoada pela declaração de nosso filho, proferida em tom sombrio e seguro; em seguida, ouvi-a dizer em tom conciliador, sem nenhum traço de censura:

— Nada disso, Iiyo! Você não vai morrer. Que é isso, meu filho? Por que acha que vai morrer logo? Quem lhe disse isso?

— Eu vou morrer logo! Não viu que eu tive uma crise? Não se preocupe, eu vou morrer logo, é verdade!

Aproximei-me de minha mulher, que estava em pé ao lado do sofá, e observei meu filho: suas mãos tapavam firmemente o rosto, e apenas as bastas sobrancelhas negras e o topo do nariz proeminente que lembrava o do tio ator espiavam por entre os dedos. As palavras morreram em nossa boca, pois tanto eu como minha mulher percebíamos a impropriedade de qualquer coisa que pudéssemos dizer. Iiyo, que acabara de falar com tanta firmeza havia pouco, se imobilizara por completo.

Decorridos cerca de trinta minutos, passou rente à mesa da sala de jantar a que eu e minha mulher nos sentávamos frente a frente, silenciosos e à toa, e dirigiu-se ao banheiro a passos lentos. Andava desse jeito porque continuava com o rosto coberto pelas mãos, e a irmã, sentindo-se talvez responsável por ter provocado essa situação, acompanhava-o de perto, insistindo:

— Iiyo, Iiyo, cuidado, você não deve andar com as mãos no rosto porque pode se chocar contra alguma coisa! Pode até cair e bater a cabeça!

Em suas palavras, parecia haver uma velada crítica à repri-menda da mãe. O irmão também o escoltou e até entrou com ele no banheiro. Pela porta aberta, chegou-nos o som de uma longa micção. Dali, pareceu-nos que Iiyo foi direto para o quarto da mãe, situado em frente ao banheiro.

— Acho que não é bom falar daquele jeito com Iiyo. Ele pensa no futuro e fica triste — disse minha filha ao retornar, o rosto parecendo pequeno e murcho, como que arrepiado de frio.

Em pé ao lado dela, o irmão também mostrou que tinha uma opinião independente da dos pais, ao dizer:

— Iiyo esticou o indicador e o passou pelos olhos no sentido horizontal, ele enxugou as lágrimas como se estivesse cor-

tando o olho. Acho que esse é o jeito correto de enxugar lágrimas. Mas ninguém faz assim...
 Minha mulher e eu ficamos abatidos, com vergonha de nós mesmos ao pensar nas vezes sem conta em que repetíramos a pergunta: "Que é que você vai fazer depois que nós morrermos, Iiyo? Que será de você, meu filho, depois que morrermos?". Eu, especialmente, dava-me conta de que, além de não ter pensado em quão fundo essa questão crucial calaria no espírito de meu filho, não havia sequer conseguido uma definição de morte — não só para ele como também, e muito menos, para mim mesmo.
 Como um violento terremoto, a crise epiléptica lhe causara profundo abalo físico e emocional. E conforme meu filho se restabelecia, as férias de primavera chegavam ao fim e, quando começou a freqüentar outra vez a escola especial, tudo indicava que caminhava também para a estabilidade emocional. Passada a crise epiléptica, Iiyo tendera por algum tempo a ouvir música de maneira um tanto anormal, mas aos poucos voltava ao modo atento de ouvir que lhe era habitual e a encontrar nisso prazer e alegria.
 Contudo, a idéia da morte, qualquer que fosse sua natureza, tinha se implantado em seu íntimo, quanto a isso não havia dúvida. Depois de vestir o uniforme escolar, meu filho se senta todas as manhãs no tapete da sala de estar. Separa os joelhos gordos, planta as nádegas firmemente no chão e abre o jornal matinal. Apenas para ler o obituário. Prende a respiração para decifrar os ideogramas cuja leitura aprendeu depois de perguntar a mim ou a minha mulher toda vez que se deparava com o nome de uma doença para ele desconhecida e diz em voz alta transbordante de emoção:
 — Ah, vejam outra vez quanta gente morreu esta manhã! *Pneumonia aguda, oitenta e nove anos; ataque cardíaco, sessen-*

ta e nove anos; pneumonia bronquial, oitenta e três anos! *Ah, não!*, este homem foi o primeiro a pesquisar o envenenamento por baiacu! Trombose venosa, setenta e quatro anos; câncer pulmonar, oitenta e seis anos! *Ah!, quanta gente morreu!*
— Iiyo, muita gente morre, e mais gente ainda nasce todos os dias, entende? Não se preocupe tanto e vá para a escola. E tome muito cuidado ao atravessar a rua, porque senão...
Porque senão é você que vai morrer — ia dizer minha mulher, que, ao se dar conta disso, calou-se subitamente no meio da frase.
Iiyo tornou-se também sensível às reportagens sobre envenenamento alimentar divulgadas pela televisão. Esse tipo de notícia é muito freqüente no período chuvoso do começo do verão e ao longo dessa estação. E ao ouvi-la, Iiyo sempre corria para a frente da televisão e quase aos gritos repetia, por exemplo:
— *Ah! Um grupo inteiro de pessoas do centro comercial Nippori teve intoxicação alimentar! A causa foi um lanche do tipo ochaya-bento!*
Cerca de duas semanas depois, tiveram início as férias escolares de verão e, enquanto viajávamos de trem para nossa cabana nas montanhas da província de Gunma, Iiyo recusou-se a comer o lanche que havíamos comprado na estação, uma das coisas que normalmente ele mais apreciava.
Insistimos com ele diversas vezes para que comesse. Logo, seus olhos se desviaram em acentuado estrabismo e ele tapou a boca com uma das mãos, estendendo a outra diante de si em claro gesto defensivo. A recusa foi tão enfática e tensa que as pessoas ao redor na certa imaginaram que estávamos sendo cruéis com nosso filho. Daquele verão em diante, Iiyo passou a recusar sistematicamente os pratos de *sushi* que tanto apreciava. Em outras palavras, nunca mais comeu peixe cru. Pé de porco, que também era um de seus pratos prediletos, passou a ser rejei-

tado desde o dia em que se excedeu e teve diarréia. Em conseqüência, perdeu dez quilos em cerca de um ano, também porque o médico da escola lhe disse que a obesidade provocava diversos tipos de desordem.

Desde que passou a tomar metodicamente suas pílulas antiepilépticas, Iiyo nunca mais teve crises semelhantes àquela inicial que tanto me assustou, mas no decorrer dos dois últimos anos apresentou alguns sintomas premonitórios. E toda vez que isso acontecia ele faltava às aulas e passava o dia deitado no sofá, quando então descobria novas falhas em seus órgãos e as denunciava em tom admirado.

— Ah! Não consigo ouvir as batidas do meu coração! Acho que vou morrer! Pois meu coração não está batendo!

Então, eu e minha mulher ajustávamos a seu ouvido e peito um estetoscópio caseiro feito de tubos de borracha. Ou ainda fazíamos preleções de leigos sobre ataques cardíacos em termos compreensíveis para meu filho e nos esforçávamos por afastar dele o medo da morte... Nessas ocasiões, eu tentava também sondar a dor ou a ansiedade que ele pudesse estar sentindo para, através delas, descobrir de que maneira ele as registrara por ocasião da primeira crise. Mas nunca consegui obter nenhuma informação segura...

Não obstante, foi numa dessas sondagens que logrei extrair de meu filho a apreciação de um ato incompreensível que ele praticara anteriormente. Reproduzo a seguir o diálogo ocorrido entre mim e ele — na verdade um resumo de diversos diálogos, pois eu havia feito a mesma pergunta repetidas vezes. Embora a resposta de meu filho fosse um tanto obscura, ainda assim despertou um estranho eco que soou familiar tanto a mim como a minha mulher.

— Iiyo, pouco antes da crise epiléptica, você se lembra de ter arrancado os cabelos? Lembra que aos poucos você os tirou

da área sobre a tampa de plástico que recobre o buraco em seu crânio, até que ali se formou uma calva arredondada? Você levou muitos dias para conseguir arrancar tudo, mas... Você fez aquilo porque coçava? Ou será que o couro cabeludo sobre a tampa de plástico estava repuxando? Ou doendo? Ou será que havia um desconforto tão grande dentro de sua cabeça que o obrigou a arrancar os cabelos? Você se lembra? Por que você os arrancou? Conte-me.
— *Aqueles foram bons tempos! Como eram bons os velhos tempos!* — disse-me Iiyo com um sorriso, como se seus pensamentos voassem para um lugar distante.

Quando a chuva incessante dos primeiros dias de verão nos deu uma pequena trégua, levamos nosso filho ao hospital universitário N, de Itabashi. Estávamos em dúvida se o comportamento violento dele durante minha viagem à Europa tinha uma causa física, e achamos sensato consultar um especialista. Minha mulher, que levara ao balcão do departamento de neurocirurgia a habitual solicitação de consulta com o dr. M, retornou desanimada para o canto da sala de espera onde eu e meu filho havíamos assegurado nossos lugares em poltronas e a aguardávamos.
— O doutor M chegou à idade de se aposentar e deixou o hospital. Parece que ainda vem ao consultório alguns dias da semana para atender os pacientes que têm necessidade especial de falar com ele...
Meu filho estava muito animado pela perspectiva de rever o dr. M depois de tanto tempo. Com um poder de compreensão que classifico de ágil para assuntos que lhe dizem respeito, ele percebeu de pronto que por algum motivo o dr. M não se encontrava do outro lado da cortina que nos separava da sala de

consultas, e foi perdendo o entusiasmo. Quanto a mim e minha mulher, ficamos totalmente desorientados, pois, como nos demos conta naquele instante, sempre imaginamos que bastava ir ao hospital para obter eternamente do dr. M orientações precisas sobre nosso filho. Mas pensando bem, no decorrer desses dezenove anos, o dr. M, que de jaleco branco nos atendera de tempos em tempos em seu consultório com a seriedade, a firme determinação e o humor puro dos bem-educados, vinha a cada consulta evidenciando um envelhecimento gradual tanto na aparência como no comportamento. Enquanto aguardávamos em silêncio, *flashbacks* dessas consultas me ocorreram. Dos três, quem mais se desapontou fui eu: quando o nome de meu filho foi anunciado no alto-falante e minha mulher e Iiyo se armaram de coragem para entrar no consultório do novo médico, dei como desculpa a necessidade de tomar conta de nossas coisas e permaneci na sala de espera.

Dez minutos depois, meu filho emergiu do consultório aparentando bom humor. Minha mulher surgiu bastante ansiosa — sua inquietação parecia encobrir um turbilhão de pensamentos e me pôs em estado de alerta para o que viria a seguir — e me disse que Iiyo tinha de se submeter a uma série de exames. Primeiro, teria de colher amostras de sangue e de urina e, em seguida, ir para a sala de raios X.

Enquanto nos púnhamos em movimento, minha mulher me contou que o novo médico era membro da equipe do dr. M desde os tempos da primeira cirurgia a que nosso filho fora submetido, dezenove anos atrás. O médico tinha lhe dito que não achava que os sintomas apresentados por Iiyo nos últimos anos fossem de epilepsia. Tanto quanto ele era capaz de se lembrar, havia dois cérebros no crânio de meu filho e, entre eles, uma falha no osso. A equipe médica se certificara de que não havia atividade no cérebro externo e o extirpara, mas a área do cérebro ativo próxima ao local da cirurgia correspondia à dos nervos ópticos. Não teria sido em conseqüência disso que haviam surgido os episódios de cegueira momentânea e, de forma indireta, também as recentes crises consideradas epilépticas...?

— Como é? Dois cérebros? — intervim eu. — E eles extirparam o externo, inativo?

— O médico afirma que você estava a par disso. Agora eu também começo a entender aquela história de "síndrome do cérebro partido" da ficha médica.

Dois cérebros: se ele os tinha, o significado da anormalidade existente no pequeno corpo de meu filho, nascido com uma brilhante tumefação cor de carne quase do tamanho de uma outra cabeça, tornava-se indiscutivelmente claro... Contudo, era impossível que eu tivesse ouvido a explicação do dr. M por ocasião da cirurgia e que a tivesse ocultado de minha mulher.

— Sabe o desenho de um cérebro a bico de pena que você tem dependurado na parede diante da escrivaninha do seu gabinete? No centro dele existe um olho, cujo tamanho faz o cérebro parecer comparativamente pequeno... Aquilo não seria o desenho de "um outro" cérebro?

De fato eu apreciava bastante esse desenho. A figura tinha sido impressa originariamente na capa de uma coletânea de ensaios do dr. W, "Sobre a loucura e outros assuntos" (*Kyoki ni tsuite nado*), publicada logo após a guerra. Segundo me lembro, eu havia mandado emoldurá-la e a pusera em meu gabinete porque fora profundamente influenciado pelo seguinte trecho desse livro: "Grandes obras inexistiriam sem *loucura*, dizem alguns. É mentira. Obras realizadas com *loucura* vêm sempre acompanhadas de devastação e sacrifício. Obras verdadeiramente grandiosas são realizadas de maneira honesta, persistente e firme por indivíduos humanos com acentuada consciência da própria suscetibilidade à *loucura*".

Quando o dr. M se referiu, logo após a cirurgia, à tumefação semelhante a uma bola de pingue-pongue, eu, que relacionara a intumescência com a fenda no crânio, entendi ser ela constituída de matéria óssea, e assim havia explicado à minha mulher, que agora parecia desconfiar que eu tivera a intenção de lhe ocultar a verdade. Influenciado por essa desconfiança, um pensamento começou a emergir das profundezas nesse momento. O dr. M talvez tivesse me falado de dois cérebros, mas a informação disparara um mecanismo psicológico de autoproteção e eu simplesmente a ignorara. A informação, porém, talvez tivesse ficado registrada em meu subconsciente, o qual, em contrapartida, fixara minha atenção no desenho de cérebro do dr. W, um cérebro de tamanho menor que o normal em comparação ao olho.

Depois de agradecer num tom que lembrava o de um locutor de emissora FM, meu filho saiu da sala de radiografia e surgiu no corredor. Submeter-se a esse tipo de exame era realmente uma grande provação para Iiyo, já que, apesar de todo o empenho, sua dificuldade de se mover de acordo com as instruções do médico era grande a ponto de levantar suspeitas de anomalias na estrutura óssea. Quando os exames radiográficos, os últimos do dia, terminaram e nós embarcamos num táxi, meu filho disse com voz sentida mas ao mesmo tempo exultante:

— Sofri muito, mas suportei com firmeza!

Algo, porém, me incomodava.

— O médico explicou a Iiyo em termos compreensíveis a ele a condição que você mencionou há pouco? — perguntei a minha mulher.

— Acredito que sim, pois Iiyo se mostrou muito interessado. Chegou até a dizer algo parecido com: "Nossa, dois! Eu tinha dois cérebros?".

— Pois é! Eu tinha dois cérebros! Mas agora só tenho um. Mãe, onde será que foi parar meu outro cérebro?

O motorista, que parecia atento a nossa conversa, deixou escapar uma risada, mas se conteve de imediato e se ruborizou desde o queixo até a orelha, aparentemente irritado com o próprio deslize. Entre os motoristas de táxis baseados em hospitais, alguns encaram como dever profissional demonstrar simpatia a pacientes e a seus familiares. No caso do nosso motorista, tudo indicava que ele se censurava por não ter conseguido patentear devidamente sua simpatia. Mas meu filho gosta de pilheriar quando está de bom humor e, quando fez a observação acima, havia imitado um conhecido *jingle*, de modo que o acesso de riso do motorista só pode ter lhe dado satisfação. Então aproveitei a brincadeira e lhe disse:

— Iiyo, seu outro cérebro morreu. Mas dentro da sua cabeça há outro cérebro vivo que trabalha muito bem. Aliás, foi maravilhoso você ter tido dois cérebros, não concorda?

— *É verdade! Foi realmente maravilhoso!*

Como haveríamos de lidar com essa nova informação, a de que houvera dois cérebros? A maravilhada surpresa demonstrada por meu filho ao ouvir a verdade me indicou, estupidificado e incapaz de decidir, a atitude a tomar. Por que motivo essa nova revelação não deveria me animar do mesmo modo que a meu filho? Pois apesar de vir ao mundo com dois cérebros, uma pesada carga, não tinha meu filho sobrevivido à cirurgia e às condições anormais decorrentes dela — "*Sofri muito, mas suportei com firmeza!*" — e não vinha ele se desenvolvendo?

— Você está vivo, Iiyo, porque seu outro cérebro morreu, entendeu? Você tem de cuidar muito bem do cérebro que lhe restou e se esforçar de verdade para viver muitos e muitos anos, está bem?

— *Isso mesmo! Vou me esforçar de verdade para ter uma vida longa. Sibelius viveu até os noventa e dois anos, Scarlatti, até os noventa e nove, Eduardo di Capua, até os cento e doze anos! Ah, que beleza!*

— O meu jovem amigo gosta de música? — perguntou o motorista sem se voltar, disposto aparentemente a recuperar os pontos perdidos. — Que tipo de músico era esse Eduardo?
— Ele compôs a canção "O sole mio"!
— Que beleza! Você realmente sabe muito, mocinho! Eu lhe desejo muita sorte, ouviu?
— Muitíssimo obrigado! Vou me esforçar de verdade!
Eu imaginava a paisagem de um deserto. Um gélido bebê — aliás, um bebê que é apenas um único olho aberto num cérebro menor que o normal — está de pé no ar em fúria. Ele grita. Grita como apenas um bebê somente cérebro é capaz de gritar: "Os filhos de seis mil anos/ mortos na infância clamam furiosos. Imensa multidão clama furiosa,/ nua e pálida de pé no ar ansioso esperando a salvação".*

---

* "... the children of six thousand years/ Who died in infancy rage furious a mighty multitude rage furious/ Naked & pale standing on the expecting air to be delivered." (N. T.)

3. Desce, desce, cortando a imensidão com gritos de aflição

Dois anos atrás, quando meu filho ainda estava no nível ginasial do curso especial, levei-o por uns tempos à academia de ginástica para ensiná-lo a nadar. Entre o outono e o inverno, eu o levei lá duas ou três vezes todas as semanas. A razão disso tinha sido a queixa feita à minha mulher pelo professor de educação física durante uma reunião de pais e mestres, de que meu filho vinha sendo um sério problema na aula de natação.

Pelo que entendi, o professor havia dito que faltava a meu filho vontade de boiar, e que ele parecia não possuir nem mesmo o instinto básico de procurar ficar à tona da água. "Ensinar esse tipo de criança a nadar é quase como treinar um copo...", teria acrescentado o professor, observação que deixara minha mulher um tanto alarmada, mas que a mim soara perfeitamente compreensível. E quando levei meu filho à piscina, a perplexidade do professor de educação física se tornou tão claramente compreensível que acabei rindo alto. De fato, a situação era difícil, talvez mais difícil ainda que ensinar um copo a nadar.

Pois se você deita um copo na superfície da água, ele imediatamente começa a afundar. Mas se o copo tiver ouvidos, você poderá lhe dizer: "Tente não afundar, está bem?". No caso de meu filho, ficava claro que ele não conseguia boiar, mas também não se podia afirmar que afundava. Além disso, ele parecia obedecer com toda a candura às ordens que eu lhe dava dentro da piscina e, ao mesmo tempo, não prestar a mínima atenção ao que eu lhe dizia. Aos poucos, a exasperação do professor substituto de educação física deixou de ser uma simples questão de simpatia e transformou-se em realidade para mim.

— Mais uma vez, Iiyo! Ponha a cabeça na água, estique os braços para a frente e bata os pés, vamos!

Meu filho não tem medo da água. Não mostra nenhuma hesitação. Ele se move de acordo com minhas instruções. O único problema é que seus movimentos são realizados num ritmo assustadoramente vagaroso, bem distante do padrão de velocidade que de certo modo espero dele. Lembra o lento permear de um líquido espesso, lembra o mergulho de uma concha na areia.

Ele descansa a cabeça serenamente na água, estende os braços para a frente, ergue os pés do fundo da piscina. Dessa maneira, Iiyo não só flutua como mexe os braços naquilo que aparentemente imagina serem movimentos do estilo *crawl*, mas os braços, que se movem de maneira lenta e cuidadosa, não parecem encontrar nenhuma resistência na água. Enquanto isso, o corpo vai aos poucos afundando. Nessa altura dos acontecimentos, porém, há um momento em que vejo seus dois pés plantados no fundo da piscina de forma extremamente natural. Nunca acontece de ele se debater, engolir água, sufocar e entrar em pânico ao afundar. E como ele avança cerca de um metro enquanto realiza essa série de movimentos, a repetição dessa série sem dúvida o leva, embora de modo lento, de um extremo a outro da piscina. Aparentemente, para ele isso é nadar numa piscina.

— Vamos, Iiyo, ponha mais força nos braços — eu o incentivava continuamente —, vamos, experimente mexer os pés como se andasse e tente ir para a frente!

E a cada vez meu filho respondia da maneira mais afável que se possa imaginar:

— Vamos, vamos sim!

Mas no instante em que mergulha a cabeça na água, Iiyo começa a se mover como um nadador num sonho ou num filme rodado em câmera extremamente lenta e não mostra intenção alguma de aperfeiçoar seu desempenho. Ajeitando meus óculos de natação, eu mergulhava ao lado dele para continuar a instruí-lo e via, dentro da água, que meu filho arregalava em serena admiração seus olhos amendoados e profundamente recortados, e se movia com tamanha calma que me possibilitava acompanhar, uma a uma, a subida das brilhantes bolhas de ar que lhe saíam da boca e do nariz. Tanta serenidade me fez refletir seriamente se não seria aquele o comportamento natural do ser humano debaixo d'água...

Como já disse, eu o acompanhava à piscina duas ou mais vezes por semana, mas não via sinais de melhora no seu jeito de nadar. As idas à piscina, contudo, não foram totalmente em vão porque Iiyo parecia apreciá-las à sua maneira, embora tivéssemos encontrado dificuldade em dias de grande freqüência. Havia três piscinas no clube: duas de competição e uma funda para treino de salto e mergulho, mas a principal, de vinte e cinco metros de comprimento, só podia ser usada para treinar meu filho nos horários da natação recreativa. Por conseguinte, quando os alunos dos cursos de natação ou de treinamento ocupavam a piscina de vinte e cinco metros, restava apenas a de vinte metros, reservada aos sócios da academia, para treinar meu filho.

Mas a partir de meados do outono, todas as portas envidraçadas de acesso à piscina dos associados passaram a permanecer algumas vezes trancadas à chave. Ou seja, nessas ocasiões, a piscina se tornava exclusiva de um grupo de pessoas. Naqueles momentos, eu procurava brechas nos horários da piscina de vinte e cinco metros e, caso não as encontrasse, esperava a liberação da piscina dos sócios, já que a exclusividade durava apenas duas horas. Tudo porque, depois de tirar a roupa, vestir o maiô e descer para a piscina, não era fácil fazer Iiyo compreender que não havia lugar para ele treinar naquele dia. Por outro lado, aguardar sentado num banco à beira da piscina não o incomodava nem um pouco, e ele era capaz de permanecer em silêncio o tempo que fosse necessário.

O grupo que alugava a piscina privativa dos sócios a que me referi anteriormente era formado por pessoas com um padrão de comportamento específico e até então desconhecido no clube. Compunham o grupo quinze jovens de mais de vinte e cinco anos. Posso afirmar com certeza que eram quinze porque a chamada que realizavam do outro lado da porta de vidro trancada nos chegava aos ouvidos todo começo e fim de treinamento. A chamada, aliás, era feita em espanhol, *uno, dos, tres, cuatro...*, mas dessa particularidade falarei mais adiante. E terminava sempre em *quince*.

Naturalmente, os rapazes eram todos japoneses, e a compleição, a fisionomia e o modo de gesticular de cada um pareciam indicar que tinham sido submetidos a um tipo de treinamento semelhante ao do antigo Exército japonês. A própria chamada, embora feita em espanhol, era típica desse Exército. No passado, vivi alguns meses na Cidade do México e desse tempo conservo a lembrança de ter tido os sonhos das manhãs de domingo perturbados bem cedo pelos gritos das crianças que, do lado de fora do apartamento, chamavam-se mutuamente num espanhol repleto de vogais ressoantes, sons que de imediato me faziam reviver lembranças da infância e da vila natal de Shikoku; o espanhol da chamada, porém, nada tinha a ver com sentimentos nostálgicos despertados pela semelhança sonora básica entre as línguas japonesa e espanhola, já que a pronúncia e a vocalização, rudes, eram, em essência, do antigo Exército japonês.

Senti ainda mais nitidamente que os rapazes pareciam ser militares por terem todos o cabelo cortado à escovinha, por descerem à piscina em calções de banho cáqui que mais pareciam calças curtas — aliás, vestiam uniforme de listras amarelo-claras e verdes, do tipo camuflagem, quando topei com eles certa vez ao lado do clube no momento em que desciam de um ônibus de porte médio, semelhante aos usados pela polícia no traslado de prisioneiros — e por apresentarem aspecto físico homogêneo.

Os rapazes da equipe universitária de natação que vejo na piscina ou na sala de musculação no terceiro andar do clube fortalecendo braços e pernas em aparelhos têm pele e musculatura esplêndidas, obtidas graças ao controle de suas dietas excessivamente nutritivas. Seus corpos são flexíveis e vigorosos quase ao ponto da insolência. Eles têm físico privilegiado, enfim. Apesar disso, suas fisionomias ainda conservam traços de criança mimada. E se não estão treinando, essas feições se relaxam e chegam a parecer atoleimadas...

Os jovens de aparência militar, porém, tinham tipo físico completamente diferente do dos atletas universitários, em parte por serem quase dez anos mais velhos que estes. Seus corpos também tinham sido trabalhados, mas havia em torno deles um ar de pobreza e de indiferença pela própria aparência que sugeria penoso trabalho braçal. Nos treinos, exibiam um estilo amadorístico de nadar, batiam pernas e braços com violência na água numa demonstração ineficaz de força muscular, mas nem por isso o líder do grupo se dava ao trabalho de descer à beira da piscina para corrigi-los.

Não obstante, o referido líder, Shumuta, era um treinador bastante respeitado no mundo esportivo nacional. Os jovens chegavam num ônibus médio de aspecto enclausurado por causa das grossas esquadrias de madeira que diminuíam o tamanho das janelas, entravam no clube em fila indiana pela porta dos funcionários, dirigiam-se ao vestiário comumente usado pelos alunos dos cursos de natação, mas reservado a eles naquele horário, e se trocavam agrupados num canto. Depois, nadavam na piscina completamente isolada pelas portas de vidro chaveadas, usavam o chuveiro — nunca a sauna seca ou a úmida —, tornavam a embarcar no ônibus e partiam. Ou seja, o grupo realizava suas atividades totalmente isolado dos demais freqüentadores do clube, situação que provocou a antipatia de uma das sócias, que disse certa vez com rudeza: "Quem vê esses rapazes sempre de cara feia, sem sequer conversar entre si, logo imagina que saíram da cadeia para nadar! Essa gente com certeza não pertence à nossa época!".

Lembro-me bem dessa observação porque durante algum tempo eu também tive a mesma impressão: entre a geração dos atletas universitários e a desses jovens de aparência militar parecia ter havido um lapso enorme que abrangia todo o período áureo do desenvolvimento japonês do pós-guerra. Mas o treinador deles, o sr. Shumuta, pelo contrário, era um indivíduo alegre, transbordante de energia, uma pessoa realmente moderna: enquanto seus liderados treinavam na piscina, ele se abancava sozinho na sauna ou no furô e entabulava conversa com qualquer um. O contraste era grande e parecia evidenciar a existência de uma relação algo grotesca entre o sr. Shumuta e seus liderados.

Eu não conhecia em detalhe a vida do sr. Shumuta — os freqüentadores da academia pareciam ter tacitamente concordado que o passado desse homem de cerca de cinqüenta anos era de conhecimento geral, de modo que inquirir a respeito disso àquela altura poderia soar forçado —, mas uma coisa era certa: ele havia sido corredor olímpico. No meio da carreira, porém, perdeu alguns dedos do pé num acidente. Os tocos ainda tinham vívido tom rosado, e não era possível ignorá-los nos momentos em que o sr. Shumuta, mergulhado no tanque de água gelada, deixava para fora com total falta de cerimônia apenas os pés gordos e rijos. Ele então desistira de competir, lograra transformar-se em bem-sucedido preparador físico de atletas e, pelo que se dizia, acompanhara-os ao exterior integrando a delegação olímpica japonesa em diversas ocasiões. Além disso, tinha sido professor de educação física da universidade K até pouco tempo atrás. Como em seus tempos de universitário o presidente da academia de ginástica tinha sido um dos alunos prediletos do sr. Shumuta, este, por sua vez, era conselheiro da academia desde sua fundação. E fora por causa de todas essas ligações que o sr. Shumuta conseguira, sem dúvida sob protestos de toda natureza, permissão para usar de maneira exclusiva, embora temporária, a piscina reservada aos associados.

O sr. Shumuta tinha feições de bebê superdesenvolvido — além da testa abaulada que, aumentada pela calvície incipiente, formava com as bochechas rechonchudas três morros fronteiros avermelhados, suas sobrancelhas ralas encimavam olhos semelhantes a riscos profundos e lhe conferiam perene expressão sorridente — e instalava o corpo obeso na sala da sauna ou do furô, de onde seu riso retumbava sem cessar. Mas bastava trocar algumas palavras com ele para se perceber de imediato que o homem nada tinha de criança ingênua. Nesses momentos, desconfiava-se que aqueles olhos finos e brilhantes em rosto de bebê gigante e feliz jamais haviam se abrandado num sorriso.

— *Sensei* — interpelou-me ele certo dia, como se tivesse estado a minha espera, no instante em que entrei na sauna depois de deixar meu filho no furô de água morna em que gostava de permanecer longamente, mas seu jeito de dizer *"sensei"*, que entre professores de faculdade costumava soar descontraído, exprimia o desdém que um trabalhador braçal insatisfeito poderia talvez sentir por alguém que ganha a vida sentado a uma escrivaninha. — Um amigo meu da Cidade do México me falou do senhor. É que desde as Olimpíadas do México mantenho relações com diversas pessoas de lá. Além desse amigo, conheço também um japonês bem-sucedido que possui uma extensa fazenda com plantação de espécimes ornamentais, e é para essa fazenda que vou levar meus jovens. Isso poderia ser classificado como exportação de mão-de-obra e me acarretaria problemas com o governo mexicano, mas tão logo meus jovens recebam treinamento na fazenda, serão deslocados para uma área totalmente selvagem e os problemas deverão desaparecer. Em vista disso, *sensei*, gostaria que o senhor fizesse uma palestra sobre o México para os rapazes. Em espanhol, por favor.

— Não estou à altura do que você me pede. Meu conhecimento da língua espanhola é muito limitado, entende...

— Que é isso, que é isso! Quando uma pessoa do seu nível intelectual permanece meio ano num país estrangeiro, ela obviamente domina a língua desse país!

— Eu realmente estive na Cidade do México, mas não me concentrei em estudar a língua...

— Que é isso, que é isso! Pessoas como o senhor, *sensei*, aprendem fácil a língua local quando vão ao exterior, o que não acontece com os meus rapazes. Faz algum tempo que eles estão fazendo um curso intensivo da língua espanhola. No acampamento, só permito que falem em espanhol. Venho submetendo-os a um curso de imersão total já há um ano, sem direito a saídas, e excluí do ambiente em que vivem todos os livros em japonês. Não lhes dou jornal, nem permito que assistam televisão ou que ouçam rádio. Hoje, alguns rapazes chegam até a falar em espanhol enquanto dormem. Mas quando acordam, as coisas mudam de figura. Ah, ah, ah! Acho que eles estão ávidos por ideogramas japoneses impressos, porque outro dia caiu nas mãos deles uma revista em quadrinhos trazida por uma das crianças do curso de natação. Pois eles disputaram a revista sofregamente, arrancaram as páginas e começaram a lê-las em pé, na beira da piscina. Eu porém vi e ordenei que se retirassem para o vestiário, e ali mandei que se aplicassem bofetadas mútuas como punição. Contudo, tomei especial cuidado para que os rapazes não fossem espionados pelas crianças, pois, como o senhor deve saber, o diretor desta nossa academia é bastante exigente em matéria de educação infantil. Mas, se quer saber minha opinião, castigos físicos são até benéficos à educação, ah, ah! Por tudo isso, quero que o senhor fale em espanhol com meus rapazes. Metade deles pertencia originariamente a movimentos da extrema esquerda e a outra metade, da extrema direita. E todos, não sei bem por quê, querem debater com o senhor, *sensei*. Os mais ansiosos entre eles são os que estavam sob a tutela de M (naquele momento, o sr. Shumuta mencionou de repente o nome de um escritor famoso que se suicidara alguns anos antes).

— Mas eu realmente não sei falar espanhol. Aliás, mesmo em inglês eu teria de me preparar com bastante antecedência...

— Que é isso, que é isso! Por que se põe tanto na defensiva? Meus rapazes são todos *ex-revolucionários* regenerados em busca de novas oportunidades no México, jamais praticariam nenhum tipo de violência contra o senhor. Um debate, apenas um debate, é só o que pedem, ah, ah! Considere o pedido deles, *sensei*, talvez possamos realizar esse encontro alguns dias antes, ou depois, das comemorações do décimo aniversário do suicídio do escritor M, ah, ah! Por favor, *sensei*!

Enquanto conversávamos, eu havia notado o olhar que Iiyo, assustado com as risadas explosivas do sr. Shumuta, lançava do outro lado da parede de vidro temperado, de modo que me ergui e saí da sauna, mas o vozeirão do sr. Shumuta, impregnado de riso e de um quê de zombaria, parecia ter aderido às minhas costas suadas e me provocava uma estranha sensação de culpa. Era como se eu realmente soubesse espanhol mas estivesse tentando, por cautela e covardia, evitar esses extremistas da direita e da esquerda mal chegados à casa dos trinta que se diziam interessados em mim...

E assim, depois de conversar com o sr. Shumuta, vi despertar meu interesse por seus jovens liderados, em parte por causa dessa sensação de culpa. Também contribuíram para isso os inúmeros cartazes que surgiam naqueles dias nas esquinas da cidade, divulgando encontros organizados pelas mais variadas entidades no dia do suicído do escritor M, mencionado pelo sr. Shumuta.

Entrementes, havia no clube um associado que criticava de diversas maneiras os liderados do sr. Shumuta e lhes atribuía caráter um tanto diferente do que declarara o treinador. De acordo com esse associado, o décimo aniversário do suicídio do escritor M tinha um significado especial para os rapazes. O autor da crítica — considerada por alguns sócios simples falatório maldoso de alguém naturalmente revoltado com a ocupação momentânea da piscina dos associados por um grupo estranho e que causava a exclusão dos referidos associados — era um certo sr. Minami, professor adjunto da universidade K (onde o sr.

Shumuta havia exercido o cargo de professor de educação física) e estudioso da medicina desportiva tanto no campo físico como no psicológico. As críticas, portanto, podiam ser consideradas em certa medida fundamentadas, mas como quase todos os freqüentadores mais assíduos da academia de ginástica ainda conservavam resquícios da mordacidade que os animara nos tempos de estudante, era também incontestável que eles se provocavam mutuamente dessa maneira talvez um tanto maldosa mas inofensiva. Seja como for, o sr. Minami nunca desfez o sorriso gentil, quase feminino, que lhe brincava em torno dos olhos e que contrastava com a natureza sombria do assunto enquanto tecia os comentários na sala do furô, numa ocasião em que por coincidência o sr. Shumuta ali não se encontrava.

De acordo com o senhor Minami, não era totalmente verdadeira a afirmação do sr. Shumuta segundo a qual apenas alguns de seus rapazes haviam estado sob a tutela do sr. M. Embora os rapazes pudessem ser divididos em extremistas de direita e de esquerda, unia-os a ideologia M, o movimento M. Embora nem todos os rapazes tivessem pertencido ao exército particular de M — a maioria apenas sentira especial interesse pelo material escrito por ele —, sua morte, ao que tudo indicava, os fizera sentir-se abandonados. Por isso, depois da morte de M, eles haviam se reunido e formado o grupo, cujo objetivo era estudar a ideologia M e o movimento M. Com o tempo, um dos rapazes, estudante que pertencera ao departamento esportivo do sr. Shumuta, acabou servindo de ponte entre ele e o grupo. O sr. Shumuta havia conhecido muito bem o escritor M, que praticara halterofilismo.

E durante dez anos os rapazes se mantiveram reunidos em torno do sr. Shumuta, a quem tinham guindado ao posto de conselheiro. Mas a redução dos membros do grupo e sua subordinação a um regime de aquartelamento só havia ocorrido no final do ano anterior. Com a aproximação do décimo aniversário do suicídio de M, dizia o sr. Minami, a maioria dos rapazes concluiu que eles precisavam definir claramente os rumos do grupo. Então, depois de se livrar dos reticentes, o sr. Shumuta, com a ajuda financeira de um influente político de direita, havia estabelecido, no meio de uma floresta ao longo da ferrovia Odakyu, uma fazenda para o adestramento dos rapazes. O grupo de fato possuía terras no México, e o atual aprendizado, principalmente o da língua espanhola, constituía-se num estágio preparatório para a emigração futura. Tanto assim que um jovem colega do sr. Minami ia até lá com regularidade para ensinar-lhes a língua. Aparentemente, era verdadeira a história de que os rapazes só podiam falar em espanhol na fazenda administrada em regime de quartel, mas eles pareciam também dedicar-se com especial fervor ao treinamento de lutas marciais com armas que lembravam facas de alpinismo adaptadas.

— Pode até ser que o objetivo do senhor Shumuta seja o que ele alardeia, mas será que os rapazes não têm outras idéias na cabeça? — perguntou-me o sr. Minami. — Talvez achem que já passaram dez anos em inatividade e que, nesse ritmo, não haverá futuro para eles. Se esse for o caso, talvez não tencionem ir para o México para recomeçar suas vidas coisa alguma; muito pelo contrário, talvez estejam achando que é finalmente chegada a hora de brandirem as armas afiadas nesses dez anos. Desde os tempos em que M ainda era vivo, o senhor sempre disse que detestava o ideário político dele, não disse? E depois que ele morreu o senhor criticou abertamente a maneira como ele se suicidou, não foi? Se o senhor, com a sua costumeira pachorra, for dar essa palestra que o senhor Shumuta tanto quer, não será possível que esses rapazes resolvam matá-lo para em seguida dar início a uma carnificina? Até o espanhol que estudam com tanto afinco poderia transformar-se em código na hora de berrar ordens para um eventual ataque suicida ao QG de Ichigaya...

Cartazes anunciando o décimo aniversário da morte de M multiplicavam-se diariamente pelas ruas da cidade. Certo dia em que eu não fui ao clube, um pequeno incidente ocorreu ali: alguns dos rapazes liderados pelo sr. Shumuta desertaram do grupo. O acontecimento teve o poder de originar novas considerações sobre os jovens. Soube dos detalhes dessa fuga porque eu estava casualmente perto dos srs. Shumuta e Minami no momento em que os dois comentavam o caso.

Certa tarde do começo de novembro, fui ao clube com Iiyo e, ao descer para a piscina dos associados, não vi ninguém nadando lá. Após um rápido banho de chuveiro, eu e Iiyo seguíamos em direção à piscina quando um rapaz da equipe de natação, que fazia biscate no clube, aproximou-se correndo para nos informar que o uso daquela piscina estava momentaneamente proibido. Tinha havido um acidente de manhã, acrescentou o rapaz, e a parede de vidro que dava para a rua se quebrara. Espiei pela porta envidraçada a meu lado e notei que o canto mais distante da extensa parede de vidro tinha sido arrebentado, como se nele tivessem aberto um túnel. Três homens uniformizados, na certa funcionários da construtora designada para orçar a restauração, estavam em pé ao lado do rombo aberto na parede. Além deles, também se encontrava ali o sr. Shumuta, que saltitava de um lado para o outro com seu corpanzil que lembrava um boneco inflado feito de borracha dura como a de um pneu, sempre falando com muita animação.

Sem ainda saber o que tinha acontecido, observei-os por alguns instantes. Depois, fui com Iiyo à piscina principal aguardar o intervalo entre duas turmas do curso de natação para poder treinar meu filho em sua singular maneira de nadar, em que ele nem flutuava nem afundava por completo; em seguida, sentei-o num banco à beira da piscina e também nadei algumas vezes a extensão inteira da raia, batendo os pés vigorosamente na água para economizar tempo. A caminho da sauna, vi os srs. Shumuta e Minami conversando alegremente em volta da torneira da sala de banho. Sentei-me a certa distância e, para justificar a rudeza de não os cumprimentar, ensaboei generosamente todo o corpo de Iiyo e dediquei completa atenção à tarefa de lavá-lo.

— Foi sorte essas placas de vidro temperado terem ficado bem mais baratas ultimamente. Imaginei que fossem custar quase um milhão de ienes, mas parece que vão me cobrar apenas uma fração disso, e com mão-de-obra incluída, veja que sorte! Fiquei até meio constrangido, ah, ah! — dizia o sr. Shumuta sacudindo seu grosso pescoço de javali coberto de gotas que pareciam não ser borrifos da água do banho, mas suor.

— A meu ver, sorte maior foi nenhum deles ter se ferido — replicou o sr. Minami em tom que indicava certa disposição de manter distância de seu interlocutor.

— É porque meus rapazes são muito bem treinados. Eles jamais se machucariam numa situação de tão baixo risco! E mesmo em casos em que ferimentos fossem inevitáveis, as lesões sempre seriam mínimas tanto em número quanto em gravidade. Afinal, eles estão sendo treinados nesse sentido! E posso dizer o mesmo de mim, *sensei*, pois uma pessoa comum teria perdido a perna inteira no tipo de acidente em que me envolvi, entende?

— Segundo me contaram, dois ergueram o banco, um terceiro agarrou a ponta para direcionar a carga e dessa maneira arremeteram contra o vidro para abrir a passagem para a fuga. Depois, introduziram o banco no rombo aberto no vidro e o usaram como ponte para passar sobre os cacos espalhados no chão, o que mostra um planejamento perfeito! São profissionais, realmente!

— Profissionais da fuga, o senhor quer dizer, e nesse caso não prestam para nada!

— E agora, que pretende fazer? Já comunicou à polícia?

— Ora, *sensei*, isto não é caso para a polícia. Quem quiser fugir, que fuja! Se forem forçados a voltar não serão úteis. Veja bem, *sensei*: eu os submeto a um cotidiano disciplinado, mas nunca exerci nenhum tipo de fiscalização que os impeça de fugir.

— Mas então, Shumuta-*sensei*, por que é que eles tiveram de escapar pela piscina? Afinal, um simples deslize e eles teriam se machucado seriamente nessa história de quebrar a parede de vidro com um banco e fugir em calções de banho, concorda?

— Ah, mas eles jamais cometem deslizes porque estão muito bem preparados, ah, ah! Eles não tiveram foi esperteza suficiente para vestir alguma coisa antes da fuga, talvez porque tivessem medo de topar comigo caso subissem até aqui. Ou então a vontade de fugir que os assaltou enquanto estavam lá embaixo na beira da piscina foi tão grande que precisaram agir imediatamente, quem sabe?

— Na certa as duas hipóteses juntas — replicou o sr. Minami em tom estranhamente decidido, ou seja, diferente de seu costumeiro modo de falar, em que uma timidez feminina brincava em torno de seus olhos.

— Mas se mesmo com um rombo na parede e comigo ausente os demais não fugiram... — ia continuar o sr. Shumuta, quando o sr. Minami saiu em direção ao vestiário sem nada dizer.

O sr. Shumuta, então, voltou para mim o rosto em que olhos inescrutáveis semelhantes a duas pregas fundas e testa e faces protuberantes e avermelhadas se juntavam para lhe conferir aquela permanente expressão de riso gratuito, mas eu me dediquei com maior afinco ainda a lavar a cabeça de meu filho para evidenciar minha pouca disposição de herdar do sr. Minami a função de ouvinte.

— Não, não faça isso, *sensei*, esse tipo de superproteção não é recomendável na educação de crianças excepcionais. Aposto que ele ainda não conseguiu controlar a enurese noturna. É preciso ajudá-los a ter iniciativa e, para isso, é necessário treiná-los, compreende?

O sr. Shumuta dirigiu-se a mim contraindo as sobrancelhas ralas numa carranca que me pareceu grotesca e trágica ao mesmo tempo, pois a expressão de alegre bebê gigante persistia em seu rosto. Nesse instante, porém, o sr. Minami, que voltara para pegar o maiô e os óculos de natação esquecidos sobre uma bancada da banheira, disse-me qualquer coisa, e eu, embora sentisse certa pena do sr. Shumuta, aproveitei a deixa para me afastar com meu filho na direção do vestuário.

Em vez de se preocupar com trivialidades, não será melhor o senhor retornar para perto de seus liderados, Shumuta-*sensei*? Os rapazes que fugiram talvez estejam pensando em retornar para arrebatar os companheiros restantes. Nas universidades, corre o boato de que existe gente planejando transformar em pôster a foto da cabeça decepada de M e promover arruaças pela passagem do décimo aniversário do manifesto de Ichigaya. Já pensou que se esse pôster for de repente mostrado a seus rapazes, aos quais, pelos critérios adotados por seu grupo, é negada qualquer informação do mundo externo, a agitação poderá tomar conta de todos eles?

Em 25 de novembro, uma semana depois dos acontecimentos descritos acima, comemorou-se o décimo aniversário do suicídio de M, suicídio que ele propositadamente fez coincidir com a data comemorativa da execução de outro revolucionário do final do xogunato Tokugawa, Yoshida Shoin. Desde cedo, passei a ver e a ouvir retrospectivas do suicídio em programas de televisão e rádio. Eu não me encontrava no Japão na época do episódio, mas alguns filmes e gravações me forneceram a sensação de espectador que me faltava. As fotos da cabeça decepada de M haviam sido suprimidas das telas de TV e das páginas dos jornais de maneira deliberada, e o mesmo se dera com as notícias do grupo estudantil — aquele mencionado pelo sr. Minami — que se agitava em torno de um pôster confeccionado com a foto suprimida pela imprensa.

No começo da tarde, Iiyo retornou da escola especial e me contou, como se repassasse uma lição decorada, que durante a aula de educação física lhe haviam indagado como iam as aulas de natação, e ele teria respondido: "*Ih, não sei, já esqueci!*". Em decorrência disso, havia uma solicitação do professor, na caderneta de recados, para que avaliássemos o assunto. Indaguei então a Iiyo se queria ir à piscina naquele dia, e ele reagiu com entusiasmo.

Ao chegarmos ao clube, encontrei o sr. Shumuta — aliás, perguntei-me se o próprio sr. Shumuta não estaria ali porque alguém o desafiara a levar seu grupo, àquela altura desfalcado de três elementos e cuja chamada estaria terminando em *doce*, à academia de ginástica, bem no meio da cidade, justamente naquela data — e seus rapazes monopolizando a piscina reservada aos associados e espalhando água em profusão com suas desajeitadas braçadas. Além disso, as turmas dos cursos de natação estavam em plena atividade naquele momento, de modo que não havia nenhuma raia em que eu e Iiyo pudéssemos nadar. Já estávamos em pleno inverno, pessoas andavam de casaco na rua, e ficar parado à beira da piscina sem roupa deu-me uma estranha sensação de impropriedade, mas não vi outra saída senão sentar num banco ao lado do chuveiro da piscina e esperar a mudança das turmas dos cursos de natação. O banco ficava alguns degraus acima do nível da água e eu via, à esquerda, a piscina de vinte e cinco metros e, à direita, a outra, reservada aos associados, cuja porta de vidro estava trancada naquele momento. E bem diante de mim eu via a borda estreita da piscina funda, destinada ao treinamento de mergulhos e saltos ornamentais.

Na extremidade mais distante desta última piscina, tinha sido instalado um trampolim com manivela para regulagem de altura, e ali, treinando uma menina com jeito de estudante do curso primário — a futura atleta do clube —, estava um também famoso professor universitário, o qual, aliás, havia escrito um livro cuja leitura ajudara a melhorar minhas braçadas em estilo *crawl*. Em pé na borda do lado mais longo da piscina, isto é, de costas para a porta de vidro da piscina dos associados, o professor universitário instruía a menina e a fazia repetir os saltos, mas a distância entre o trampolim e a água era mínima e não permitia a um leigo como eu compreender por que o instrutor sacudia a cabeça aprovando ou não a qualidade do salto. Apesar disso, havia nesse processo — o instante de tensão, contração e explosão seguido de total relaxamento do corpo infantil, que lembrava um galho seco — algo que prendia inexoravelmente o olhar do espectador casual.

Passados alguns instantes, o sr. Shumuta surgiu ao lado do professor universitário. Vestia *training* sobre o corpo volumoso e rechonchudo e, do mesmo jeito que o treinador, observava os saltos da menina de costas para seus liderados. Embora o sr. Shumuta tivesse demonstrado brio indiscutível ao trazer os rapazes para o clube naquele dia problemático, não se sentira, ao que tudo indicava, tranqüilo o suficiente para ficar, como sempre, na sauna ou na sala de banho enquanto os rapazes treinavam. Ainda assim, ele devia ter imaginado que descer com os rapazes e vigiá-los na piscina dos sócios — a mesma que tivera a parede de vidro restaurada depois do arrombamento de dias antes, na fuga de três de seus rapazes — poderia comprometer sua reputação de homem seguro de si e, provavelmente por isso, ali estava ele do lado oposto da divisória de vidro a observar o treino dos saltos com as costas voltadas para seus liderados.

De repente, um tumulto silencioso teve início do outro lado da divisória envidraçada. Amontoados ao lado da porta de vidro, os rapazes de calção cáqui empurravam-se uns aos outros e, tensos, gesticulavam em nossa direção. Ergui-me do banco e vi, simultaneamente, o sr. Shumuta voltar-se também com violência para encarar os rapazes do outro lado do vidro. Que teria acontecido? Lembro-me, de maneira desordenada, dos pensamentos mais preocupantes que me assaltaram naquele instante. Se a força que movia aqueles rapazes provinha da cabeça decepada de M, eu haveria de enfrentá-la sem titubear, eu não a evitaria, nem fugiria dela, eu resistiria de pé, ainda que a resistência àquele pequeno exército privado me fosse inglória e resultasse em fragorosa derrota diante de Iiyo... — tais foram os vigorosos pensamentos que me possuíram naquele momento.

No instante seguinte, um dos rapazes aglomerados do outro lado do vidro pareceu tomar uma súbita decisão e, com um soco, quebrou um dos painéis de vidro. A mão que emergiu do rombo tingiu-se instantaneamente de sangue até o cotovelo e apontou na minha direção. Ao mesmo tempo, chegaram-nos pelo vidro quebrado os gritos roucos dos rapazes, um coro poderoso que repercutiu em nossas entranhas:

— *El niño, el muchacho, la piscina, difícil, enfermo... peligroso, anegarse!*

Ou seja, o menino, o garoto, a piscina, difícil, doente e, depois, perigoso, afogar-se, gritavam eles, lançando mão de todas as palavras conhecidas da língua que estudavam, o espanhol. Voltei-me então com uma lerdeza que eu mesmo considerei irritante e dei-me conta de que Iiyo não se achava mais sentado no banco. A meu lado, passou correndo nesse momento com uma agilidade anormal, o vulto muscular e roliço do sr. Shumuta, vulto que naquele exato instante percebi, como se enfim solucionasse um enigma longamente ruminado, assemelhar-se ao boneco da propaganda dos pneus Michelin.

Do outro lado do chuveiro, oculto por uma coluna, havia um tanque quadrado de dois metros de largura por quinze de profundidade, usado para o treino de mergulhos. Uma rede de proteção o cobria usualmente, mas naquele dia pareceu-me tê-lo visto sem ela. Fui atrás do sr. Shumuta e o encontrei em pé com as pernas abertas à beira do poço, observando as profundezas abaixo de si enquanto despia o *training* em dois movimentos. Calma e resolutamente, o homem entrou na água pelos pés. E enquanto as ondulações ainda não se propagavam pela superfície, vi Iiyo de boca escancarada, afundando como se brincasse no espaço. Diante do meu nariz — eu estava com os dois braços apoiados na beira do poço e me lembrava sem coerência alguma do verso "Desce, desce, cortando a imensidão com gritos de aflição, raiva e furor"* — surgiram os pés vermelhos e enormes do sr. Shumuta, num dos quais faltavam alguns artelhos, e em seguida eu o vi mergulhar perpendicularmente na água, como se escalasse o tanque em sentido contrário.

Naquele dia, deprimidos como duas crianças salvas de morrerem afogadas, Iiyo e eu nos sentamos num banco do bonde que nos levou para casa. Sobre mim, teve o efeito de um golpe

---

* "*Down, down thro' the immense, with outcry, fury & despair.*" (N. T.)

de misericórdia o que o sr. Shumuta, depois de fazer meu filho expelir com destreza a água que engolira, me disse em atitude bem diferente da condescendência de dias atrás ao comentar a "inconveniência de superproteger crianças excepcionais": "Cuidar dos filhos é um trabalho duro e cansativo, e nisso estamos no mesmo barco, eu e o senhor, ah, ah! Mas já que estamos nele, não podemos abandoná-lo no meio do caminho, não é?". E naquele momento de extrema emergência, tudo que eu conseguira fora me lembrar do poema de Blake, "*Desce, desce, com gritos de aflição, raiva e furor*".

Mas durante esses momentos de desânimo, quem está sempre a meu lado e sempre consegue me proporcionar consolo efetivo é Iiyo. Ao me dar conta de que ele me lançava rápidos olhares de soslaio, como a calcular a conveniência ou não de falar comigo, consegui de alguma maneira me animar um pouco e perguntar-lhe em voz rouca que até a meus ouvidos soou deprimida:

— Que foi, Iiyo? Ainda está se sentindo mal?

— *Não, senhor, já estou bom de novo!* — respondeu-me com energia. — *Eu afundei. De hoje em diante, decidi que vou nadar. Vou nadar, sim, ah, se vou!*

4. O espectro de uma pulga

Em julho passado, recebi a visita de uma jovem americana. Estudante da universidade de Virgínia, a moça desenvolvia uma tese de mestrado que tinha por tema dois escritores japoneses — M, o escritor suicida, e eu —, de modo que, para ela, nosso diálogo era trabalho de campo. A jovem me contou que, no decorrer de um seminário público realizado na faculdade em que estava matriculada, revelara que pesquisava "como os escritores japoneses abordavam o tema sexo e violência em suas obras", e que então, talvez pelo fato de suas feições e seu físico miúdo serem do gosto japonês e facilitarem a aproximação, recebera altas horas daquela mesma noite o telefonema de um homem que, com voz sombria, lhe dissera:

— Marion Crane-*san*? Também me interesso pelo tema violência e sexo. Gostaria de conversar a sós com você qualquer dia desses...

Marion fez várias perguntas a respeito de minhas obras, mas demonstrou também vivo interesse por minhas impressões sobre M, pois eu me encontrara com ele diversas vezes antes de seu suicídio. A certa altura, comentei que M, famoso por ter praticado musculação, fora no entanto um indivíduo de baixa estatura mesmo para o padrão japonês.

— Ah, agora entendi por que era difícil perceber um homem musculoso e avantajado por trás das belas imagens de sexo e violência escritas por M — comentou Marion, momento em que meu filho interveio de repente para dizer:

— Ele era baixinho de verdade, deste tamanho!

Não contente em sobressaltar a universitária americana com sua intervenção em voz exageradamente alta, Iiyo se acocorou ao lado da mesa de jantar, estendeu a mão em posição horizontal a uma altura de quase trinta centímetros do chão e espiou o espaço assim delimitado como se ali realmente visse um objeto.

— Quer dizer então que você se lembra do senhor M, Iiyo? Interessante, pois até hoje você nunca havia comentado nada a respeito — observei.

O significado exato de suas palavras e de seu gesto tinham me ocorrido num átimo. Quando M invadira o quartel general da divisão oriental das Forças de Autodefesa em Ichigaya e ali cometera suicídio por evisceração, os jornais haviam estampado a foto de uma sangrenta cabeça decepada posta a prumo no chão, e naquele momento percebi que Iiyo tinha essa imagem na mente. De que maneira a memória de meu filho excepcional preservara a lembrança dessa foto por mais de dez anos? Até então, Iiyo nunca comentara nada a respeito de M, mas naquele momento pareceu-me que ele confirmava a presença da cabeça decepada debaixo da própria mão... E então dei-me conta de que Marion também compreendera o sentido do gesto de meu filho, pois seu rosto exprimia agora profundo pavor, a mesma expressão que, segundo desconfio, teria se estampado nele quando ela recebeu o telefonema do desconhecido.

Dois anos antes, Iiyo quase se afogara num tanque de quinze metros de profundidade — soube, por um alerta afixado na época do acidente, que o tanque era também conhecido como "piscina negra" —, usado para treinamentos de mergulho na academia que eu freqüentava. Conforme escrevi anteriormente, o rapaz que na ocasião feriu o braço nos cacos de vidro para me alertar, assim como seus amigos e também o líder de todos eles, que resgatou meu filho de uma profundidade de dez metros, estiveram de alguma forma relacionados com a ideologia M ou o movimento M quando o escritor ainda era vivo. Contudo, nem naquela ocasião me ocorreu que Iiyo ainda se lembrasse de M e das fotos do incidente de evisceração estampadas nos jornais, pois na época ele apenas começava a freqüentar o curso primário de uma escola especial.

— Professor — disse-me Marion (eu era objeto de suas pesquisas e não seu mestre, mas foi esse o tratamento conveniente que ela encontrou para mim, um japonês idoso) ao recuperar o ânimo, numa tentativa de explicar a razão do pavor que deixara entrever. — Eu não conseguia entender muito bem seu ensaio sobre Malcolm Lowry e M, mas acho que agora compreendi. A cabeça decepada de M abalou o espírito de crianças como Iiyo, não é? E se são muitas as crianças como ele, essa cabeça decepada, que continuaria a projetar uma sombra em seus espíritos à medida que as crianças crescem, talvez se transforme numa força que, embora elas não consigam conceituar com clareza, ainda assim será capaz de movê-las de maneira efetiva...

— Bem, esse não é o caso de Iiyo — disse eu. Não obstante, enquanto observava meu filho obeso, que ainda mantinha o braço estendido paralelamente ao piso, senti uma sombra inquietante me acelerar o coração ao me perguntar se o poder dessa imagem, a da cabeça decepada, não haveria de se manifestar de maneira esmagadora nesse filho de alma eternamente infantil mas em vias de se transformar num adulto grande, conforme já indicava sua estrutura óssea.

O ensaio a que Marion se referiu — cuja cópia eu lhe havia remetido por achar que seria de obtenção difícil para pesquisadores estrangeiros — era uma nota explicativa aposta a uma coletânea na qual eu comentava o incidente protagonizado por M e, por conseguinte, a maneira violenta de se expressar que ele havia escolhido. Embora o procedimento seja pouco usual em romances, cito aqui um trecho desse ensaio intitulado "A cabeça decepada em morte política e a 'árvore da vida'", trecho diretamente relacionado com o que Marion havia dito.

Eu havia iniciado o ensaio da seguinte maneira: "A começar pelo discurso de ativista e a terminar no suicídio por evisceração, a performance de M, prevista para um público composto de numerosos soldados das Forças de Autodefesa e também de representantes da mídia, constituiu-se num dos mais bem elaborados espetáculos políticos do pós-guerra. Até a foto de sua cabeça decepada, posta a prumo no chão e, segundo disseram, tirada por acaso, estava provavelmente nos planos de M. Aliás, isso também se constituía em performance de projeção de um detalhe do próprio corpo humano sobre uma estrutura cósmica imperialista". Escrevi então "isso também" porque eu comparava a performance de M à de outro escritor, o autor do romance expurgado por forças políticas, *Furyu mutan* (Um elegante conto fantástico), que embora induza o leitor a uma interpretação de sentido oposto ao do movimento M, tem a capacidade de expressar a mesma coisa, o que, aliás, vem uma vez mais demonstrar a polissêmica profundidade das imagens e das performances em obras literárias.

"Todavia, nós — tanto os que apoiaram como os que condenaram a manifestação suicida de M — não consideramos seriamente essa performance de projeção de uma parte do corpo humano, aqui tipificada pela sangrenta cabeça decepada posta a prumo no chão, sobre uma estrutura cósmica imperialista. Ao ler a palavra de sentido univalente 'Manifesto' que M escolheu para se expressar, optamos por entendê-la como síntese do 'caso M'. Ou seja, não sei se feliz ou infelizmente, essa foi a reação, ao menos no âmbito midiático, tanto dos que apoiaram como dos que condenaram a demonstração de M. O destino daquela foto, tirada como que casualmente, é uma prova dessa interpretação dada pela mídia. (...) Quando a referida foto foi indicada para receber certo prêmio jornalístico, o jornal ou o próprio fotógrafo recusaram a indicação porque recearam ter de exibi-la repetidas vezes. E assim a foto foi arquivada nas sombras e relegada ao esquecimento.

"Por que a mídia de nosso país deixou de exibir os detalhes mortais da performance de M, uma vez passado o tumulto? Porque a mídia aprendera um pouco com a comoção social provocada pelo romance *Furyu mutan*. Esse incidente havia ensinado que, mesmo sob a égide de uma Constituição imperialista, a mídia se arrisca a originar grande violência no momento em que exibe, com todo seu polivalente poder provocativo preservado, uma performance de projeção de um detalhe do corpo humano sobre uma estrutura cósmica imperialista. Este talvez tenha sido o único erro de cálculo de M ao encenar a própria morte com consciente perfeição./ Condução para o campo político e análise da palavra 'manifesto', que, mesmo entre as expressões literárias, é limitante e de particular univalência, em contraposição à polivalente expressividade de uma performance. (...) As circunstâncias em que a cobertura pela mídia do suicídio por evisceração perpetrado por M eliminou o caráter polivalente da performance, simplificou aos poucos o incidente e, em última análise, fez recuar para o fundo do cenário tanto a imagem de M discursando em uniforme de seu exército particular com a tira de pano cingida à testa, como o próprio som de sua voz, e tanto se empenhou em fazê-los recuar que terminou por deixar apenas uma palavra vazia, 'Manifesto', a pender de uma bandeira diante de nossos olhos./ Para os que abraçaram a causa de M, isto significou a subtração de uma realidade física, cujo forte poder evocativo emana da estrutura cósmica imperialista. Em outras palavras, ao sobrepor a estrutura cósmica imperialista à sociedade moderna, o Caso M acabou despojado do ímpeto necessário para provocar explosões sucessivas. E como, perdida a impetuosidade, o incidente M não explodiu, muitos devem ter sido os que se decepcionaram. Em contrapartida, os que condenaram o Caso M, embora tivessem conseguido expor a simplicidade conceitual da palavra 'Manifesto' e até combater seu sentido ambíguo, não conseguiram denunciar claramente a estrutura cósmica imperialista ali exposta, nem obter espetacular desforra do episódio *Furyu mutan* e assim superar o infeliz incidente de uma vez por todas. Destarte, perdemos a oportunidade que se nos apresentou de apreender a nova imagem do futuro japonês. Em outras palavras, a manobra que nos fez perder essa oportunidade teve início no momento em que a cabeça sangrenta posta a prumo no chão foi afastada de nossas vistas pelas mãos de uma entidade descomunal dotada de madura astúcia e habilidade."

Nessa noite, à mesa do jantar, a jovem universitária deixou entrever sua fina educação ao beber de maneira admirável — aquém, contudo, da expressão *"like a fish"* (como um peixe) que ela mesma empregou — e, embalada pelos vapores da bebida, pareceu recuperar-se do pavor que a assaltara havia pouco. A começar pelo telefonema do homem interessado em sexo e violência a que já me referi, falou das tentativas diretas e indiretas de sedução de que fora alvo durante os seis meses que viveu no Japão sem o marido, um intelectual norte-americano, assim como ela. Comparado à época de sua primeira estada no Japão cerca de dez anos antes, Marion disse que o comportamento dos japoneses mudara consideravelmente, e que tivera provas disso com freqüência. Entre os que tentaram seduzi-la estava até seu orientador acadêmico, mas contou essas histórias em tom de pilhéria e com uma perigosa pitada de fanfarronice, sem no entanto jamais abandonar o comedimento apropriado a uma intelectual. E apesar do tom jocoso, Marion parecia preocupada com o que eu também poderia chamar adequadamente de performance de Iiyo de momentos atrás, pois, depois de alguns instantes, o foco de suas críticas passou do japonês em geral para mim em particular.

— Quando li pela primeira vez a análise que o senhor escreveu a respeito da cabeça decepada de M, achei que o senhor exagerava. Mas na verdade a imagem ficou gravada no espírito de Iiyo, não é, professor? Isso me fez perceber a tenebrosidade desse episódio.

Quando Marion enveredou por esse tema, pensei que ela fosse se mostrar repetitiva e me enredar numa conversa de bêbado, mas logo descobri que ela ainda conseguia desenvolver seu raciocínio.

— Naquele ensaio, o senhor disse que forças capazes de manipular a mídia fizeram recuar para o fundo do cenário a imagem da cabeça decepada de M, e assim lograram diluir seu potencial provocativo. Mas, professor, se a cabeça de M tivesse sido discutida com franqueza, o senhor acha que teria sido possível eliminar pela raiz essa percepção cósmica imperialista do povo japonês? Afinal, os japoneses mantêm essa percepção há dois mil e seiscentos anos, não é mesmo? Não acho possível erradicá-la de um momento para o outro. E, nesse caso, não estaria o senhor desejando que o poder da cabeça sangrenta de M reunisse os japoneses uma vez mais em torno dessa estrutura cósmica imperialista? Ou seja, não estaria o senhor desejando, em última análise, o mesmo que M? Aliás, em minha tese, associei o senhor com M também em outros aspectos...

Não é bem assim, pensei com a mente enevoada, pois eu bebera mais que Marion, mas reconheci a correção de seu raciocínio em certo aspecto. Em outras palavras, achei que não podia culpar a estudante estrangeira pelo erro em que incorria, pois se houvera erro ele havia se originado na debilidade estrutural de meu ensaio; mas antes que eu dissesse qualquer coisa, a expressão de profundo pavor retornou ao rosto de Marion, que prosseguiu:

— E mais apavorante ainda é o fato de Iiyo ter essa cabeça decepada profundamente gravada em sua mente. De que forma podemos apagar esse tipo de pesadelo da mente de uma criança excepcional? Não é muito mais importante pensar nisso do que em estruturas cósmicas imperialistas, professor?

Toda vez que reconsidero o assunto, dou plena razão a Marion. Já faz alguns meses que a jovem universitária norte-americana retornou a sua terra, mas suas palavras continuam a ecoar em minha mente. Elas parecem me aguardar em forma de tarefa cuja execução será muito mais difícil do que Marion imaginou. Apagar da mente algo anuviada de Iiyo esse pesadelo aderido como uma mancha... Para tanto, preciso antes de mais nada descobrir onde se localiza o pesadelo e que forma ele assume. Foi por acaso que tomei conhecimento da existência desse pesadelo que é a cabeça decepada de M, posta a prumo no chão. Mas eu e meu filho teremos de determinar juntos se esse mau sonho continua a funcionar na mente de Iiyo da maneira imaginada por Marion.

Sou realista quando digo que será difícil identificar e erradicar o pesadelo que apavora meu filho. Pois tudo indica que

Iiyo não tem idéia do que seja um sonho. Para ser mais exato, ainda não consegui descobrir se ele sonha mas não sabe que a essas visões durante o sono se atribui o termo "sonho", ou se ele nunca sonha e por isso se mostra perplexo quando lhe pergunto a respeito. Já o sondei diversas vezes, mas até agora nada consegui saber com clareza.

Além de tudo, a tarefa de erradicar o pesadelo de Iiyo que Marion me delegou não está cumprida. Pois não seria possível que, sem nunca se evidenciar como um sonho e impossibilitada de catarse, a ferida do medo possa existir para sempre num recanto obscuro de sua alma? A foto da cabeça decepada posta a prumo no chão existiu realmente e Iiyo parece tê-la visto como um ser humano distinto. E pela reação materna — quando o incidente ocorreu, eu viajava pela Índia — às notícias em jornais e na televisão, Iiyo sentira que o personagem era importante e retivera na memória o nome M; e tudo isso estivera guardado no consciente de meu filho sem aflorar até aquele momento.

Ademais, com a chegada de Iiyo à puberdade, quem me garante que os sonhos não começarão a invadir seu sono com a impetuosidade de águas longamente represadas? De que maneira essa nova experiência irá abalá-lo? Quando penso nisso, sinto que tenho de fornecer a Iiyo a definição de sonho de qualquer modo. E até esse momento eu viera tentando falar de sonhos com ele toda vez que a idéia me ocorria.

— Iiyo, é verdade que você nunca sonha? Você dorme de noite e acorda pela manhã, certo? Mas nesse meio-tempo nunca lhe aconteceu de, por exemplo, estar num concerto ouvindo um piano? Você está dormindo, entende, mas mesmo assim nunca lhe aconteceu de acordar pela manhã e se lembrar que brincou com sua irmãzinha ou que conversou com seu irmão?

— Ah, isso é difícil, já esqueci!

— Essas coisas já aconteceram e você se esqueceu, ou não se lembra porque nunca aconteceram? Você toma o remédio e vai para a cama às nove da noite, dorme, e depois disso nada mais acontece, e quando acorda já é de manhã, e a sua mãe está no quarto para despertar você? Enquanto dorme, nunca lhe aconteceu, por exemplo, de sentir que ouve música, e de ver o instrumentista? Porque isso é sonhar, Iiyo.

— *Música? Tem uma composição de Mozart chamada "Imagens de um sonho", K553. Ah, mas que pena, esta eu nunca ouvi. Desculpe!*

Foi um diálogo infrutífero, realmente, mas tipifica os momentos em que Iiyo concordou de bom grado em falar de sonhos. Tais momentos são raros entre nós sempre que falamos de sonhos. Isso porque, se continuo a perguntar sobre eles, meu filho lança mão de uma frase feita que, no caso dele, expressa a mais peremptória negativa:

— *Já chega, não quero mais falar!*

E quando ele usa essa frase decisiva, minha mulher, que ouve calada a meu lado, realmente se apavora. Parece que ela teme ver chegar o dia em que Iiyo dirá: *"Já chega, não quero mais falar!"*, e deixará de se comunicar, primeiro com a família e, depois, com tudo o que existe neste mundo. Embora ela mesma nada tenha comentado, desconfio que vislumbrou essa possibilidade naqueles dias em que eu viajava pela Europa e Iiyo, em vias de completar dezenove anos, mostrou-se violento.

Ao pensar nisso agora, lembro-me que certa ocasião durante a infância de Iiyo — no caso dele, período que, comparado ao das demais crianças, pareceu prolongar-se interminavelmente — comentei com minha mulher que ele parecia não sonhar. Isso porque certa vez, durante um evento organizado pela escola especial em que as crianças permaneceram acampadas durante três dias, o professor encarregado da turma de Iiyo descobriu que ele não tinha noção do que era um sonho. Uma criança que dormia no quarto de meu filho acordou certa noite chorando e gritando por causa de um sonho. A princípio, Iiyo ouvira com interesse as palavras confortadoras do professor, mas ao ver que a criança não parava de chorar, meu filho ameaçara bater nele. O professor achou que a reação de Iiyo decorria da irritação de não compreender o que era um sonho. Na ocasião, minha mulher lamentou que o sonho, elemento essencial às funções do consciente e do inconsciente, fosse algo desconhecido para meu filho e eu até tentei consolá-la com um poema de Blake.

— O fato de uma criança não sonhar não deveria preocupá-la. Não vejo razão para você se entristecer só porque Iiyo não consegue compreender a angústia do coleguinha que acordou apavorado por causa de um sonho. O poema "Uma canção de ninar" é lindo, e começa da seguinte maneira: "Dorme, dorme, belo ser brilhante/ sonha imerso na alegria da noite/ Dorme, dorme; em teu sonho/ Há pequenas tristezas que choram".* Mas em seguida eis o que acontece: "Traiçoeiros enganos penetram/ No coraçãozinho adormecido/ Quando ele por fim despertar/ pavorosos relâmpagos hão de cintilar".** Se Iiyo não permite que enganos traiçoeiros — os quais de acordo com Blake existem em todo ser humano adulto caído sobre a face da terra — penetrem furtivamente em seu coração enquanto dorme, nada melhor poderíamos lhe desejar, não acha? São coisas desnecessárias na vida de Iiyo. E só posso desejar que continuem assim.

Há quase dez anos, isso foi o que eu, o jovem marido, disse à minha também jovem mulher que ainda conservava vestígios

* "Sleep sleep beauty bright/ Dreaming o'er the joys of night/ Sleep sleep: in thy sleep/ Little sorrows sit and weep." (N. T.)
** "O the cunning wiles that creep/ In they little heart asleep/ When thy little heart does wake/ Then the dreadful lightnings break." (N. T.)

da mocinha que fora um dia e que parecia lutar para não submergir no turbilhão dos próprios sentimentos.

— Diga-me em que livro se encontra esse poema "Uma canção de ninar", de Blake — pediu-me repentinamente minha mulher um dia desses, o que me fez lembrar do diálogo anterior.

Ao contrário daquele tempo, quem agora mais se preocupa com a incapacidade de sonhar de meu filho e mais insiste em interrogá-lo a esse respeito sou eu, e não minha mulher. Ao se lembrar do breve poema de Blake que eu lhe recitara no passado e me dizer que deseja ler o original, ela talvez não esteja tentando me contestar frontalmente, mas convidando-me, isto sim, a voltar atrás e a pensar como antes. Não posso porém afirmar que seu pedido não esteja diretamente ligado à multiplicação repentina de livros sobre Blake em torno do sofá em que me deito para ler desde o meu retorno da Europa. Em outras palavras, é com essa naturalidade que ela aborda todas as questões da vida.

E assim, na suposição de que minha mulher pudesse, talvez mesmo no dia seguinte, me perguntar por que, ao contrário do que eu achara até então, eu agora começava a pensar que Iiyo também precisava sonhar, me pus a elaborar, certa madrugada em que bebia para poder dormir, o discurso que eu lhe faria.

— Porque eu, pai de Iiyo, exerço uma profissão que tem a ver com sonhos. Então, pode ser que eu esteja querendo descobrir em meu filho alguma capacidade para sonhar, não é?

No instante em que, mesmo em voz baixa, tento verbalizar meu pensamento, percebo uma imagem aderida ao íntimo que me impede de continuar a falar com fluência sobre sonhos ou sobre a relação pai e filho. Calei-me então, silenciei também meu cérebro e procurei ouvir essa imagem como se ela fosse o vento. Pois a referida imagem não fora elaborada por mim, eram palavras de indicação externa implantadas em mim. "E foi assim que lhe demos a boa notícia de (que lhe concederíamos) um bom filho./ E então, quando (esse filho) chegou em idade de segui-lo para todos os lados, ele disse: 'Ouve, filho meu, sonhei que te oferecia em sacrifício. Que achas disso?'. 'Pai, cumpre a vontade (de Deus). Se for a vontade de Alá, não hesitarei', respondeu./ E então, quando os dois resolveram obedecer a ordem (de Alá), no exato momento em que ele deitou (o filho) de bruços no chão, interpelamos. 'Espera, Ibrahim! Tua fidelidade ao sonho foi vista! Esta é realmente a maneira como recompensamos aqueles que agem direito. Pois isto foi claramente uma provação', dissemos a ele e, além de compensarmos o filho com um esplêndido sacrifício, deixamos também (esta bênção) para ele entre as pessoas das futuras gerações."

Não transcrevo esses versículos do Livro de Gênesis do Antigo Testamento, e sim do Corão. É que a imagem desse episódio gravada em meu íntimo é a da tradução de Toshihiko Izutsu, editado pela Iwanamibunko, e também porque, diferentemente do Antigo Testamento, o eixo desse episódio no Corão é o sonho. "Tua fidelidade ao sonho foi vista..."

Para começar, a fidelidade em questão é de Ibrahim a Alá, mas volto o pensamento para a fidelidade na própria relação entre pai e filho através do sonho. Ouve, meu filho, sonhei que te sacrificava. Que achas tu disso? Pai, cumpre a vontade (de Deus). Se for a vontade de Alá, não hesitarei...

Foi esse magnífico diálogo entre pai e filho que eu, estimulado pela bebida, relembrava sozinho naquela madrugada, mas em seguida não tive outro recurso senão encarar, e depois deixar passar como uma lufada, certo pensamento que me fez corar e abaixar a cabeça, e que aliás haverá de me perseguir pelo resto da vida. Pois durante cerca de cinco semanas após o nascimento deste meu filho malformado eu desejara sua morte, ou seja, havia querido sacrificá-lo. Alá nada me revelou num sonho e tampouco meu filho me deu sua aprovação, eu apenas tive um desejo egoístico, espicaçante como brasa quente, de proteger meu futuro e o de minha mulher, que àquela altura nada sabia ainda da anormalidade de nosso filho.

Se naquelas cinco semanas tivesse surgido no hospital em que meu filho estava internado o cúmplice que eu tanto procurava para a perpretação do crime, não teria eu conseguido eliminar meu filho e apagar para sempre a memória de sua curta vida?

Mas cinco semanas depois eu consegui reerguer-me — uma voz me sussurra ao pé do ouvido se na verdade eu apenas não teria resolvido desistir de matar o recém-nascido para não me deprimir ainda mais e para não ser punido pela justiça — e pedi que operassem meu filho. Desde então venho repelindo com minha mulher e com meu filho as sucessivas atribulações que recaem sobre nós, e assim sobrevivi até hoje. E meu filho logrou completar seu décimo nono aniversário. Não obstante, não consegui até agora nenhum depurador poderoso o bastante para remover de minha vida aquelas mortificantes cinco semanas, e assim imagino que será até o momento de minha morte.

Baseio-me nesse tipo de raciocínio para imaginar se, no decurso do lento crescimento intelectual de meu filho, dia não virá em que ele me dirá o seguinte (sua voz teria a mesma suavidade da época em que, com cinco ou seis anos, ele conseguia discernir o canto de quase cem espécies diferentes de pássaros, quando então me dizia, por exemplo: "É um martim-pescador!"): — Pai, para dizer a verdade, tenho sempre o mesmo sonho desde a infância. Sonho que quando eu era ainda mais novo, isto é, um recém-nascido, o senhor procurava com afinco um jeito de me matar...

* * *

Por vezes, penso na incapacidade de sonhar de meu filho e no papel ativo dos sonhos. Pensar nisso me proporcionará uma resposta adequada quando minha mulher me perguntar por que, a esta altura, passei a lamentar essa incapacidade de meu filho. Eu sonho. Meu sonho por vezes mostra uma passagem iluminada que me conduz além do mundo real a que me encontro atado. Meu filho, ainda mais estreitamente limitado a este mundo real, também sonha. Supondo que esse sonho também seja uma passagem secreta para meu filho e que dela lhe venha uma claridade baça como sol de inverno, talvez haja uma conexação entre a sua passagem e a minha. Do interior da minha, eu então vislumbraria meu filho liberando-se a si mesmo no interior do sonho dele…

Eu realmente tive um sonho perpassado por esse princípio e até experimentei uma emoção que me deixou nítida impressão. Foi na época em que comecei a ler rotineiramente as Profecias de Blake com o auxílio das notas explicativas de David V. Erdman. Na verdade, o sonho tem relação direta com a leitura de Blake. Talvez devesse dizer que derivou de uma leitura distorcida, bastante amadorística de Blake.

Blake povoa o mundo épico e mitológico de seu poema "Profecias" com semideuses amplamente conhecidos como Urizen, Luvah, Tharmas e Los, figuras que expressam poder e função cosmológicos. Há também figuras como Ahania, Vala e Enion, únicas do mundo de Blake e que talvez possam ser definidas como semidivindades de projeção feminina. A elas se juntam numerosos filhos, figuras simbólicas a patentear a constituição cosmológica desse mundo…

Toda vez que deparava com um novo nome, grifava-o, anotava-o num caderno ou cartão, e aos poucos me familiarizei com o mundo das Profecias de Blake; entrementes, o poder de expressão do poeta, vívido a ponto de parecer empírico, influenciava minha mente, a fonte dos sonhos.

O cenário do sonho era um campo que se abria além da passagem pela qual eu lograra escapar dos limites do mundo real. Nesse local, que só consegui visualizar depois de atravessar a passagem, ergue-se um azevinheiro novo mas frondoso. Ah, então este é o aspecto da campina que eu por vezes imagino, percebo no sonho. Dou-me conta também que, nesse caso, deve haver uma passagem que conduz do sonho de meu filho até ali, compreensão que fornece a meus olhos o poder de, só então, ver Iiyo, que acaba de sair de sua passagem em natural e esplendorosa nudez. Com a luz do sol às costas, ele está de braços abertos e joga o peso do corpo num dos pés para se equilibrar, exata representação de um quadro do começo da carreira de Blake intitulado "Dia de alegria" (*Glad Day*). Não só não estranho o fato de meu filho estar nu como também compreendo com clareza que, diferente daquele Iiyo que costumo ver se pesando demoradamente depois do banho — ele emagrecera um bocado por medo da intoxicação alimentar, mas ainda assim tinha uma camada de carne macia avolumando a região peitoral e abdominal e andava preocupado com seu peso —, aquele físico viril de músculos rijos era o verdadeiro Iiyo, pois conforme diz Blake, o espírito inexiste separado do corpo.

Pois esse corpo nu, do Iiyo original, fez-me uma revelação. Assim que despertei, anotei numa ficha, que mantenho à cabeceira, a maneira como senti a mensagem contida na revelação.

"Meu filho me surgiu com o mais belo corpo jamais visto em toda a minha vida. Uma pele radiosa de criança recobre os músculos que lembram grossos cordões num corpo jovem e trabalhado. O corpo revela sensibilidade e espiritualidade claramente simbólicas. É a nítida representação de uma qualidade espiritual. No sonho, sou capaz de compreender tudo isso perfeitamente. No universo constituído apenas por símbolos espirituais, essa qualidade se chama 'Iiyo'. Meu filho caíra neste mundo apenas para me revelar a qualidade espiritual 'Iiyo'. Se ele não tivesse existido, eu teria morrido sem descobrir a qualidade espiritual 'Iiyo'. Logo, dei-me conta de que meu filho do sonho me via também como símbolo de uma qualidade espiritual. Percebo então que, assim como Iiyo está nu, eu mesmo estou como um pássaro, um daqueles espécimes cujos trinados tinham sido a única coisa que meu filho ouvira com prazer na infância. 'Carriça' era a qualidade espiritual de minha vida. Se eu conseguisse ver o pássaro em que me transformara, cuja forma não posso enxergar, ser-me-ia revelado o sentido da vida, de nascer neste universo, de labutar, de sofrer, de aprender e de esquecer. A 'Carriça' ruflou suas pequenas asas e voou na direção da brilhante cabeça de meu filho para saber se conseguiria se ver refletida em seus olhos..."

Contudo, enquanto sentia a imensurável alegria e, na mesma intensidade, o pavor de roçar a essência do sentido da vida neste mundo, um redemoinho sombrio pareceu me arrastar e acabei por acordar deste lado da passagem. Mesmo assim, enquanto anotava o sonho na ficha, eu ainda compreendia perfeitamente a qualidade espiritual "Iiyo" e sentia que com relação a isso bastava-me apenas registrar "Iiyo".

Este sonho se baseia, óbvia e concretamente, em minhas lembranças da pintura "Dia de alegria", de Blake. No mundo mitológico do poema épico de Blake, o magnífico jovem nu simboliza a paixão do fogo e seu nome é Orc. Representa também, em outro nível simbólico, a força motriz da Revolução Francesa, tema que muito interessou Blake. Usando no mundo humano e também no universo dos semideuses que o engloba a expressão *qualidade espiritual* que vim empregando com liberalidade em meu sonho, Orc se reveste da *qualidade espiritual* da paixão do fogo. Quase vinte anos depois de pintar "Dia de alegria", o próprio Blake lhe acrescentou uma observação que começa com o seguinte verso: "Albion se ergueu do moinho onde labutava com os escravos".* No universo mitológico de Blake, Albion representa a humanidade inteira. Contudo, o termo "Albion" que surge no trecho em que o menino é queimado vivo em *Canções da experiência* — "Coisas assim ainda acontecem em Albion?" — é nada mais nada menos que o antigo nome da Inglaterra, o país da terra branca.

No sonho, eu havia sobreposto meu filho — isto é, a forma que no universo mitológico se constituía na própria *qualidade espiritual* "Iiyo" — à mais bela e melhor forma da humanidade, ou seja, a Albion se erguendo liberto de todo o labor da face da terra. Assim penso enquanto contemplo o quadro "Dia de alegria" de Blake uma vez mais.

Também influenciado por uma gravura de Blake, tive outro sonho angustiante em que Iiyo manifesta uma qualidade física e espiritual sinistra. Ao contrário do sonho precedente, este apresenta um Iiyo de caráter tão vil que, ao me ver diante dele na manhã seguinte, senti-me compelido a baixar o olhar. No sonho, ele está nu outra vez na cozinha escura, mas de seu corpo exposto emana algo maldoso e repulsivo. Ele acaba de entrar pela porta dos fundos e se encontra em pé com as pernas afastadas; quanto a mim, estou acocorado diante dele com o nariz roçando seu baixo-ventre, e o cheiro de réptil que vem dele é tão forte que, ao acordar, ainda sou capaz de senti-lo. Pois eu o havia desnudado para poder examinar-lhe o pênis, que continua

---

* "*Albion rose from where he labored at the mill with slaves.*" (N. T.)

ereto mesmo depois de ejacular, e me lembro que a esse tipo de rigidez os rapazes da vila costumavam se referir como "falsa ereção". Mesmo à incerta claridade noturna, vejo que o pênis, uma massa de razoável consistência envolta em saco de pele, está sujo de sangue. E então, mesclado ao mais profundo desespero, senti um deleite tão monstruoso que quase soltei um berro roufenho. Senti também que uma pequena multidão, composta de gente respeitável cuja integridade física tinha de ser preservada, viera no encalço de meu filho e se juntara do lado de fora da casa, e digo em tom de voz indefinível, nem de júbilo nem de desespero: "Você fez, Iiyo, finalmente!". Meu filho volta para mim o rosto duas vezes mais inchado que seu tamanho normal, onde se destacam olhos bovinos e uma língua longa e recurvada que se projeta por entre lábios entreabertos. Sobretudo, chamam a atenção ombros e torso anormalmente desenvolvidos, e escamas, inúmeras escamas recobrindo a pele...

Neste sonho, o rosto e o corpo de Iiyo — eram dele, não havia dúvida, mas não guardavam nenhuma semelhança com os que vejo normalmente — também se originaram de outra gravura de Blake.

Na coletânea de Blake intitulada *Cabeça fantástica* há uma obra famosa denominada *O espectro de uma pulga*. Incentivado por John Varley, astrólogo e aquarelista, Blake retratou, durante certo período de sua velhice, as figuras mitológicas e históricas que lhe surgiam em visões. Blake sempre ressaltara que sua arte tinha como base as visões que lhe ocorriam, e sustentara que o próprio texto de seus poemas eram transcrições diretas daquilo que as visões lhe transmitiam verbalmente...

E assim como ele pintou os personagens mitológicos e literários — a começar pelos reis Davi e Salomão até Eduardo I — que lhe apareciam tarde da noite em seu ateliê, retratou ainda o espectro de uma pulga, visão que também o visitou certa noite. A história dessa pintura, registrada em forma de relato de Varley a um amigo, é a seguinte. Uma noite antes, Varley visitara Blake como sempre e o encontrara mais excitado que de hábito, pois tinha acabado de ver algo maravilhoso, o espectro de uma pulga. Contudo, Blake não tinha sido capaz de retratá-lo. E então, enquanto Varley lhe dizia que ele deveria tê-lo pintado de algum modo, Blake, que tinha começado a contemplar firmemente um canto da sala, teria dito: "Lá está ele, *reach me my things*, dê-me minhas coisas enquanto o vigio". E enquanto explicava que a língua do monstro se projetava da boca e se movia agilmente expressando avidez, que tinha nas mãos uma vasilha para coletar o sangue e que o corpo inteiro estava coberto de escamas douradas e verdes, Blake começou a pintar uma figura exatamente igual à que descrevia.

Por intermédio do arrepiante retrato *Espectro de uma pulga*, um sonho me revelou um outro Iiyo. Nele, a impressão de maldade anormal da imagem de Iiyo assim como o estranho grito que eu próprio soltei têm origem em mim, e somente em mim. Nada têm a ver com o íntimo de meu filho. Para ser franco, eu até sentia vontade de me dizer: "Ah, então quer dizer que é esse tipo de pensamento tortuoso que, na fronteira da inconsciência, você alimenta sobre a sexualidade de seu filho de dezenove anos?".

Não creio que acontecimentos semelhantes aos do sonho se tornem realidade, pois Iiyo não conta piadas de conotação sexual nem faz brincadeiras maliciosas, e nos momentos em que me ajuda a selecionar a correspondência ele joga recatadamente no lixo, sem ao menos tirar do invólucro de plástico, as revistas repletas de ilustrações de nus que nos chegam pelo correio, embora essa atitude talvez expresse um dilema sexual característico de sua faixa etária. Vou portanto dizer mais claro ainda que o sonho deve ter sido a expressão dos meus problemas sexuais.

Ainda assim, eu, que por causa do sonho não conseguira encarar meu filho na manhã seguinte, comecei também a evitar a página do livro de arte que estampava o *Espectro de uma pulga*, de Blake. Contudo, o comportamento de meu filho com referência à cabeça decepada de M, relatado anteriormente, representou a oportunidade de reatar minha relação com a gravura.

Para começar, Marion Crane, que já tinha retornado aos Estados Unidos, chamou-me a atenção para certo ensaio sobre *Espectro de uma pulga* em *Blake Studies* (*Estudos sobre Blake*), cuja primeira edição fora publicada havia cerca de oito anos e que eu, desde o momento em que me concentrei apenas nas obras de Blake, havia lido com relativa rapidez por ser leitura-padrão para pesquisadores, embora tivesse evitado esse ensaio. Marion me enviou uma carta em que dizia:

"Passei horas muito agradáveis em sua casa, professor. Achei também maravilhosos os pratos da culinária japonesa que me foram servidos. Estou envergonhada do meu comportamento com relação a Iiyo. Eu me apavorei por ter sentido que Iiyo tocava com os próprios dedos a visão da cabeça decepada de M. Depois de voltar à minha terra, falei do senhor à minha mãe, especialista em artes européias. Quando comentei sobre Iiyo e Blake, minha mãe retirou da prateleira um livro que Geoffrey Keynes lhe presenteara na juventude, intitulado *Blake Studies* — claro que para chamar minha atenção para o artigo "*A Cabeça fantástica e O espectro de uma pulga*", de Blake. Estou certa de que o senhor já leu. Pois o senhor não acha que, como escreve Keynes, Iiyo também troçava secretamente enquanto agia como se visse a imagem de M? Não estaria ele se divertindo à beça com a brincadeira? Se esse foi o caso, errei quando atribuí um caráter sério ao problema e o critiquei, professor. Por via das dúvidas, mando-lhe à parte, pelo correio, a segunda edição do *Blake Studies*."

Assim, resolvi ler imediatamente o ensaio que eu havia deixado de lado no livro de lorde Keynes, editor da edição-padrão do verso de Blake, e fiquei muito impressionado tanto pela maneira como ele desenvolvia a argumentação como pelo modo como Marion a aplicava ao caso de Iiyo. No livro de tamanho grande, confortável para a leitura, existem magníficas ilustrações que se juntam à prosa elegante tanto para revelar a erudição do autor como para reforçar-lhe a tese. Como a análise iconográfica de Keynes é incomparável, quero aqui sumarizá-la para ao mesmo tempo evitar a repetição do episódio que já descrevi.

Keynes apresenta o relato de Varley e todos os desenhos relativos ao espectro da pulga de Blake em ilustrações. Um quadro a têmpera é dominado pela aterradora presença do espectro da pulga andando a largos passos diante de uma janela por onde se descortinam estrelas, algumas cadentes, em céu escuro. Há também dois croquis, um dos quais usado para ilustrar aquilo que se poderia intitular "Guia zodiacal de estrelas" de Varley. Além dos croquis, existe um relato de Varley de como a gravura da pulga ilustra a conexão entre a personalidade humana e a configuração planetária. A gravura de Blake parece secundar muito bem a teoria desse astrólogo. O outro croqui é um exercício da metade superior do corpo no quadro a têmpera e vem acompanhado por esboços detalhados da área dos lábios. Há um clima de alegre despreocupação nesses croquis, bem diferente da tenebrosidade do quadro a têmpera. Esta é outra das inúmeras facetas do Blake pintor.

Depois de expor de modo pormenorizado mas em estilo harmonioso a história dos quadros desde sua criação até seu atual paradeiro, Keynes segue provando, principalmente por intermédio dos dois croquis, que a pintura do espectro da pulga, que deveria ter sido bosquejada com base numa aparição, tivera na verdade como ponto de partida a miniatura de uma pulga constante no livro *Micrografia*, publicado em meados do século XVII e que Blake com certeza viu numa reimpressão. Keynes parece ter sido também experiente cirurgião de longa carreira, e é com mãos de cientista que desenvolve suas abordagens. Ele escreve que Varley aceitara sofregamente as explicações de Blake, pois ao acreditar nelas obtivera a gravura que corroborava sua teoria astrológica, mas Keynes conclui que há evidências de que Blake tinha realmente *his own tongue in his cheek*, isto é, troçava quando dizia estar desenhando a visão do espectro da pulga que tinha diante de si.

Eis aqui uma nova faceta de Blake que o raciocínio de Keynes evidenciou de forma segura e elegante. Mostrou também diretamente a mim um outro modo de interpretar o comportamento de Iiyo no momento em que ele agiu como se tivesse diante de si o espectro de M. Exatamente como Marion me dizia em sua carta. Essa percepção me libertou e, desde então, consigo contemplar a gravura *Espectro de uma pulga* sem me angustiar. Contudo, a verdade é que quem teve o estranho sonho fui eu e que, portanto, o temor de que num momento qualquer do futuro eu venha a revelar o "espectro da pulga" existente em mim ainda persiste.

No outono, minha mulher e eu planejávamos ir com as crianças para nossa cabana nas montanhas de Izu. Há mais de dez anos, vi uma foto tirada na península de Izu em que, de uma gigantesca zelcova existente na mata nativa de um promontório que se projeta sobre o mar, um bando desordenado de estorninhos alça vôo rumo ao céu rubro do entardecer, e, com o intuito de verificar pessoalmente esse cenário selvagem, fui para lá inúmeras vezes. Nessa localidade, comprei um pedaço de terra num outeiro a que, se você vier do promontório coberto de loureiros que se projeta sobre o mar, só chegará depois de atravessar um bosque de árvores antigas, cujas raízes se entrecruzam na fina camada de terra existente sobre as rochas. No outeiro, há uma miricácea grande, e eu comprei um pedaço quadrangular de terreno no declive em torno da raiz dessa árvore.

A compra do terreno constituiu uma imprudência para o nosso orçamento doméstico, mas cito como fatores de atração, em primeiro lugar, a miricácea e, depois, o conjunto de árvores de diversas espécies que rodeiam a zelcova que mencionei. Se esses fossem os únicos atrativos, eu por certo poderia me contentar em apenas possuir a miricácea e em ir para perto dela vez ou outra a fim de examinar-lhe o tronco e de contemplar sua folhagem e sua copa nas alturas, assim como a profusão variada de árvores que a rodeiam. Mas o que me fez aumentar a carga de nossa já combalida economia doméstica e construir a cabana foi o pressentimento de que, num futuro não muito distante, eu talvez acabasse morando com Iiyo em Izu. Lembro-me ainda de alguns dos fatos que provocaram essa espécie de premonição.

A partir da primavera do ano em que Iiyo passou para a segunda série ginasial do curso especial, adotei o sistema de acordá-lo uma vez durante a noite e levá-lo ao banheiro para ajudá-lo a controlar a enurese noturna. Para mim, que na época lia ou trabalhava até altas horas da madrugada, não representou problema algum acordar meu filho no meio da noite: ao contrário, poder revê-lo depois de já tê-lo posto para dormir me dava a sensação de auferir um lucro inesperado. Exceto pelo seguinte problema. Com meu filho semidesperto e ainda deitado na cama, desfaço a fralda — dessa forma se torna mais fácil repô-la caso não esteja molhada — e desnudo seu baixo-ventre. Seu pênis, até então constrito pela fralda, se projeta instantaneamente para o alto, fazendo-me lembrar uma cena de um desenho animado a que assisti na infância em que a serpente mitológica Yamata-no-orochi se ergue combativamente. A visão é terrível e provoca um baque em meu coração toda noite. Iiyo estava numa fase em que o pênis cresce a olhos vistos.

Além desse fato, há outro relacionado com um acontecimento que testemunhei quando fui buscar meu filho na escola: como na época ele já fazia o percurso sozinho, creio que o fato se deu num dia em que a saída dos alunos ocorreu mais tarde, provavelmente em virtude de alguma excursão. Com a saída se dando numa hora anormal, as crianças pareciam excitadas, em parte por causa das emoções experimentadas durante o dia, e se despediam umas das outras no pátio escolar invadido pelo crepúsculo. Iiyo fixava o olhar no rosto de uma menina miúda que apresentava seqüelas de paralisia infantil e que tinha cerca de um terço da altura e metade do peso dele, e repetia lentamente palavras de despedida:

— *Adeus, adeus, vamos nos separar então! Desejo tudo de bom para você, e até amanhã.*

A metade inferior do rosto da pequena tinha o formato de um triângulo acutângulo retorcido, mas a testa larga e os olhos grandes pareciam guardar rancor contra a doença que lhe destruíra a inteligência. Iiyo a tratava como a um bibelô frágil, e eu mesmo sabia que a menina, ainda que incapaz de falar direito, também se interessava por meu filho. E enquanto eu os observava, chegou-me de repente aos ouvidos uma voz estrangulada que lembrava a de alguém em convulsão:

— Que horror, que horror! Basta, pelo amor de Deus!

Era uma jovem professora que, em pé a meu lado em companhia de algumas mães também jovens, demonstrava franco desgosto pela maneira como Iiyo se despedia. Quase rangendo os dentes, a mulher continuou a falar para as mães em torno dela:

— Que exagero, não é mesmo? Acho isso um verdadeiro horror, tenho vontade de dizer: pare com isso, me poupe!

Eu mesmo considerei que nada poderia fazer se uma professora jovem e inexperiente se sentia revoltada com a atitude de Iiyo, achei até que compreendia a reação dela. Submisso, envergonho-me de dizer, dei alguns passos na direção de Iiyo com a intenção de interromper a longa despedida; e foi então que vi as mães ao meu redor penderem a cabeça desconcertadas, como se acabassem de levar um tapa no rosto, não em reação ao meu movimento, mas às palavras da professora. A essa altura, a indignação tomou conta de mim, mas a jovem professora volteou sobre os quadris largos a metade superior do corpo esbelto e bem-proporcionado — ou seja, um corpo que parecia se autoproclamar diferente dos espécimes da minha geração ou da daquelas mães — e, com o rosto tão fortemente ruborizado que parecia enegrecido, me encarou desafiante.

É quase certo que essa professora solteira tenha percebido conotação sexual na atitude de meu filho ao se despedir com exagerada cortesia. Não teria ela se sentido ameaçada pela força do macho que continuaria a se desenvolver no corpo avantajado de meu filho e que um dia se tornaria óbvia? Assim como em meu sonho, aquilo era uma reação arraigada num escuro compartimento sexual do íntimo dela...

Depois, existe a lembrança de um episódio que me perturbou profundamente na pré-adolescência, não tanto por nele estar envolvido um deficiente mental, mas por haver, sobreposta a ele, certa percepção profunda relacionada a um "local" e que me fez pensar na necessidade de assegurar um "local" onde eu e Iiyo pudéssemos viver.

Foi na primavera do ano em que, depois de deixar para trás o vale na floresta — lembro-me de ter sentido que aquela era uma fase transitória, passada a qual eu haveria de retornar a meu vale —, eu começara a viver numa pensão familiar de uma cidade provinciana. Era também o último ano de ocupação do território japonês pelas Forças Aliadas, e a presença desse Exército e o episódio estão intimamente ligados, ao menos em minha imaginação.

    O incidente tinha sido noticiado num jornal da província — o jornal me foi mostrado posteriormente pelo dono do pensionato, militar que perdera o emprego com o término da guerra — e, de acordo com a reportagem, um menino com problemas mentais havia assassinado uma menina numa pequena ilha do mar Interno. Ele havia empalado a garota com um enorme espeto de bambu desde a vagina até a garganta. Ao ser preso no local logo depois do crime, o menino, da minha idade, usava um chapéu feito de jornal dobrado cujo aspecto lembrava o quepe usado pelos soldados americanos. Eu mesmo sabia como dobrar o jornal para obter esse tipo de quepe, a dobradura andou em voga por um bom tempo...

    Lembro-me também do ex-capitão me dizendo que não queria nenhum de nós, jovens, influenciados por aquele incidente, mas o que me abalara profundamente não tinha sido o detalhe sexual do crime. (Não obstante, lembro-me de ter pensado, com o espanto de quem faz uma nova descoberta: "Realmente, há lúmen interligando o corpo humano desde a genitália até a garganta!".) O que realmente me abalou foi a foto do local do crime que acompanhava a reportagem, uma horta estreita de aspecto abandonado na encosta da montanha de uma ilha, cercada de bambuzal e de arbustos densos, um grotão onde a terra era sempre úmida e fria... Ocorre-me agora que existe semelhança topográfica entre uma ilha pequena e um vale no meio de uma floresta — floresta é mar, muito embora ilha e vale se relacionem inversamente em termos de projeção e reentrância —, mas, seja como for, lembrei-me então que havia em meu vale um lugar semelhante e o mentalizei. O ser humano pratica atos cruéis e indecentes em "locais" semelhantes. Nesse caso, não é o ser humano que age, o "local" é que o faz agir. Segundo diziam, o menino era débil mental, ou seja, um tipo facilmente influenciado pelo magnetismo "local". No meu vale, as crianças evitavam freqüentar tais "locais", e os adultos que tinham de arar essas terras — gente obrigada a freqüentá-las por contingências da vida, gente que morria cedo sem que ninguém lhes estranhasse a morte prematura e ao redor das quais pairava algo escuro, perceptível mesmo às crianças — para lá seguiam contrafeitos e com as feições contraídas.

A essa altura, percebi consternado que, depois de abandonar meu vale, eu vivia naquele momento num "local" de estranhos, numa cidade provinciana onde não havia florestas, apenas um rio desmesuradamente grande e árvores desconhecidas, para mim desprovidas de qualquer indicativo, e onde eu não sabia localizar os "locais" repugnantes. Nessas circunstâncias, corria o risco de me ver num desses "locais' sem saber. Eu podia até *estar* num desses "locais" naquele exato momento, não podia?

Foi então que me lembrei do pequeno incidente ocorrido algumas semanas antes. O casal de proprietários da pensão tivera de viajar para um lugar distante e, por causa disso, eu e a filha do casal, rapariga dois ou três anos mais velha que eu, tivéramos de passar a noite sozinhos na casa. Altas horas, quando desci para ir ao banheiro, ela se achava sentada na tosca cama cambaia do quarto visível da entrada e, nua da cintura para cima, penteava lentamente os cabelos. Apenas a vi de relance. Sem dar ao caso maior importância, esvaziei a bexiga e subi para meu quarto. No dia seguinte, ouvi a moça queixar-se repetidamente para os pais que tivera muito medo na noite anterior. Só então compreendi que ela tentara me seduzir e a desprezei, mas... se a pensão se situasse num daqueles "locais", eu talvez a houvesse empalado com um enorme espeto de bambu desde a genitália até a garganta, pensei, ao mesmo tempo que sentia um terror profundo e um desejo intenso e torturado entorpecendo minha mente. Ah, como ansiei por retornar a meu vale no meio da floresta, onde o significado de todos os "locais" eram conhecidos tanto por meu corpo como por minha alma...

Os anos se passaram e descobri, para mim e para Iiyo, um lugar cuja característica topográfica compreendi com clareza: era meu outro vale no meio da floresta. Pelo menos foi com essa percepção que garanti minha miricácea na encosta do outeiro que dava para uma mata nativa na península de Izu e, ao lado da árvore, resolvi construir uma casa. Até mandei o croqui da cabana para um arquiteto que eu conhecia desde a juventude. Mas quando a cabana ficou pronta, fui obrigado a reconhecer, com espanto, que a imagem do meu refúgio estava longe, muito longe da realidade. Pois eu havia desenhado uma casa coberta pela densa folhagem da gigantesca miricácea, mas como o terreno era um declive com pouca área plana e, além disso, como a miricácea e também um cipreste crescido bem ao lado dela a lhe varar a folhagem situavam-se na parte inferior do declive, a cabana acabou construída de maneira a contemplarmos da janela da sala de estar, no andar superior, tanto a miricácea como o cipreste. Essa discrepância serviu para me ensinar de novo o verdadeiro aspecto do "local" que eu sonhara para mim.

Eu havia planejado aproveitar um domingo e o feriado escolar do aniversário de fundação da escola particular freqüentada pelos irmãos de Iiyo para ir à minha cabana nas montanhas de Izu. Mas a meteorologia previu, para a madrugada do dia que em planejáramos passar na cabana, a chegada de um violento tufão que, vindo da costa japonesa, avançaria para o interior do país justamente pela península de Izu. Minha mulher e eu desistimos da viagem e comunicamos nossa resolução aos meninos. Iiyo também ouviu o comunicado e, como não teve nenhuma reação, concluí que não estivera interessado em ir à cabana. Contudo, quando o sábado que havíamos programado para a partida amanheceu, Iiyo surgiu no vestíbulo com uma enorme mochila às costas, boné na cabeça e, nos pés, um par de sapatos de couro pesado e duro que ele normalmente não gostava de usar.

— *Vamos, vamos embora! Acho que vou para a cabana de Izu!* — disse ele como se falasse consigo.

Quando minha mulher parou ao lado da minha escrivaninha e, depois de permanecer em silêncio por alguns minutos para normalizar a respiração, me disse: "Parece que Iiyo está outra vez do jeito que ficou quando você estava na Europa...", ela já havia discutido durante quase uma hora com meu filho no vestíbulo, sempre em voz baixa para não me perturbar. Minha mulher o adulara, lançara mão de todos os argumentos imagináveis na tentativa de convencê-lo. A isso, Iiyo havia, segundo ela, apenas respondido da seguinte maneira:

— *Não senhora, eu acho que vou para Izu!*

E quando enfim minha mulher lhe disse, com intenção de amedrontá-lo, que eu na certa haveria de me zangar caso ouvisse aquela discussão e ficasse sabendo da teimosia dele, meu filho, em vez de se apavorar, assumira uma atitude decidida e desviara o olhar tanto de minha mulher quanto dos irmãos, que, em pé ao lado dela, a tudo assistiam penalizados, e desde então pareceu não ver mais nada diante de si. Em seguida, disse o seguinte. (E tinham sido suas palavras e o jeito de dizê-las que reviveram nela, de golpe, o desespero da primavera anterior em que eu me ausentara. "Eu acreditava sinceramente que tudo aquilo tinha acabado, que Iiyo havia conseguido superar aquela fase, mas começou tudo de novo. Aquela fase ainda não acabou", disse minha mulher.)

— Não senhora, *papai morreu. Morreu, sim senhora! Eu acho que vou sozinho para Izu. Pois o papai morreu! Adeus, adeus todo mundo. Felicidades!*

Essa frase, que soava como um último comunicado, não tinha sido dita por meu filho logo no começo da discussão. Ele havia ficado em pé no vestíbulo como se a decisão familiar de não ir à cabana de Izu nem tivesse existido. De acordo com minha mulher, ele primeiro fizera um monólogo em voz alta e depois ficara ali à espera, como se estranhasse o fato de ninguém estar se arrumando para segui-lo. Nessa altura, ela e os irmãos tinham lançado mão dos recursos costumeiros para tentar fazê-lo compreender que a ida a Izu tinha sido cancelada.

Minha filha lembrou-se que Iiyo gostava de ver mapas meteorológicos em programas de TV e tentou fazê-lo certificar-se de qual seria a previsão do tempo e das temperaturas médias nas principais cidades do país.

— Iiyo, um tufão vem vindo aí, como será que vai ficar a temperatura mínima? Acho que vai esfriar muito — disse ela.

O irmão mais novo lhe explicou que a península de Izu viera flutuando do Pacífico até chegar ao local onde se encontra agora e ali se fixara, teoria que parece ter lido numa revista qualquer. "De modo que pode ser que a península se afaste de novo para o Pacífico. E, nesse caso, você não poderá mais voltar para casa", disse-lhe ele.

A resposta de meu filho à argumentação dos dois fora breve e objetiva, até extraordinária, eu diria:

— *Eu tenho uma malha de inverno! Acho que basta a gente chegar na península de Izu antes que ela seja arrastada! Porque parece que vem aí um tufão!*

Iiyo tinha visto o noticiário da televisão e estava ciente de que um tufão se aproximava pela península de Izu. Se mesmo assim ainda queria ir, não adiantava nada falar de tufões para tentar demovê-lo. O único recurso seria substituir, no consciente de Iiyo, a imagem do tufão por um monstro novo e temível. Mas que esforço vão e, além do mais, odioso!

Enquanto eu considerava tudo isso, minha mulher continuava a falar, mas aos poucos perdia o ânimo. Mesmo assim, prosseguiu de maneira lenta e monótona e, enfim, desviou o olhar para a estante, pôs-se quase de costas para mim e disse que Iiyo começara de novo a teimar que o pai havia morrido.

Olhei através da janela. As poucas árvores do jardim, o corniso, o vidoeiro e a camélia nova, agitavam-se sem cessar. Somente o tronco grosso e as folhas duras da mais velha das cameleiras mantinham-se imóveis, mas depois de observá-las melhor descobri que também elas se agitavam como as demais árvores, só que em ritmo diferente. E sobrepondo-se ao som do vento que varava a vegetação, ouvi o uivo da ventania que parecia descrever uma curva nas alturas, em lenta correnteza. Desde a madrugada, a chuva caía intermitente, acompanhada de leve ventania, mas grossos pingos de vapor concentrado pareciam à espreita, espalhados no ar. Gotículas de chuva escorriam e deixavam rastros que logo se renovavam na superfície da vidraça através da qual eu olhava para fora. À distância, um céu negro realmente sinistro e, no meio dos escuros blocos de nuvens, ondulavam camadas ainda mais escuras de nuvens. Apesar de tudo, Iiyo haveria de dizer que o vento não estava tão forte a ponto de impedir as pessoas de andar, nem a chuva tão intensa a ponto de exigir guarda-chuva. Para ir à escola na manhã daquele mesmo dia, ele fora até o ponto do ônibus e de lá também retornara sozinho e sempre a pé.

Guardei numa pasta o ensaio que escrevia para uma coleção que editava com amigos e ergui-me. Naquele instante, minha mulher, que continuava calada, quase de costas para mim, pareceu sobressaltar-se, mas ela não tinha por que se preocupar, eu não estava irritado com Iiyo. Apenas me sentia perdido. Ou seja, acredito que naquele instante eu partilhava os sentimentos de minha mulher. E enquanto seguia em direção à escada eu achava, apesar de tudo, que conseguiria convencer Iiyo a aguardar em Tóquio a passagem do tufão. Mas no instante em que meus olhos caíram sobre Iiyo — cabeça grande, estatura de adulto, mochila às costas e, atada com firmeza ao tronco volumoso, uma boneca velha cruzando-lhe diagonalmente o peito a partir do ombro direito —, plantado no vestíbulo, o desespero se apossou de mim como um grande arrepio e ali mesmo decidi partir para a península varrida pela tempestade levando apenas Iiyo comigo.

A boneca que Iiyo trazia atada ao tronco era Chiyo-chan, de quase um metro de comprimento, basta cabeleira negra, olhar sedutor e lábios que faziam beicinho. Suja e rota, andara guardada no depósito havia mais de quatro anos, e ao surgir com ela ao peito Iiyo lembrava um guerreiro que, acuado, partia com o filho para a guerra.

— Quando eu disse que ninguém iria com ele a Izu, Iiyo foi buscar Chiyo-chan lá no depósito — explicou minha filha para a mãe, como que envergonhada da intromissão da velha boneca. Quanto ao irmão, tinha se retraído todo e evitava encarar os olhos arregalados da boneca.

— Vou com ele. E vou tirar da mala tudo que não for meu — disse eu.

Na sala, reabri a mala anteriormente arrumada para a viagem, momento em que o caçula, que me seguira em silêncio, se pôs a meu lado e tentou recolher suas coisas com gestos hesitantes. Minha mulher, que parecia compreender e ao mesmo tempo compartilhar a ansiedade do filho mais novo, acabou por externá-la:

— Em vez de irem só os dois, será melhor levar mais alguém com vocês...

— Nada feito. Vou levar só Iiyo comigo — disse eu, dando-me conta de que minha resposta em voz alta fustigava o irmão menor como um chicote.

Para continuar a existir neste mundo, eu e Iiyo agiremos como melhor nos convier, por mais louco que pareça nosso comportamento, e o resto da família não precisa nos acompanhar, declarava eu naquele instante, de modo grosseiro. Meus dois filhos menores retiraram-se para seus quartos como que envergonhados de si mesmos, embora não tivessem motivo algum para se sentir dessa maneira. Quanto a mim, não disse mais nada nem para minha mulher: impelido por um novo *leap*, velho conhecido dos meus tempos de moço, saí de casa sentindo-me heróico e levando comigo Iiyo, que, com Chiyo-chan atada ao peito, chamava a atenção dos transeuntes.

Tomamos o trem lotado da linha Odakyu desde Seijo Gakuen até Odawara e viajamos em pé, prensados entre passageiros que retornavam do trabalho. Alvo dos olhares curiosos dos demais passageiros, Iiyo, que continuava com a mochila às costas e, é claro, também com a boneca Chiyo-chan, permanecia obstinadamente cabisbaixo como se viajasse sozinho, e eu nem tive ânimo de guardar sua mochila no bagageiro acima da cabeça dos passageiros. Curiosamente, o odor de seu corpo era tão intenso que, mesmo com o rosto virado, eu sabia que ele estava a meu lado, não precisei voltar a cabeça para me certificar se não saltara em estação errada.

De Odawara a Atami o trem da ferrovia federal esteve normalmente lotado, mas ao comprar o lanche para o jantar na estação Atami e baldear para a composição que nos levaria a Izu, percebi que poucas pessoas se dirigiam para lá. O mar já escurecera e o crepúsculo invadira também a área das montanhas, mas havia momentos em que, agitada pelo vento, a folhagem refletia uma tênue claridade. Durante a travessia de uma ponte, notei que o rio já engrossara, e a visão das encostas batidas de vento e do rio de águas cheias levou-me de volta às noites de tempestade do meu vale. Iiyo sentou-se no banco de costas para as minhas costas e, com o claro intuito de interpor um obstáculo, depositou a mochila no assento ao lado dele e que dava para o corredor, de modo que, encerrado num canto pela escuridão da noite e pelas gotas de chuva que corriam pela vidraça da janela, senti-me viajante solitário e pensei nas tempestades da floresta. No meio delas, eu sentira insegurança e certo arrepio de excitação, mas também que eu e os aldeões éramos parte de um todo. Eis por que imaginei compreender perfeitamente a sensação de "grande comunidade" que as pessoas experimentaram no começo da guerra numa cena de um livro francês que eu lera logo depois de aprender essa língua. A exaltação e a ansiedade que eu sentira nas noites de tempestade em meu vale traziam no bojo pensamentos inquietantes relativos a meu futuro. Entretanto, pensei, nunca me passara pela cabeça que uma vida tão desprovida de graça me aguardava; achei porém vergonhoso tanto sentimentalismo, de modo que tirei da mala um exemplar de A vida de William Blake, editado em 1969 em Nova York, e escrito por Mona Wilson, de quem eu já ouvira falar.

Em Izu, disseram-nos que as estradas estavam fechadas para o transporte público. Iiyo continuava a se comportar como se estivesse sozinho, e por isso prestava redobrada atenção aos avisos que vinham do alto-falante da estação, e eu não tive de lhe explicar a situação. Com Iiyo a me seguir dois ou três passos atrás, saí pela bilheteria e contratei a viagem para a minha cabana no planalto de Izu com um taxista que aguardava clientes em meio a uma chuva que só posso descrever como torrencial. O motorista pareceu esforçar-se por desviar o olhar de Iiyo e me disse:

— Está indo verificar sua casa de veraneio? Não quer comprar pilhas para a lanterna? Se as condições da estrada não estiverem boas, retornaremos, está bem? Não vai adiantar nada eu levá-lo ao seu destino se eu mesmo não puder voltar para casa em seguida. Estão dizendo que o tufão vai pegar Izu em cheio antes de prosseguir país adentro. Esqueceram-se de reforçar portas e janelas?

Na metade do trajeto a tempestade se intensificou, mas o motorista conseguiu nos levar até a cabana. Além disso, teve a bondade de nos iluminar o caminho com o farol enquanto subíamos os quase dez metros até a porta de casa e nos encharcávamos no percurso. Mais que iluminar nosso caminho, contudo, a luz serviu para evidenciar o atrito do tronco do cipreste com a basta ramagem da miricácea, tão violento que pareceu prestes a provocar faíscas e me obrigou a desviar o olhar, temeroso. Abri a porta de entrada e quase fui arrastado pelo vento com porta e tudo, mas depois de pôr Iiyo para dentro fui até os fundos da casa e voltei sobraçando um feixe de galhos secos que eu pretendia usar como lenha. Enquanto retornava, um galho que eu carregava bateu no ramo inferior de uma árvore, ricocheteou e eu levei na orelha e no nariz um golpe violento que me arrancou os óculos e fez o nariz sangrar. Mas a borrasca estava tão forte que nem me passou pela cabeça limpar o sangue e procurar os óculos.

Apesar de tudo, uma vez cerrada a porta às minhas costas, em vez da miséria que experimentara até então, comecei até a sentir certa tranqüilidade. Iiyo, especialmente, tinha se animado de repente depois que se vira dentro da casa e andava à luz de uma lanterna pela sala de jantar e de estar no andar superior, pois estávamos sem eletricidade. Peguei algumas toalhas do banheiro e, do meu quarto, um colchão largo o bastante para acomodar duas pessoas, e levei tudo para cima. Tirei as roupas molhadas de Iiyo, mandei-o enxugar-se e retornei ao meu quarto para pegar cobertores; meu filho começou a ajeitar o colchão, pois havia compreendido que eu pretendia acender a lareira e deitar-me diante dela. E até sentou Chiyo-chan a seu lado. Espalhei gravetos molhados na lareira e sobre eles queimei folhas rasgadas de revistas velhas. Eu esquecera de abrir o registro do gás propano instalado num abrigo à beira do terreno e não pude ferver a água para o chá. Dei o lanche comprado na estação e um copo de água fria para Iiyo, despejei noutro copo o saquê que restara num garrafão de 180 ml na cozinha e comecei a tomá-lo enquanto cuidava do fogo. No escuro, Iiyo curvava o corpanzil, aproximava o lanche dos olhos e comia. Em silêncio, levou um tempo enorme para terminar a refeição e, depois de se deitar no meio do colchão com Chiyo-chan ao lado, caiu em sono profundo, roncando tão alto quanto naqueles momentos que se seguiram à primeira crise de epilepsia. E então me vi sozinho diante da lareira e do fogo recalcitrante.

Sobrepostas às lufadas, as gotas de chuva caíam em extensos blocos compactos e sacudiam a porta. Um enorme dragão de vento fustigava os arbustos que rodeavam a casa. Em meio à ventania, que campeava irrestrita entre o distante firmamento, a parede da cozinha e o muro que beirava a rua — do outro lado dessa rua havia uma clareira e um robusto pinheiro, em cujo galho costumava pousar um corvo grande —, vinha um som que lembrava o de camadas de vento em atrito. A certa altura, ouço também o ruído de um grosso tronco partindo-se ao meio. Pela manhã, muito embora o pinheiro na clareira diante da cozinha fosse o único danificado, já que além dele só havia em torno da casa uns poucos espécimes mais novos e intatos, o odor de pinho estaria tão intenso que haveria de me provocar dor de cabeça...

Momentos depois, os roncos de Iiyo cessaram e foram substituídos por sons semelhantes a gemidos. Deitado de costas sobre o colchão e a coberta estendidos sobre o piso em que eu me sentava, Iiyo lembrava uma múmia sagrada. A seu lado, Chiyo-chan, com as pálpebras de movimento mecânico cerradas, parecia múmia-sentinela guardando a tumba.

Eu conseguia ver claramente todos esses detalhes porque os gravetos na lareira começaram aos poucos a produzir grandes labaredas. Quando me certifiquei que a chama tinha vida, controlei a combustão para que o fogo durasse mais tempo. E, à luz desse fogo, curvei a cabeça, forcei os olhos e li o livro de Mona Wilson. Avancei até o capítulo em que a autora analisa "Os quatro Zoas", poema que me trouxe lembranças da juventude e do momento em que li esses versos pela primeira vez, o que renovou seu poder de atração. Diversos semideuses ali estão para explicar o mundo real, que, de acordo com Blake, decaiu da bênção primitiva, e, entre essas semidivindades, Ahania e Enion — seres emanados dos semideuses principais ou, possivelmente, das mulheres deles, cada uma simbolizando algumas características deste mundo —, põem-se a lamentar. Ao mesmo tempo, relatam o que acontece nas "cavernas cósmicas do túmulo" (*cosmic caverns of the grave*). Ou seja, falam do Verdadeiro Homem (*Man*), do Homem Eterno (*The Eternal Man*), condenado a dormir longamente enquanto o mundo continuar submerso em erro.

A certa altura, o Homem (*Man*) examina, como em sonho, a árvore, a erva, o peixe, o pássaro e a fera. Ele recolhe as partes esparsas de seu corpo imortal para restaurar a "forma elementar" (*elemental form*), da qual tudo provém.

Em minha juventude, cheguei uns tempos a devanear que eram meus o destino e o lamento desse "Homem Eterno" (*The Eternal Man*) — pois *Man* com eme maiúsculo, conforme consta no original, "*That Man should Labour & sorrow & learn & forget, & return/ To the dark valley whence he came to begin his labours anew*", é naturalmente Albion, o mais alto grau da existência humana. Na passagem, Albion lamenta no vale deste mundo o sofrimento que lhe é imposto repetidas vezes para salvar a humanidade por intermédio de Cristo, o "Cordeiro de Deus".

"Em dor suspira, em dor labuta no Universo/ No clamor das aves sobre o abismo, no uivo do Lobo/ sobre a presa, nos mugidos do gado e no gemer dos ventos/ Chorando por Orc e Urizen em nuvens e labaredas/ E nos gritos do parto e roncos de morte sua voz/ Se faz ouvir pelo Universo onde quer que cresça a relva/ Ou brote a folha vê-se, ouve-se e sente-se o Homem Eterno/ E todas as suas Mágoas até que recupere a graça antiga."*

Eu até diria, inspirado em Blake, que sentia a presença e a tristeza do "Homem Eterno" no rugir da tempestade em torno da cabana. Embora soubesse que o aposento se encheria de fumaça, eu mantinha a passagem de ar da chaminé fechada para impedir a entrada da borrasca, mas o sibilar do vento em torno da chaminé lembrava o uivo angustiado de um *Man* dotado de potente garganta...

Enquanto lia repetidas vezes essa passagem citada por Mona Wilson, notei um novo detalhe. Tão óbvio que estranhei não ter tomado consciência dele até então. Tempos atrás, eu havia escrito um conto intitulado "No dia em que enxugarás minhas lágrimas" (*Mizukara waga namidawo nuguitamou himade*). Nele, chamo o "pai" de "*ano hito*" (o homem). Para mim, o significado da expressão, caso quisesse formulá-la em inglês, seria *Man*, com eme maiúsculo. Era a influência direta da leitura de

---

* "*In pain he sighs in pain he labours in his universe/ Screaming in birds over the deep & howling in the wolf/ Over the slain and moaning in the cattle & in the winds/ And weeping over Orc and Urizen in clouds and flaming fires/ And in the cries of birth & in the groan of death his voice/ Is heard throughout the Universe wherever a grass grows/ or a leaf buds The Eternal Man is seen is heard is felt/ And all his Sorrows till he reassumes his ancient bliss.*" (N. T.)

Blake. Pois *ano hito*, de um lado, era o "pai" e, de outro, o símbolo do ser humano em sua totalidade.

Da mesma forma, em meu romance *Jogos contemporâneos*, chamei o patriarca (*patriarch*) que renasce inúmeras vezes de "o homem que desconstrói". Escrevi também a respeito de um menino que, no mundo contemporâneo decaído, ou seja, no mundo real de Blake, arde em febre e sonha que reúne um a um os pedaços do patriarca enterrados numa floresta para que revivam e assim se restaure a era, mas, incapaz de atingir seu objetivo, o menino chora. Pois Marion Crane já me perguntara sobre a relação entre esse episódio e o mito de Osíris. Nesse momento, porém, dei-me conta de que essas circunstâncias correspondiam exatamente àquelas anteriores ao renascimento de *Man*, de Blake! Logo depois, consegui confirmar esse aspecto ao ler a análise mística de Blake feita por Kathleen Raine. Ou seja, no decorrer dos últimos vinte e cinco anos, eu talvez tenha escrito romances que foram simplesmente reformulações dos versos de Blake que eu lera casualmente num livro abandonado na biblioteca naqueles dias do começo de minha juventude! Além das manipulações inconscientes, em diversas oportunidades eu andara também usando de maneira plenamente consciente o poema de Blake como chave dos meus romances...

Eu modorrava sentado entre a lareira e o colchão onde Iiyo dormia. Senti que a totalidade de minhas obras era de intolerável simplismo e inexpressividade — isto é, que apenas uma página de Blake exprimiria toda a sua essência — e que, embora eu nada tivesse realizado realmente, o tempo passara. Por exemplo, eu vinha dizendo que queria definir todas as coisas do mundo para meu filho, e não conseguira. Era uma tentativa de definir essas coisas todas para mim mesmo, mas até nisso eu fora negligente. Pior ainda, não teria eu usado como desculpa o cérebro deficiente de Iiyo para não me empenhar em defini-las para mim mesmo? Supondo que, aos cinqüenta anos de idade, ainda restem traços de infantilidade em meu caráter — aliás, minha mulher e meus dois filhos menores são provavelmente os que de forma mais clara perceberam tais traços na maneira como me comportei neste episódio com Iiyo —, isso não significaria que, amparado na deficiência de Iiyo, eu desejava permanecer com ele para sempre nos domínios da infância?

Supondo que Iiyo não tivesse nenhuma deficiência, cursasse agora o segundo ano da faculdade e pudesse me perguntar: "Pai, da maneira mais honesta possível, o que hoje o senhor pensa sobre a morte? Defina-a para mim. Pois já li todas as definições de morte escritas pelo senhor e ainda não entendi. Não estou perguntando apenas por perguntar. Estou realmente em apuros. Dê-me a definição de morte que o senhor conseguiu estabelecer ao longo de sua vida e me ajude...". Caso esse meu filho de intelecto íntegro assim questionasse, eu com certeza não poderia permanecer cabisbaixo, perdido em pensamentos diante de seu olhar expectante.

De modo que, se eu fosse definir a morte para esse filho de intelecto restaurado num átimo, eu encontraria — e aqui recorro outra vez a Blake — uma pista em alguns versos da primeira metade de "Os quatro Zoas". Conforme sugere o título, que deriva dos "quatro seres vivos" do Apocalipse grego, existem quatro princípios fundamentais do Universo, um dos quais é simbolizado pelo deus Tharmas, o representante da substância material deste mundo, e cuja mulher, Enion, já citada por mim, simboliza a liberdade material. Na primeira parte desta obra "Profecias", a primeira que li de Blake, Tharmas e Enion são obrigados a se separar como uma manifestação dos erros do mundo — no dia em que o mundo será salvo, todas as coisas, inclusive "os quatro seres vivos", serão unificadas no corpo único do semideus Albion, que virá a ser o próprio Universo — e o lamento dos dois ficou profundamente gravado em meu espírito. Sentado em nuvens, pálido, trêmulo e a chorar, os versos de Tharmas invadem minha alma. "*& I am like an atom,/ A Nothing, left in darkness; yet I am an identity:/ I wish & feel & weep & groan, Ah, terrible! Terrible!*" "Em sofrimento e dor atroz sou como um átomo/ Um Nada perdido na escuridão, mas mesmo assim sou alguém/ Desejo e sinto e choro e gemo. *Ah, terrible! Terrible!*"

Supondo que num exame médico de rotina realizado em meu centro de saúde descubram que eu tenho câncer — digo isso porque temo que haja anormalidades em meus órgãos internos — e que em dois ou três anos eu venha a morrer depois de sofrida luta. De que maneira, no decorrer desses dois ou três anos, eu poderia transcender o atual estado da minha alma?

— Iiyo — eu diria então a meu filho, que, sem problemas físicos, conforme imaginei antes, teria crescido e estaria agora cursando o segundo ano de uma faculdade qualquer —, diante da morte talvez não nos reste outro recurso senão o de repetir o lamento de Tharmas... Eu sentiria talvez a cama alta do hospital como uma nuvem, e estaria pálido e trêmulo. "Sou como um átomo/ Um Nada perdido na escuridão, mas mesmo assim sou alguém/ Desejo e sinto e choro e gemo. *Ah, terrible! Terrible!*"

Atormentado como todo jovem por dúvidas a respeito da morte, o mentalmente perfeito Iiyo viera a mim, declarara-se em apuros e solicitara ajuda (assim como o deficiente Iiyo da vida real, que também procurava a seu modo vencer o medo da morte, cuja identidade ainda não conseguira definir). Se nesse momento o pai, em quem ele tanto confiava, soubesse apenas lhe responder "*Ah, terrible! Terrible!*", ele na certa se desapontaria. Então me imaginei acrescentando uma justificativa:

— Ultimamente, venho lendo obras e comentários biográficos de Blake e cheguei a uma conclusão. Ele morreu de modo esplêndido. Completou uma iluminura com sua técnica única, dirigiu palavras carinhosas à esposa, uma mulher inculta que não conseguira sequer assinar o próprio nome no certificado de casamento, mas que fora por ele educada e transformada em auxiliar de suas pinturas, pintara um retrato dela, entoara uma canção de louvor a Deus, e morrera. Quando jovem, Blake presenciara o falecimento de um irmão menor que ele amava muito e, no momento da morte, vira a alma deixar o corpo batendo palmas de alegria. "O Machado derruba o Carvalho, a Faca abate o Cordeiro/ Mas suas Formas Eternas Existem para Sempre. Amém, Aleluia."* Viver não seria apenas um estágio preparatório para chegar a este meio dia de alegria espiritual que precede a morte? E mesmo que essa alegria espiritual seja ilusória, depois disso é nada, de modo que você não tem por que se preocupar, não é mesmo? Mas eu ainda não terminei os preparativos para esse meio dia de alegria espiritual. E pensar que já me aproximo da idade em que meu pai, seu avô, portanto, faleceu...

Eu devia estar realmente embriagado, pois falava tudo isso em meio ao rugido do vento que não dava mostras de amainar. E devia também estar quase adormecido... Logo, senti mãos carinhosas e calmas tentando me acordar: elas me tocavam o ombro, o braço e o peito de maneira leve, quase imperceptível, e ouvi uma voz me dizer:

— *Tudo bem, tudo bem! É um sonho, o senhor está apenas sonhando! Não precisa ter nem um pouco de medo! É um sonho, viu?*

Mas acho que ainda continuei a falar com o meu filho ilusório, elevando a voz acima do rugido da tempestade. Ao abrir

---

* "The Oak is cut down by the Ax, the Lamb falls by the Knife/ But their Forms Eternal Exist. For-ever. Amen Hallelujah." (N. T.)

os olhos, vi Iiyo ajoelhado a meu lado: ele me velava o sono. Com os braços estendidos para apoiar o corpo curvado, me contemplava com seus olhos cor de *sumi* ressaltados pelo clarão proveniente da lareira. Quando me soergui, Iiyo recuou com a ligeireza de que às vezes é capaz, afastou Chiyo-chan, que continuava sobre o colchão, e abriu um espaço para permitir que eu me deitasse também. E então meu filho tornou a se deitar com as mãos cruzadas sobre o peito como uma múmia, e eu também me deitei de costas a seu lado e puxei o cobertor para nos cobrir. Embalado pela bebida, adormeci em seguida sem ao menos me dar conta das estranhas palavras de Iiyo, mas tive a impressão de entrever, pela porta aberta que dava para a sala de jantar, uma sombra se retirando silenciosamente para o corredor escuro e para o andar inferior.

Quando despertei, vi que Iiyo já não estava a meu lado e que a janela mais distante da lareira, diante da qual eu me deitava, estava aberta e deixava a luz entrar. Sobrepujando o cheiro acre da fumaça, havia um estimulante aroma de pinheiro no ambiente, tão intenso que me provocou dor de cabeça. Torci o corpo na direção da luz e descobri, diante do límpido azul da janela, o vulto negro de minha mulher sentada numa cadeira da sala de jantar com o torso curvado para a frente.

Ela me pareceu tão deprimida que meu olhar se fixou nela por alguns instantes, mas logo me dei conta de que faltava algo na paisagem e no límpido céu azul enquadrado pela janela. Além disso, nesse espaço azulado havia algo preto e achatado que parecia lançar-se para o alto repetidas vezes. Levado pelo hábito, tateei em torno da cabeceira e apanhei meus óculos, que aliás não deveriam estar ali, e certifiquei-me de que a coisa preta era um corvo, aliás o corvo grande, velho conhecido. Ele vivia pousado no grosso pinheiro, mas costumava desaparecer às vezes só para plainar e se distrair um pouco; retornava em seguida, pousava rente a um nódulo num galho que se projetava de modo convidativo e descansava as asas. Pois o nódulo — que digo eu! —, a árvore inteira havia desaparecido.

— Iiyo achou os óculos e fez questão de trazê-los pessoalmente para dentro e deixá-los aí. Os três estão lá fora arrumando a confusão armada pela borrasca. Estão juntando os galhos quebrados para servir de lenha — disse minha mulher, dando a entender que vira o instante em que eu despertara.

— O pinheiro se foi, não é? Estranho que uma árvore tão velha tivesse sobrevivido durante tanto tempo e se quebrasse de repente justo ontem... O corvo parece perturbado.

— A árvore tombou, cruzou a rua, cortou os fios elétricos e está atravessada como uma ponte, ligando um terreno ao outro. O estrondo foi grande, não foi?

— É, eu ouvi o barulho. Você também ouviu, não ouviu?

— Não, pois só chegamos de manhã...

— É mesmo? Eu pensei tê-la visto em pé na passagem que leva para baixo...

O vulto negro pareceu contrair-se e, depois de alguns instantes, minha mulher me falou dos acontecimentos da noite anterior com voz contida, como se tentasse controlar suas emoções. "Como é possível que eu estivesse aí observando você? Passei a noite de ontem com as crianças num hotel comercial em Ito."

Depois que Iiyo e eu saímos de casa, o resto da família decidiu seguir o plano esboçado por meu caçula e partir da estação de Tóquio pelo trem-bala Kodama rumo a Izu. Mas o tufão obrigou o trem a diminuir a velocidade, de modo que já eram cerca de dez da noite quando chegaram a Izu e souberam que não havia transporte para seguir adiante. E o motorista do táxi que encontraram na estação era, por coincidência, o mesmo que trouxera a mim e a Iiyo à cabana. O motorista dissera que a tempestade recrudescera nas últimas duas horas e que se ela queria ir de qualquer jeito ele até a levaria, mas teria de comunicar à polícia que transportara uma família aparentemente disposta a cumprir um pacto de suicídio. E ao ver que minha mulher e meus dois filhos menores hesitavam, ele os levara ao hotel comercial repleto de passageiros que haviam preferido aguardar a passagem do tufão em Izu.

— Dispostos a cumprir um pacto de suicídio...? Que absurdo, não acha? — disse eu suspirando e ao mesmo tempo disfarçando com um sorriso, mas a expressão sombria no rosto de minha mulher não se alterou.

Pela manhã bem cedo, eles vieram de táxi sob um esplêndido céu azul e num cenário repleto de vestígios da recente tempestade, mas quando alcançaram a área das casas de veraneio tiveram de abandonar o táxi porque uma árvore tombada obstruía a estrada. Enquanto transpunham árvores caídas e rochas roladas, minha mulher pisou em falso e acabou esfolando os dois joelhos. Com os pés apoiados sobre duas cadeiras alinhadas, ela acabava de fazer o curativo. Meus olhos se acostumaram afinal com a intensa claridade e descobri nas pernas horizontalmente estendidas um inesperado aspecto roliço.

Deitei-me outra vez de costas e contemplei o brilho esbranquiçado das vigas de madeira rústica de grossuras variadas que se entrecruzavam no teto em intrincada composição. Quando construímos nossa primeira casa, eu teria dito, gracejando, que não queria vigas aparentes pela casa, pois desse modo não me sentiria tentado a me enforcar numa delas. Minha mulher fizera o arquiteto cumprir meu desejo com fidelidade, mas cinco anos depois, quando construímos o atual bangalô, e talvez movida por um vago impulso compensatório, ela solicitou ao mesmo arquiteto que deixasse todas as vigas da sala de estar e jantar aparentes.

— Voltando ao que disse o motorista do táxi, acho que não foi nem a minha atitude e a de Iiyo, nem a de vocês, depois, que levantou a suspeita de um pacto de suicídio — disse eu —, e sim o próprio fato de virmos a este bangalô no meio da tempestade, concorda? Vai ver, já houve incidentes parecidos no passado...

Minha mulher, porém, recusou-se a aceitar meu convite à generalização e disse algo que na certa andara considerando até então.

— Ontem à noite, você disse que me viu em pé logo aí, não disse? Sorte nossa que você tenha visto a mim e não ao fantasma da pulga. Na carta que Marion me mandou, ela escreve que o que mais a apavorou não foi a atitude de Iiyo, que parecia estar vendo a cabeça decepada de M, mas a sua, que também parecia vê-la... Ontem, Saku-chan disse que Iiyo com certeza se acalmaria quando chegasse aqui, mas que ele não fazia idéia das coisas que você imaginaria quando se visse nesta cabana, e que por isso precisávamos vir no seu encalço. Viu que coisa?

O som monocórdico do vento, agora seco, me chegava aos ouvidos com as vozes das crianças, dentre as quais se destacava, especialmente clara e segura, a de Iiyo instruindo os irmãos mais novos a apanharem os gravetos leves, pois ele próprio se encarregaria dos galhos pesados. Eu continuava deitado, imaginando como explicar a minha mulher a metade inchada de meu rosto no momento em que me virasse de frente para ela. Em vista do meu comportamento do dia anterior, eu tinha de começar imediatamente a restaurar as bases emocionais da minha relação com ela e com meus filhos. Sentei-me então no espaço iluminado e disse, com o intuito de animar tanto a mim como a minha mulher, que estremecera, outra vez assustada, ao ver meu rosto deformado:

— Iiyo não sonha, mas já sabe que as pessoas sonham. Os anos vão passar e quando finalmente um dia ele vier a sonhar, acho que será capaz de compreender que sonha. A viagem valeu a pena só por me fazer perceber isso...

Eu temia que o primeiro sonho de Iiyo fosse um pesadelo e que nessa ocasião eu não pudesse estar ao lado dele por já ter morrido. Contudo, Iiyo poderá dizer a si mesmo enquanto sonha:

— *Tudo bem, tudo bem! É apenas um sonho!*

Por que haveria eu de me angustiar? Pois Iiyo será capaz de acrescentar para si mesmo: "*É um sonho, você está apenas sonhando! Não precisa ter nem um pouco de medo! É um sonho, viu?*".

5. A alma desce como estrela cadente até o osso de meu calcanhar

As idéias que Blake revela aliam naturalmente grotesca estranheza e não discrepante nostalgia. Isso é o que venho sentindo com freqüência. Sinto além disso que algumas de suas idéias são comparáveis a detalhes de minha vida com Iiyo, especialmente a passagem inicial de "Milton" em "Profecias", em que o poeta Milton, já no céu, desce uma vez mais à terra e ao mundo decadente para empreender a salvação da mulher e das filhas e, por intermédio delas, de toda a humanidade.

Refiro-me ao trecho em que é narrada a descida de Milton à terra e que se inicia com os seguintes versos "Assim como ao sonhar o homem não sabe que seu corpo dorme/ Pois acordaria; assim era ele ao penetrar na própria Sombra".* O espírito de Milton entra no corpo de Blake, que vive neste mundo, e os dois, tornados um só corpo, vagueiam em meio a privações, mas antes de mais nada Blake diz que o espírito se apresentou como

* "As when a man dreams, he reflects not that his body sleeps,/ Else he would wake; so seem'd he entering his Shadow." (N. T.)

uma chama. Pois a capa da brochura contendo as poesias completas de Blake que eu começara a reler nesta primavera em Hamburgo remetia, conforme vim aos poucos a compreender, à ilustração de número 30 de "Milton", a do homem em vias de tombar e que tem estrelas cadentes em torno dos pés.

"Foi quando primeiro o vi no Zênite como uma estrela cadente,/ Em queda perpendicular, veloz como andorinha ou gavião;/ E ao cair sobre o tarso de meu pé esquerdo, ali penetrou;/ Mas de meu pé esquerdo surgiu uma nuvem escura que se espalhou por toda a Europa."*

Não consigo evitar uma comparação entre a concepção de Blake de que o espírito de Milton lhe entrou pelo osso do pé, mais especificamente, pelo tarso, e a predileção ou, no mínimo, o extraordinário interesse de meu filho por meu pé. E toda vez que Iiyo sentia nossa relação abalada, procurava restabelecer a comunicação por intermédio de meu pé.

O espírito de Milton desce como uma estrela cadente, se aproxima de Blake, entra pelo tarso e chega ao núcleo de Blake. Do mesmo jeito Iiyo tenta, por intermédio de meu pé, recuperar a via de comunicação com meu núcleo. A origem desse comportamento remonta aos dias em que sofri os efeitos da primeira crise de gota e em que a relação de força entre mim e meu filho pareceu ter se invertido. Ao menos foi isso que passei a imaginar. Ao sofrer a crise de gota, eu dera a Iiyo uma definição de pé.

Todavia, pergunto-me agora se eu teria verdadeiramente captado as emoções que agitavam Iiyo. Em outras palavras, a

---

* "Then first I saw him in the Zenith as a falling star,/ Descending perpendicular, swift as the swallow or swift;/ And on my left foot falling on the tarsus, enterd there;/ But from my right foot a black cloud redounding spread over Europe." (N. T.)

definição se alinhava às emoções dele? Um obstáculo surge entre mim e Iiyo. Ele agora teme me encarar, olho no olho. Preferiria que mantivéssemos os rostos desviados, que agíssemos como se não soubéssemos que rostos existem e, se possível, vencer a dificuldade dessa maneira. Não tem coragem, ou ainda a idéia talvez nem lhe ocorra, de investir frontalmente contra o *núcleo* do pai e ali abrir uma brecha, pois o pai, segundo julga, está zangado com ele. Em vez disso, Iiyo se apóia em algo na *periferia* do corpo paterno. Pé, parte periférica do corpo humano. Pé, que quando alguém se deita de bruços com as pernas estiradas, não parece confinado aos limites desse organismo. Pé, que diferente de partes centrais como cabeça, rosto ou peito, diretamente conectadas ao consciente, situa-se num lugar distante, precariamente abrangido pela consciência. Mas por isso mesmo o pé é um *objeto* de percepção definida ao toque e, mesmo considerado sob o aspecto da forma, é um *objeto* independente, digno de ser acarinhado. Por conseguinte, Iiyo se aferra ao pé *objeto*. Não obstante, o pé está ligado ao *núcleo* do pai, de modo que, ao tocar o pé, Iiyo abre uma via de comunicação entre ele próprio e o dono do pé...

O antropólogo cultural Y, homem que em trabalho de âmbito internacional elaborou a teoria "núcleo e periferia", é meu amigo e sente por Iiyo um afeto profundo. Meu filho também tem percepção aguda desse afeto. Representou, portanto, grata satisfação para mim descobrir que sua teoria também era aplicável à minha relação com Iiyo, conforme expliquei mais atrás. A partir dessa descoberta, quero ampliar o significado da minha relação com Iiyo, que se processa por intermédio do pé *periferia* e definir globalmente suas funções mentais.

Ao seguir essa linha de raciocínio, chego de imediato à questão da imaginação. A questão se conecta, além de tudo, diretamente com Blake. Nisso consiste o tema que passo a desenvolver em seguida, mas antes de mais nada gostaria de rever parte da minha história pessoal, na qual incluí trabalhos antigos relacionados a meu filho e minhas leituras de Blake.

Nos primeiros anos da juventude, deparei-me de maneira casual mas profundamente marcante com alguns versos do poema "Os quatro Zoas", de Blake. Ainda sem saber que eram versos de Blake, passei meus anos de estudante universitário e um período após a formatura sentindo o forte estímulo desse breve poema, chegando até a usá-lo como eixo de alguns romances. Ou seja, antes de ler a totalidade das obras de Blake, eu introduzira de modo aleatório apenas uma delas em meus romances, ou melhor, parte de uma delas. Pois ao reler agora esses romances de minha autoria, neles encontro trechos com erros de interpretação. Ainda hoje creio estar cometendo novos erros, já que me aventuro como autodidata diletante pela intrincada floresta simbólica do poema "Profecias", de Blake. Mas, enquanto releio Blake, creio também que me será possível fazer novas descobertas a respeito da pessoa que fui nos tempos em que cometi os erros de interpretação toda vez que me der conta desses erros em trechos que exerceram sobre mim forte atração. Neste momento, sinto que Blake será o poeta que continuarei lendo até o dia em que a morte me levar, ou melhor, que por intermédio de Blake eu talvez consiga imaginar um modelo de vida para o tempo que me resta nesta minha caminhada rumo à morte.

Isso significa que, ao reler o poeta Blake introduzido em meus trabalhos, ao reconhecer os erros que cometi em sua interpretação e destarte sentir outra vez seu forte poder de atração, o próprio Blake inserido em meus trabalhos me dará a oportunidade de relembrar integralmente a maneira como minha imaginação trabalhava na juventude e de estabelecer comparação entre o "eu" atual e o daquele tempo.

Citei Blake pela primeira vez no romance *Uma questão pessoal*, protagonizado por mim e escrito pouco depois do nascimento do meu filho deficiente, Iiyo. Nele, cito um trecho original do assim chamado "Provérbios do Inferno" em *O casamento de Céu e Inferno*: "*Sooner murder an infant in its cradle than nurse unacted desires...*". O fato de eu ter suprimido o ponto final na citação e de terminá-lo com reticências, como se fosse um trecho abreviado, sugere que eu ainda não lera *O casamento de Céu e Inferno*. Além disso, ao transferir a responsabilidade da tradução para uma jovem personagem, interpreto o trecho de maneira conveniente para o meu romance: "Melhor matar uma criança no berço do que acalentar suas ambições incipientes".

Agora, enquanto releio Blake em busca de uma visão geral de sua obra e dela faço um retrospecto, torna-se claro para mim que "ambições incipientes" representa o modo de ser do homem que o poeta condenava com maior veemência e, por conseguinte, a ênfase está na metade final: a criar desejos em vez de agir para realizá-los, é até melhor matar a criança no berço. Foi um erro de interpretação, não nego, mas agora não consigo estabelecer claramente se distorci o sentido do poema de Blake por intermédio do personagem a fim de compor a cena do romance, ou se essa interpretação foi uma decorrência natural da experiência de ter tido um filho excepcional.

De forma generosa e gratuita, uma jovem protagonista do meu romance encoraja, até com favores sexuais, o rapaz, que, acabrunhado pelo nascimento do filho excepcional, está em processo de regressão. Eu a retratei como uma jovem liberada, bem ao contrário da "virgem" contra a qual Blake investe no coro final de "Um canto de liberdade ", que se segue a *Casamento de Céu e Inferno*: "Nem a tênue libertinagem religiosa chama virgindade/ ao que deseja mas não age".* Ainda assim, uma vez que relacionei a palavra "desejo" da minha citação a esses versos e não consegui dar-me conta da visão única de "desejo" do próprio Blake, concluo afinal que minha leitura do "Provérbio do Inferno" tenha sido realmente a da tradução em *Uma questão pessoal*. Contudo, não fosse por esse erro de interpretação, eu teria por certo perdido uma das motivações desse romance. Por estranho que pareça, reconheço agora que esse tipo de convicção errônea formou o jovem escritor que fui um dia.

Cinco ou seis anos depois do nascimento de Iiyo, numa época em que ele já conseguia se sentar direito numa cadeira adaptada ao guidão da minha bicicleta e eu o levava todos os dias a uma casa especializada em massas chinesas, quis aproveitar um poema de Blake e escrevi um romance intitulado *Pai, aonde vais?* (*Chichiyo, anatawa dokoe yukunoka?*). Foi nele que, a partir do seguinte diálogo, passei a chamar meu filho de "Iiyo", um dos nomes que encontrei para designá-lo em meus romances:

"E então, expondo ao vento o rosto que o *lámen* quente afogueara, perguntou ao filho repetidas vezes enquanto pedalava a bicicleta e voltava para casa:

— Iiyo, o *lámen* de porco e a Pepsi-Cola estavam gostosos?

— *Iiyo, o lámen de porco e a Pepsi-Cola estavam gostosos!*
— repondia o filho, e isso o fazia considerar que houvera perfeita comunicação entre pai e filho e o enchia de felicidade".

O "eu" deste romance, que se sobrepõe parcialmente à minha pessoa na juventude, é um escritor tentando escrever a biografia do pai. "Eu" compõe o romance em forma de manus-

---

* "*Nor pale religious lechery call that virginity/ that wishes but acts not.*" (N. T.)

crito ditado para um gravador. E é nesse contexto que ele cita Blake: "*Father! Father! where are you going?/ O do not walk so fast/ Speak, father, speak to your little boy/ Or else I shall be lost*". "Pai! Pai! Aonde vais?/ Ah, não andes tão depressa./ Fala, pai, com teu filhinho/ Senão me perderei." O poema que eu assim traduzi vem de *Canções da inocência*, amplamente conhecido. Além dele, cito também o último trecho de "Terra dos sonhos", de *O manuscrito de Pickering*. "*Father, O father! what do we here/ In this Land of unbelief & fear?/ The Land of Dreams is better far,/ Above the light of the Morning Star.*" "Pai, ó pai! Que fazemos aqui,/ nesta terra de descrença e medo?/ A Terra dos Sonhos está tão distante,/ acima do brilho da Estrela da Manhã." Depois de assim traduzir Blake, faço "eu" — o personagem que está gravando o manuscrito — dizer no mesmo estilo, como se continuasse o poema: "Pai, ó pai, que fazemos aqui? Que fazias tu aqui? Que faço eu aqui, nesta terra de descrença e medo, a comer no meio da noite pé de porco com missô e mostarda da culinária coreana, a beber uísque e a encarar com seriedade o gravador como se por ele eu pudesse te mandar mensagens?; que estou eu tentando te dizer se a Terra do Sonho está tão distante, acima do brilho da Estrela da Manhã?".

Lendo agora esse romance que escrevi no começo dos meus trinta anos, chama-me outra vez a atenção o fato de o personagem "eu" estar no mesmo plano do menino do poema de Blake. "Eu" é pai de Iiyo, mas, antes de ser pai, é mais um filhote a pipilar no ninho, outro filho a clamar com Iiyo pelo pai perdido.

Não só em romances como também em crônicas — nelas, Blake é citado no corpo de citações de minhas próprias obras — apoiei-me muitas vezes em pensamentos de Blake. Esse recurso talvez possa ser descrito como o tatear desesperado de um escritor com pouca experiência de vida. Vim desde muito cedo fazendo considerações a respeito da imaginação. Não só a posicionei no centro funcional da linguagem ficcional como também a empreguei como motivo e técnica de observação do mundo contemporâneo.

Para tanto, precisei também estudar as teorias de imaginação de meus predecessores. Começando por Sartre, cheguei após algumas etapas à teoria de Gaston Bachelard e, na oportunidade em que escrevi *Shosetsu no Hoho* (Metodologia da ficção), citei o seguinte trecho do seu *Ar e sonhos*, traduzido por Eiji Usami:

"Ainda hoje, Imaginação é tida como a habilidade de formar imagens. Mas Imaginação é, antes, a habilidade de *deformar* as imagens percebidas e, em especial, a habilidade de nos libertar das imagens básicas e de alterar tais imagens. Se não houver alterações ou inesperadas fusões de imagens, não haverá Imaginação, e o *ato de imaginar* não existiria. Se uma imagem presente não fizesse pensar em outra ausente, se determinada imagem de partida não determinasse inúmeras outras imagens elusivas ou uma explosão de imagens, não haveria Imaginação. Haveria percepção, a reminiscência da percepção, a lembrança familiar, o hábito de cores e formas. A palavra que se contrapõe a imaginação não é imagem, mas imaginário, *imaginaire*. O valor de uma imagem é medido pela amplitude do halo *imaginário*. Graças ao imaginário, a imaginação é algo aberto, facilmente eludível. No âmbito do psiquismo, a Imaginação é verdadeiramente uma experiência liberadora, nada mais que renovadora. Mais que qualquer outra performance, a imaginação caracteriza o fenômeno psicológico. Conforme Blake proclama, 'Imaginação não é um Estado: é a própria Existência Humana'."

Quando li essa passagem de Bachelard pela primeira vez, não prestei atenção à citação de Blake. Em parte porque ignorava a importância da Imaginação na obra mitológica de Blake e em parte por arrogância, pois imaginava não necessitar de Blake, já que tudo o que eu viera cogitando sobre imaginação conectava-se diretamente com Bachelard. Mas a partir desta primavera, quando passei a me concentrar na totalidade das obras de Blake, refiz todo o conceito de imaginação arraigado em mim.

O trecho citado por Bachelard está em "Milton", obra que já mencionei anteriormente. E as palavras *Imagination, State* e *Forms* (Imaginação, Estado e Formas), todas com inicial maiúscula, se revestem do sentido peculiar de Blake, sentido que, uma vez acatado, elimina todo o misticismo ou, ainda, a ambigüidade do texto. Agora, torna-se possível fazer uma leitura concreta e lúcida do pensamento básico de Blake, mas quero antes apresentar a minha tradução do texto: "Julga-te então a ti mesmo, Examina tuas Feições Eternas/ Qual a parte Eterna, e qual a Mutável? Qual será Aniquilável?/ A Imaginação não é um Estado: é a própria Existência Humana./ Afeição ou Amor se transformam em Estado, se divorciados da Imaginação./ A Memória é sempre um Estado e a razão é um Estado/ Criado para ser Aniquilado e para que nova Razão seja criada./ Tudo o que pode ser criado pode ser Aniquilado; as Formas não./ O Machado derruba o Carvalho, a Faca abate o Cordeiro/ Mas suas Formas Eternas Existem para sempre. Amém, Aleluia".*

* "*Judge then of thy Own Self: thy eternal Lineaments explore/ What is Eternal & what Changeable & what Annihilable?/ The Imagination is not a State: it is the Human Existence itself./ Affection or Love becomes a State, when divided from Imagination/ The Memory is a State always, & the Reason is a State/ Created to be Annihilated and a new Ratio Created/ Whatever can be Created can be Annihilated Forms cannot/ The Oak is cut down by the Ax, the Lamb falls by the Knife/ But their Forms Eternal Exist, For-ever. Amen Hallelujah.*" (N. T.)

É fácil destacar no texto de Blake a palavra "imaginação". "O Corpo Eterno do Homem é a Imaginação, que é o próprio Deus; é Jesus o Corpo Divino, nós somos seus Membros."* "O Homem é Todo Imaginação Deus é Homem e Existe em Nós e Nós Nele."** "Pois todas as Coisas Existem na Imaginação Humana."***

Para Blake, Deus é essencialmente Imaginação. O supremo Homem também. O Homem chega a Deus por intermédio da Imaginação. O Homem será salvo deste mundo de erros e de decadência no momento em que todos os Homens se transformarem num único Corpo Divino, mas meios e recursos para tanto estão na Imaginação, e quando enfim todos os Homens se juntarem num único *Eternal Body*, Corpo Eterno, ou seja, em Deus, a própria transformação será nada mais nada menos que uma conquista da Imaginação.

A citação anterior existe em função de pensamentos como o exposto acima. "A Imaginação não é um Estado: é a própria Existência Humana." E uma vez visualizado o supremo Homem unificado em Deus, união essa processada através da Imaginação, torna-se possível aceitar integralmente o pensamento segundo o qual a Imaginação é substancial, é a própria existência humana. Creio até que Blake se torna mais difícil de compreender quando usa palavras como *State*, "Estado", relativa à situação humana neste mundo decadente, ou ainda *Forms*, "Formas", para expressar a essência do supremo Homem.

E então, se raciocino de acordo com a definição de Blake, segundo a qual Imaginação é a própria Existência Humana —

---

* "*The Eternal Body of Man is the Imagination, that is God himself; the Divine Body is Jesus, we are his Members*" (N. T.)
** "*Man is All Imagination God is Man & Exists in Us and We in Him.*" (N. T.)
*** "*For All Things Exist in the Human Imagination.*" (N. T.)

e não consigo me furtar a isso —, de que forma a Imaginação existiria em Iiyo? Essa questão se agiganta e aflora. Mas na verdade foi com o intuito de chegar a tal questão que vim fazendo desvios até agora. Iiyo, você tem imaginação? Caso tenha, de que forma ela funciona? Até hoje, experimentei diversas vezes a dor de lhe fazer essas perguntas. Creio até que descobrir a resposta para elas é, antes de mais nada para Iiyo, naturalmente, mas também para mim, a maior dificuldade da vida.

Enquanto leio as maravilhosas palavras do poema "Jerusalém", última "profecia" de Blake que tenho diante de mim, como poderia eu reconhecer com tranqüilidade de espírito que meu filho é desprovido de imaginação, a função básica de toda a existência neste mundo? "Nos Céus e Terras, assim como em teu próprio seio, trazes teu Céu/ E tua Terra e tudo o que contemplas; embora pareçam estar fora, estão dentro de ti/ Em tua Imaginação, da qual este Mundo de Mortalidade não passa de uma Sombra."*

No decorrer dos últimos dez anos, ou seja, durante a puberdade de Iiyo, parece-me que a música foi o instrumento que melhor me possibilitou perceber externamente as emoções de meu filho. Dito isso, porém, devo acrescentar em seguida que não consegui perceber como as emoções que a música agitava em seu íntimo se conectavam com o despertar e o desenvolvimento de sua imaginação.

Na infância, Iiyo foi especialista em distinguir diferentes cantos de pássaros, e sua habilidade atingiu o auge nos dias que precederam sua matrícula na escola especial. Aqui, chamo meu filho de Iiyo, mas em meu outro romance, intitulado *A inundação atingiu a minha alma* (*Kozui wa waga tamashii ni oyobi*),

---

* "... as in your own Bosom you bear your Heaven/ and Earth & all you behold, tho it appears Without it is Within/ In your Imagination of which this world of Mortality is but a Shadow." (N. T.)

atribuí o nome Jin a um personagem cujo modelo é também meu filho e o descrevi da seguinte maneira: "Nos momentos em que está acordado, o cotidiano de Jin se resume em ouvir o canto de inúmeros pássaros que o pai lhe gravou numa fita. E foi o canto desses pássaros a causa do despertar de suas primeiras 'palavras'. À cabeceira da cama rústica em que Jin esteja deitado ou sentado, o gravador reproduz em volume mínimo o trinado de um pássaro. Jin entreabre também minimamente os lábios para sussurrar em voz ainda mais baixa que o som proveniente do gravador:

— É um tordo preto. — Ou ainda: — É uma cia, é uma papa-moscas...

E foi desse modo que essa criança mentalmente retardada aprendeu a distinguir o canto de pelo menos cinqüenta espécies diferentes de pássaros e, no ato de ouvi-los, descobriu também um prazer comparável ao de se alimentar".

Quando descobri o interesse de Iiyo pelo canto dos pássaros, empenhei-me a fundo em desenvolvê-lo, mas o trabalho talvez tenha sido vão. O interesse só continuou até a época em que foi matriculado na escola especial, depois do quê Iiyo passou a se interessar pelos amiguinhos da classe e por músicas de Mozart e Bach. Enquanto durou, contudo, seu interesse por pássaros foi ardente e cobriu um período realmente longo de sua infância. Por exemplo, ao ouvir um trinado que se inicia com um pio curto e agudo que se repete e aos poucos enfraquece, meu filho diz: "É um martim-pescador vermelho". Nessas ocasiões, eu entendia que houvera comunicação, pois eu manipulara o gravador para disparar o som e Iiyo recebera o sinal e respondera com palavras. Contudo, será que o ato envolvera a imaginação de meu filho?

Iiyo era incapaz de visualizar a figura do pássaro com base no som que a fita reproduzia. Iiyo era portador de um tipo de deficiência visual somente corrigível através de complexa combinação de prisma e lente. Para ele, que na época nem usava óculos, seria simplesmente impossível ter noção da verdadeira imagem do pássaro, mas ainda assim eu apontava as fotos dos pássaros impressos na capa do disco e repetia inúmeras vezes: esta é uma pega, este é um estorninho. Contudo, Iiyo nunca tentou por iniciativa própria olhar para as fotografias enquanto ouvia o canto do pássaro que vinha do gravador. Portanto, o canto do pássaro desprovido de imagem era o sinal que fazia aflorar o nome da ave. O contrário, isto é, o nome do pássaro ser o sinal que o fizesse imitar-lhe o canto, era impossível. Ou seja, nos breves instantes que mediavam o canto do pássaro que vinha do gravador e a voz de meu filho a sussurrar o nome da ave, a imaginação que, excitada, conjurava a imagem correspondente tinha sido apenas a do pai.

Mas ao conhecer outras crianças excepcionais, Iiyo preferira a música dos homens ao canto dos pássaros, e embora o fato se revestisse de real importância tanto para mim quanto para meu filho, não me parece possível explicar seu verdadeiro sentido a ninguém.

O mesmo ocorre com os procedimentos especiais de comunicação que estabeleci entre mim e Iiyo no decorrer de longos anos. Aos outros devem parecer estranhos e sinto-me desanimar antes mesmo de começar a explicá-los. Os procedimentos são de dois tipos, todos vocais e, por rotineiros, o restante da família já os conhece muito bem. Ambos começaram em forma de jogo e assim continuam até hoje. Deixando de lado o primeiro, que tem divertida característica de "reconhecimento", o segundo é sombrio e contém a ameaça de um "castigo", e com certeza não me é fácil falar disso...

Há quase oito anos, no final de um outono, recebi a visita de uma jovem coreana que, a caminho de Nova York, passou por minha casa para me entregar um pedido de um escritor de Seul. Minha conversa com ela terminou num instante, mas o outro contato da jovem no Japão, que ficara de vir buscá-la em minha casa, não apareceu até tarde da noite. Eu conhecia de nome esse contato, um coreano radicado no Japão, mas como não dispunha de meios para saber seu endereço, não podia levá-la à casa dele. Com o passar das horas, a perturbação da jovem se tornou cada vez mais aparente, até que, em dado momento, Iiyo inventou uma brincadeira e conseguiu reanimá-la. A jovem não falava japonês, mas cantou alguns compassos de uma canção coreana que Iiyo reproduziu ao piano com o acréscimo de acordes, e dessa maneira passaram o tempo. Rosto crispado, ela se mantivera o tempo todo em guarda durante nossa conversa, mas com a repetição da brincadeira entusiasmou-se a ponto de se mostrar ávida e de ajustar o tom de um bongô — o instrumento favorito de Iiyo na infância — e de batê-lo em ritmo coreano para acompanhar Iiyo.

Depois que a jovem seguiu caminho para os Estados Unidos, entraram no repertório musical de meu filho diversos tipos de canções folclóricas coreanas e de melodias populares aparentemente da mesma origem. Com o tempo, acrescentei letra a uma dessas melodias, a favorita de meu filho. A melodia é tipicamente popular, e portanto gostaria que o símbolo que as revistas japonesas do pós-guerra imprimiam no início das letras das canções populares fosse usado também no presente caso.

— *Naa-da mais quero da vida porque tenho Ii-yo!*

Eu compusera letra também para o trecho melódico que antecede esse refrão, mas com o passar do tempo esquecemos, Iiyo, a letra, e eu, a melodia e, a partir de certa altura, cantávamos apenas o último verso do refrão. Simultaneamente, o refrão passou a funcionar como sinal de "reconhecimento" entre mim e meu filho. "*Naa-da mais quero...*", começava eu a cantar com as palavras iniciais alongadas e acabava com as palavras finais do trecho "... *porque tenho Ii-yo!*" ainda mais prolongadas, momento em que meu filho saía de qualquer canto da casa onde estivesse metido e, depois de calcular devidamente o tempo em que a última nota se extinguiria, surgia diante de mim com o preciso *timing* de um atleta em corrida de revezamento, estendia o braço e me tocava para dizer:

— Muito obrigado!

A brincadeira toda teve início de modo muito natural, isto é, sem nenhum planejamento.

"*Naa-da mais quero na vida porque tenho Ii-yo!*", cantara eu certa vez casualmente e, ao ouvir isso, meu filho, que se encontrava afastado de mim, retrucara com um gesto espalhafatoso:

— Muito obrigado!

Foi assim que se construiu a brincadeira. Pensando bem, surgiu numa época em que Iiyo, que sempre fora muito apegado a mim — nos momentos em que eu trabalhava, ele costumava se entocar sob a minha escrivaninha; se eu saía, ele me aguardava no vestíbulo na esperança de ser o primeiro a ouvir o som dos meus passos —, começara a passar as horas sozinho metido nos mais diferentes cantos da casa. Aos poucos, o refrão passou a ser usado — não sempre, naturalmente — como recurso para atrair Iiyo, que então já não atendia mais a nossos chamados.

No quarto de Iiyo, adjacente ao meu gabinete, minha mulher, que acaba de lhe preparar a fralda noturna, espera que meu filho suba a escada. Ele porém ouve um concerto qualquer numa emissora FM ou folheia uma revista de sumô, e demora a vir da sala de estar. Eu então me levanto, vou até o topo da escada e canto:

— *Naa-da mais quero da vida porque tenho Ii-yo!*

No mesmo instante ele abandona a atitude displicente, corre escada acima em passadas largas e vigorosas, bate a palma de sua mão contra a minha com alegria incontida e diz:

— *Muito obrigado!*

Em seguida, a fralda lhe é posta sem transtornos.

E como esse procedimento sempre surtiu perfeito resultado, cheguei a tapar a boca com as mãos no dia em que cantarolei sem querer *"Naa-da mais quero da vida..."* na Cidade do México, onde vivi por uns tempos longe da família. Caso terminasse o refrão, achei que Iiyo podia ignorar por completo a distância de um quarto de globo terrestre que nos separava, recorrer a todos os meios de transporte imagináveis e rumar para onde eu estava e, após meses de provação, surgir enfim cansado da viagem diante da minha estarrecida pessoa para dizer, depois de fazer estalar a palma da mão na minha: *"Muito obrigado!"*.

O outro procedimento tem um caráter punitivo que se evidencia até numa análise superficial. Conforme já expliquei, excetuando as ocasiões em que alguém o convida a fazer algo que seja de seu agrado, como ouvir música, meu filho só age com extrema lentidão. Ele só obedece devagar, com aparente má vontade, tanto a ordens para fazer algo como até a ordens para parar de fazer o que quer que esteja fazendo. Tal morosidade se deve em parte a uma demora maior para compreender o sentido da ordem verbal e, em decorrência, de se pôr em ação. Mas tudo indica que esse não é o único problema.

Portanto, lanço mão do segundo procedimento nas ocasiões em que Iiyo não dá sinais de entrar em ação mesmo depois de, por exemplo, ouvir a mãe recomendar que cumpra sua rotina matinal, isto é, que lave o rosto, vista a calça e a camisa etc., momento em que começo a contar:

— Um, dois, três, quatro...
Iiyo se levanta quase sempre na altura do seis. A contagem é feita em clima de brincadeira. Contudo, se acentuo excessivamente o tom lúdico, a contagem progride e meu filho, ainda a agir lerdamente, começa a dar claros sinais de que se sente encurralado, pois a implícita promessa de "castigo" se intensifica e a situação começa a assumir características grotescas. É óbvio, porém, que eu jamais bateria nele, mesmo que a contagem chegasse a doze, treze, catorze ou quinze e ele não se pusesse em ação. Por outro lado, também é inegável que minha voz começa, no decorrer do processo, a expressar irritação e ameaça cada vez mais intensas contra Iiyo.

Se Iiyo deixa de dormir o número de horas costumeiro, ele tem crises de cegueira temporária de um a dois minutos principalmente pela manhã, sintoma que minha mulher e eu, dois leigos, tentamos definir se é epiléptico ou não. Iiyo deve estar na cama às oito e meia toda noite. Ele, contudo, está sempre com a atenção voltada para o programa *Melodias inesquecíveis*, que vai ao ar às dez para as nove pela rede estatal de televisão NHK. Se lhe põem a fralda em torno das oito horas, ele é até capaz de se resignar, mas se já passa das oito e meia e ele ainda não foi chamado ao quarto porque a mãe de algum coleguinha da escola especial reteve minha mulher ao telefone, por exemplo, Iiyo também lança mão de diversos expedientes e tenta de alguma maneira permanecer na sala os quinze ou vinte minutos restantes até o início do programa. Suas tentativas vão desde percorrer com lentidão exasperante o trajeto até a cozinha no momento de pegar o copo d'água para tomar a medicação antiepiléptica Hidantol, até a errar de propósito o abotoamento do pijama e refazê-lo com extremo cuidado etc. etc. Ele também pode se dispor a subir depois de ouvir a mãe chamá-lo repetidas vezes do andar superior, mas, no meio da escada, descer outra vez para ir ao banheiro e, na volta, passar lentamente diante da televisão. Se nesse instante o programa *Melodias inesquecíveis* já estiver no ar, ele se fixa ali como um rochedo, de modo que, antes que isso aconteça, não tenho outro recurso senão lançar mão do "um, dois, três, quatro...", imprimindo desde o início a inflexão que embute promessa de castigo.

Certo domingo, alguns colegas do meu filho menor vieram brincar em minha casa. Todos se comportavam como crianças bem-educadas da classe média e, embora percebessem que havia no irmão mais velho do amigo algo que o tornava diferente do padrão de normalidade a que estavam habituados, nenhum tentou investigar a razão da diferença de maneira pormenorizada. Seus olhares desviavam-se de Iiyo de modo natural. Este, por seu lado, parecia irritado com o fato de o irmão e seus amiguinhos estarem rindo de coisas que ele não compreendia, mas manteve-se deitado num canto da sala de estar, seu local favorito, com a atenção voltada para as revistas de sumô e a discografia de Bach, sem se intrometer nas brincadeiras do irmão menor. Passado algum tempo, no momento em que eu, depois de trabalhar em meu gabinete, desci para a sala de estar, um pequeno incidente se desenrolava ali, sem ser percebido pela mãe e pela irmã, que se ocupavam do preparo da merenda das crianças na cozinha.

Meu caçula e seus amigos tinham montado uma ferrovia Merculin, cuja estrutura ocupava quase a sala inteira. A ferrovia era antiga e as emendas dos trilhos tinham pinos quebrados que foram posteriormente colados, de modo que sua montagem deve ter sido trabalhosa para as crianças. Naquele momento, uma locomotiva elétrica puxava vagões cargueiros e percorria o trilho elíptico, mas as crianças espalhadas em torno da ferrovia tinham no rosto uma expressão perturbada. Com razão, pois bem no meio da elipse formada pelos trilhos, Iiyo estava sentado em sua posição favorita, isto é, com as gordas nádegas firmemente depositadas sobre o piso e os pés cruzados diante de si. Como se não bastasse, assumira a posição de um batedor de figurinhas prestes a virar um monte e, cabeça projetada à frente e mão no ar, olhava fixamente para o transformador. Os visitantes faziam a delicadeza de fingir que tinham a atenção presa na locomotiva em movimento, mas atrás do transformador e frente a frente com Iiyo, a enfrentar a pressão que dele emanava, estava sentado meu caçula, de quase um terço do tamanho do irmão maior, ainda assim com o tronco projetado para diante, em postura confrontadora. O caçula parecia disposto a resolver o impasse e, eventualmente, a fazer prevalecer sua vontade.

Logo me dei conta da origem da estranha tensão que imobilizara a todos. Ao se levantar a alavanca do transformador, a velocidade da locomotiva aumentava e, ao baixá-la, a velocidade diminuía até provocar sua parada total. Mas se a alavanca era levada abaixo do ponto zero até o ponto S, a direção da corrente se alternava e a locomotiva se punha a correr em sentido contrário. Durante esse procedimento, porém, a alavanca levada ao ponto S soltava por alguns momentos um estranho chiado. E tudo indicava que esse chiado era insuportável para Iiyo, extremamente sensível a determinados tipos de som. Essa fora a razão que nos levara a guardar a ferrovia Merculin no depósito depois que as crianças brincaram com ela por um bom tempo.

Naquele dia, instado pelos amigos que haviam descoberto o Merculin no depósito, meu caçula montara a ferrovia e, até o momento em que fizera a locomotiva correr pelos trilhos, provavelmente não se lembrara da aversão de Iiyo pelo ruído do transformador. Animado pela presença dos colegas — do meu gabinete, eu tinha ouvido as vozes e os risos dos meninos se entrecruzando —, fizera a locomotiva correr e, em seguida, no exato momento em que revertera a marcha e provocara o chiado, Iiyo na certa se metera no círculo com sua peculiar agilidade, que nem de longe lembrava seus morosos movimentos habituais. E aboletado no centro da ferrovia, pusera-se a vigiar a brincadeira, disposto a não permitir que tocassem outra vez no transformador.

— Que acha de irmos para a sala de visitas ouvir a nova fita de Glenn Gould, Iiyo? Basta levar esse amplificador e usar o alto-falante da outra sala — convidei.

Depois de erguer os olhos e voltá-los para mim por uma breve fração de segundo, Iiyo continuou a vigiar o transformador, disposto a não sair do lugar por nada no mundo. Essa era uma atitude que Iiyo começava a firmar nos últimos tempos e que nos víamos obrigados a aceitar. Seus modos pareciam declarar: "É inútil, não tentem me convencer de que estou errado porque não consigo evitar este tipo de comportamento".

Olhei para o meu caçula e os amiguinhos que, cabisbaixos, rodeavam Iiyo na elipse da ferrovia, e não conseguia atinar com o que lhes dizer. Foi então que, com o transformador entre ele próprio e Iiyo, meu caçula me disse:

— Pai, que tal tentar o "um, dois, três, quatro..."?

Mas mesmo enquanto falava, já havia vergonha em sua voz. Antes que eu tivesse tempo de lhe responder qualquer coisa, seu rosto se ruborizou, consciente de estar solicitando o procedimento que trazia implícito um castigo para o irmão mais velho. Aparentando remorso, percorreu com o olhar a roda de amigos como se lhes pedisse perdão, ergueu-se e foi sozinho para seu quarto. Solidários e dando a entender que tinham perdido a partida mas que não pretendiam cobrar do companheiro o erro que levara a equipe à derrota, os amiguinhos o acompanharam sem demonstrar pena alguma de abandonar a ferrovia montada com tanto custo.

Iiyo continuava vigiando o transformador com a mão no

ar, como se esperasse ver um rato saltar dali em sua direção. Eu e ele permanecemos a sós na sala, contemplando a locomotiva que corria a uma velocidade estável. Até então, eu viera aplicando o procedimento de contar "um, dois, três, quatro..." como se fosse uma brincadeira. Agora, porém, não só o próprio Iiyo como a família inteira via o procedimento como uma ferramenta destinada a fazer cumprir ordens e que trazia, implícita, uma ameaça de castigo. Senti-me tirano irracional, pior ainda, tirano cruel que camufla a violência só para manter as aparências e que assim vence a resistência do filho com retardo mental.

Se eu conseguisse entrever o trabalho da imaginação nas expressões espontâneas de Iiyo, acho que seria também capaz de estimular e de expandir tais manifestações. Venho pensando nisso desde os tempos em que Iiyo se entretinha com o canto de diferentes pássaros que vinham do gravador. Aliás, continuo a pensar. Atualmente, Iiyo encontra prazer em se expressar como compositor e como autor de trocadilhos.

São dois tipos de trocadilho os preferidos por Iiyo. Um deles se baseia em comerciais de televisão e o outro em metáforas extraídas de um programa estrelado por celebridades. Quando passei uma pomada sobre um furúnculo surgido em sua cintura, ele havia dito com provável intenção de agradecer: "*Odeki kangeki!*" (O furúnculo está feliz!). Iiyo se inspirara num comercial muito conhecido de caril instantâneo em que, ao prová-lo, um cantor de nome Hideki dizia em tom de beatífica alegria: "*Hideki kangeki!*" (Hideki está feliz!).

De outra feita, quando a universitária norte-americana a que já me referi veio jantar em casa, minha mulher tentou fornecer os nomes ingleses dos legumes e verduras que usava para fazer um refogado e se vira em dúvida quanto à palavra correspondente a vagem (*ingen mame*); Iiyo então lhe havia dito com acentuada inflexão americanizada que poderia ser grafada da seguinte maneira: *ingen, sinborder*.

A estudante americana considerou seriamente a denominação desconhecida e disse que talvez fosse de um dos diversos vegetais provenientes da Índia. Eu, porém, compreendi de imediato o trocadilho. Derivava de um comercial protagonizado pelo lutador de sumô favorito de meu filho e que a certa altura diz: "*Ningen shinbouda!*" (Viver é perseverar.)

Ao começar uma composição, antes de mais nada Iiyo inscreve no canto superior direito da pauta: Composto por Hidan Toru. Este pseudônimo provém da conjunção de dois nomes: do músico T, cujo prenome é Toru e que demonstra sincero interesse por meu filho, e de Hidantol, o remédio antiepiléptico.

Num dos programas preferidos de Iiyo, diversos humoristas são chamados a responder com trocadilhos a perguntas de um comediante elevado à categoria de apresentador do programa. Se a resposta for considerada arguta, o humorista recebe uma almofada como prêmio. Pois o homem encarregado de transportar as tais almofadas é um gigante barbudo de cara vermelha, introduzido pelo apresentador, no início de cada programa, com alusões grotescas e cômicas. Iiyo vinha assistindo com prazer a esse programa e um dia chamou o apresentador do programa esportivo da rede estatal NHK, um homem careca com cara de criança e grandes olhos redondos, de "Cupidinho esportista". Outro exemplo, que só fará sentido aos que acompanham torneios de sumô pela televisão e que, além disso, atentarem para a semelhança da cor e da textura do ovo *poché* com uma xícara de chá, é o nome "Xícara de chá *poché*" (*Pouchido yunomi*), que Iiyo usou para indicar um lutador de nome Hakuryu.

Seja como for, Iiyo não é capaz de elaborar trocadilhos complexos e inteligentes. Em sua caderneta escolar dos tempos do curso ginasial, há uma solicitação dos professores para desestimularmos seu hábito de fazer freqüentes trocadilhos. Não obstante, ele havia descoberto um meio de desdobrar o sentido e o som de palavras previamente existentes e de distorcê-las para provocar o riso. Era pouco, mas não seria possível entender que ele conseguira ativar a imaginação? Além do mais, ele havia contraposto metáforas construídas com suas próprias palavras a determinadas imagens de apresentadores de televisão e de lutadores de sumô. E eu gostaria de considerar tudo isso como uma bem-humorada atividade imaginativa. Todavia, é certo que tanto trocadilhos como alusões metafóricas divertidas são inutilidades destinadas a provocar riso momentâneo, e nada agregam ao cotidiano de Iiyo...

Iiyo começou a aprender a tocar piano na primavera do terceiro ano de seu curso primário. A oportunidade surgiu quando eu soube que a mulher do editor com quem trabalho há tempos era professora de piano. Diversos autores de obras que considerei importantes nos meus tempos de colegial agradeceram em seus livros o trabalho desse editor, de modo que fiquei feliz quando ele também se encarregou da edição dos meus. Por ter nascido no seio de uma família de cristãos sem igreja, modalidade japonesa de cristianismo única no mundo, o editor sofrera inúmeras vicissitudes durante a infância e a juventude transcorridas no período da guerra e, depois de adulto, levava um tipo de vida perfeitamente coerente com seus ideais; pois a senhora T, sua mulher, possuía também uma visão especial e única de educação musical, reflexo talvez da vida que partilhava com esse homem de fina educação. A professora T não exigiu que Iiyo se aperfeiçoasse tecnicamente durante o aprendizado, pois apesar de ter os dedos longos e bem conformados, meu filho é incapaz de movê-los com destreza. As aulas da sra. T visaram abrir um meio de comunicação entre ela e Iiyo, comunicação essa cuja qualidade me pareceu por vezes superior àquela existente entre mim e Iiyo.

Com o tempo, Iiyo começou a compor, assistido pela professora. Logo depois que meu filho iniciou o curso ginasial, a sra. T tocou certa ocasião um exercício musical em tonalidade diferente daquela registrada na partitura. Iiyo, que a ouvia, disse em tom convicto:

— Gostei deste!

Desde então, e toda vez que se deparava com uma melodia que lhe agradava, Iiyo pedia à professora que a tocasse nas mais diversas tonalidades. Ela então incorporou essa atividade em suas aulas por intermédio de duas brincadeiras inventadas por ela e denominadas: "Mudando de tom" e "Continue a melodia". A primeira era um exercício envolvendo tonalidades, e a segunda, uma iniciação à composição, durante a qual a professora T tocava dois ou três compassos de uma melodia, e Iiyo, encarregado de lhe dar continuidade, inventava mais dois ou três compassos, ponto em que a professora retomava a melodia com o acréscimo de outro trecho, e assim por diante. Com o passar do tempo, Iiyo foi orientado a criar a melodia inteira e a lhe dar a tonalidade certa. E então, enquanto aprendia com a professora a afinar em tetracordo as melodias que ele criava, acontecia às vezes de Iiyo recompor a melodia. Houve ocasiões também em que, enquanto se dedicavam a um exercício em que a sra. T tocava com a mão esquerda e Iiyo com a direita, ela conseguiu apreender algumas maravilhosas melodias que nasciam da ponta dos dedos de meu filho.

A especialidade de Iiyo é a memória. E como, segundo Blake, a memória é uma função negativa oposta à imaginação, segue-se que Iiyo estaria submetido à falha representada pela memória e que, portanto, seria incapaz de dar asas à imaginação. Seja como for, uma vez criada uma melodia ou sua tonalidade, Iiyo jamais a esquece. Depois da aula de piano, ele se deita de barriga no chão da sala de estar e vai escrevendo em folhas pautadas uma sucessão de notas dotadas de longas hastes que lembram *moyashi*. Nada o incomoda nesses momentos, nem mesmo os irmãos assistindo a programas musicais pela televisão ao lado dele.

No décimo oitavo aniversário de Iiyo, imprimi e encadernei vinte volumes de uma peça criada por ele. Depois de fotocopiar o original manuscrito e de estampar na capa título e ilustrações feitos com carimbos de borracha esculpida, distribuí a composição, uma das mais longas criadas por meu filho, entre seus amigos. A peça intitulou-se *Partita Hikari* — Hikari é o nome verdadeiro de Iiyo — *em Ré Maior, opus 2*. É composta de prelúdio e seis variações: alemanda, corrente, duas sarabandas, siciliana e giga. A composição, nem preciso explicar, imita as de Bach, as quais meu filho não se cansa de ouvir, mas creio que existe muito do próprio Iiyo na melodia e na harmonia. Em suas lições cotidianas, a sra. T vê em Iiyo maior e mais evidente progresso na área da criatividade do que na da técnica. Tanto é verdade que, no caso da peça que Iiyo definiu como Partita, ele próprio não consegue executá-la, muito embora seja capaz de cumprir rigorosamente todas as regras do dedilhado.

Em meados de outono recebemos, Iiyo como compositor e eu como escritor, um pedido de criação conjunta. Perto da nossa cabana de veraneio na província de Gunma e para além de uma torrente em que pescávamos trutas, existe uma instituição onde crianças com deficiência física e mental vivem em comunidade enquanto desenvolvem atividades agrícolas. Iiyo, minha mulher e eu tivemos a oportunidade de visitá-la há cerca de dez anos. Naquele dia, meu filho, que até então nunca se mostrara intimidado, aferrara-se ao meu punho, não o largara nem por um instante. Ele então chegava à altura da minha cintura. Logo, minha mulher e eu nos demos conta de que ele temia que o abandonássemos na instituição.

Os responsáveis pela instituição indagavam, portanto, se não gostaríamos de produzir um musical capaz de ser encenado por suas crianças deficientes no Natal do décimo quinto aniversário da entidade. Como restavam poucos dias para a data, não faziam exigências quanto ao formato da peça. Pediam apenas que sua estrutura musical não fosse demasiado complexa, que a encenação não demandasse dos atores vigorosa movimentação sobre o palco — casos em que as crianças ficariam naturalmente impossibilitadas de atuar — e que o tema fosse o esforço conjunto dos fracos em não participar de guerras. Aceitei o pedido e me dispus a produzir o musical imediatamente.

Na verdade, eu sentira também vontade de repensar o tema "esforço conjunto dos fracos em não participar de guerras", que me tinha sido proposto no ano anterior como uma das muitas questões envolvendo deficientes físicos e que eu ficara de ponderar como uma espécie de lição de casa. Logo depois que Iiyo passou para o colegial do curso especial, houve em Tóquio um encontro das APMs de todas as escolas especiais do país e, como pai de excepcional, fui convidado a fazer uma palestra durante o evento. Terminada a palestra, eu caminhava rumo à estação ferroviária quando duas professoras de robustas pernas espremidas em resistentes calças jeans vieram correndo no meu encalço para me fazer uma pergunta. Na escola para excepcionais em que lecionavam, as crianças dos cursos mais avançados tinham feito uma excursão a Matsushima havia dois anos, e a Hiroshima um ano antes. Durante uma visita ao museu da bomba atômica em Hiroshima, as crianças tinham ficado abaladas ao se ver frente a frente com a trágica realidade da guerra. As professoras acharam que, desde então, algo começara a mudar nas crianças. As professoras queriam ir outra vez a Hiroshima naquele ano, mas os pais não concordavam e elas não conseguiam convencê-los a lhes dar permissão. "Se o senhor estivesse no nosso lugar, que faria para convencê-los?", perguntaram.

As jovens professoras supunham que eu concordava com a ida das crianças a Hiroshima, mas eu imaginara Iiyo e os coleguinhas em fila andando pelos corredores escuros do museu da bomba atômica e me deprimi. Respondi então que era difícil eu me declarar contra ou a favor dessa excursão. Se a grande maioria dos pais era contrária à ida a Hiroshima, não seria errado desistir da excursão. Por outro lado, caso fosse verdade que depois do abalo emocional da visita a Hiroshima as crianças tinham mudado de maneira positiva, eu concordaria que a excursão do ano anterior fora um sucesso do ponto de vista educacional. Contudo, eu queria saber de que maneira as professoras haviam explicado, especialmente às crianças com deficiência grave, a tragédia das guerras nucleares, e, sobretudo, o que as levara a concluir que a mudança ocorrida nessas crianças fora positiva.

Crianças deficientes jamais se engajariam na causa dos produtores de armas nucleares nem na dos usuários dessas armas. É óbvio que têm as mãos limpas. Sobretudo, tais crianças estarão provavelmente entre as primeiras vítimas na eventualidade de um ataque nuclear à cidade em que moram. Elas têm o legítimo direito de se opor ao armamento nuclear. Eu havia visto em Hiroshima diversos deficientes em cadeiras de roda participando de movimentos contra armas nucleares, e tanto eles como os estudantes voluntários que os assistiam me impressionaram vivamente.

Com tudo isso em mente, voltei a considerar o caso de

meu filho Iiyo. Perceptivo em questões que envolvem morte, ele será até capaz de compreender a trágica destruição de uma cidade inteira, a morte de centenas de milhares de pessoas — mortes ocorridas tanto no exato instante da explosão da única bomba nuclear como no decorrer dos meses e anos seguintes — e também a extensão dos ferimentos infringidos a um número ainda muito maior de vítimas. Ficará também profundamente abalado ao ver as fotografias dos mortos e dos feridos. É provável ainda que as relacione com o medo da morte existente em si e se sinta encurralado por sua vasta sombra. E Iiyo mudará. Contudo, essa mudança talvez equivalha a um ferimento irreparável como a destruição parcial de seu corpo e, ao mesmo tempo, profunda a ponto de impossiblitar que seu pai jamais a cure.

— *Aaai, cento e quarenta milhões de pessoas morreram por causa de uma única bomba! E depois disso muito mais gente morreu! Teve até gente que evaporou! O clarão da bomba chegou até a queimar a forma exata de uma pessoa numa escadaria de pedra! Ah, que coisa pavorosa! Olhe só quanta gente morreu!*

E no momento em que Iiyo começasse a repetir essa ladainha, haveria algum meio de fazê-lo ver o mundo de maneira positiva outra vez? Pois a situação atual das armas nucleares não deixava até o pai arrasado? Tudo isso cogitei e expus às duas professoras. Tentei também convencê-las de que, se elas queriam mostrar às crianças deficientes essa trágica realidade, precisavam também divisar de antemão um mecanismo eficiente capaz de transformar-lhes o impacto dessa visão em esperança. Uma criança com funções cerebrais normais seria até capaz de divisar tal recurso por conta própria — embora fosse preciso ter sempre em mente que existem também crianças normais e adultos incapazes disso —, mas esperar tal capacidade de uma criança gravemente afetada não equivaleria a pôr sobre seus ombros uma carga pesada demais para carregar?, perguntei-lhes.

Frustradas, as professoras se calaram e foram embora, mas o problema que as duas apresentaram resta em mim intacto. Pois não era verdade que, com relação à tragédia de uma guerra nuclear, eu mesmo não conseguira divisar o mecanismo capaz de transformar essa percepção trágica em visão de esperança? Ou seja, eu não tinha sido capaz de fornecer a Iiyo uma definição que lhe capacitasse direcionar para o lado positivo o abalo emocional que ele haveria de sofrer, não era verdade? E tinha sido essa a questão que me fizera aceitar o pedido de produzir a peça musical cujo tema era o "esforço conjunto dos fracos em não participar de guerras".

Ainda naquela mesma semana escrevi um roteiro intitulado *O pé de Guliver e o país do Povo Miúdo*. Uma cortina cobriria a metade superior vazada do palco montado no centro esportivo da instituição. No centro da metade inferior seria posicionado um único e gigantesco pé de papel machê, do qual se veria apenas até o tornozelo, já que a cortina estaria ocultando o resto. Ao redor do pé, os deficientes físicos, incluindo aqueles em cadeiras de roda, organizariam um coral. A voz do dono do gigantesco pé, isto é, de Guliver, fora programada para ecoar de um microfone instalado no alto, atrás da cortina.

I   Praia: concentrado ao redor do gigantesco pé de Guliver e empunhando enxadas e pedaços de pau, o povo miúdo lamenta. Há notícias de que uma esquadra do país vizinho se aproxima. A voz de Guliver, que vem do alto, indaga: Este tipo de perigo chegou a existir no passado? De que modo haviam reagido então? Os pequeninos respondem: protegemo-nos com armas semelhantes a estas e nos ocultamos nas montanhas à espera de que os invasores se fossem. Ainda assim, cada escaramuça produzira mortos e feridos em ambos os lados, naturalmente. Contudo, eles tinham desfrutado muitos anos de paz nos últimos tempos. Aparentemente, o povo vizinho sabia que dominar este país miserável não traria lucro para eles. Por que então tinham decidido invadi-lo outra vez? Eles também haveriam de sofrer com a guerra...

II   Da cidade, acorrem rei e ministros. O rei manda que apóiem uma escada ao pé de Guliver e desaparece atrás da cortina. Enquanto isso, os ministros explicam: o rei fora solicitar a Guliver que ataque a esquadra inimiga com pedras e a afunde em alto-mar. Ou que amarre cordas à proa dos navios, enfeixe-as e capture todas as embarcações.

III   Ouve-se a voz de Guliver tentando convencer o rei a desistir da estratégia: "Mesmo que vençam esta guerra, não estariam eles apenas comprando mais ódio do povo vizinho? Nem mesmo eu, Guliver, seria capaz de matar todos os pequeninos do país vizinho. Pode ser que nova guerra ecloda futuramente, numa hora em que eu já não esteja aqui. Será muito melhor adotarem a costumeira estratégia de procurar refúgio nas montanhas. Para essa finalidade, aceito com prazer a tarefa de transportá-los para lá".

IV   Irritado, o rei desce a escada e faz um discurso perante o povo: "Guliver é ingrato. Afinal, nosso país empobreceu porque teve de alimentar este glutão, e na hora em que nos vemos frente a frente com uma crise, ele se recusa a nos ajudar. Vocês, que são amigos dele, terão de convencê-lo a entrar nesta guerra!". Assim dizendo, o rei e os ministros partem.

V   Como não vêem outra solução, os pequeninos pedem a Guliver que lute por eles. Guliver parece ainda mais perturbado com essa conversa do que com a que manteve com o rei.

VI   Chegam mensageiros do país vizinho. Segundo explicam, o rei do país vizinho teme que Guliver junte forças com o rei deste país e os invada e, para antecipar-se a isso, conclamou o povo vizinho a tomar a iniciativa e começar a guerra.

VII   Guliver diz a todos que não devem tomar parte em guerras. O rei e os ministros reaparecem para prender os mensageiros, que na opinião deles são espiões, mas o povo se mobiliza e expulsa dali tanto o rei como os ministros.

VIII   Os mensageiros prometem retornar ao país vizinho e dissolver os preparativos de guerra. Guliver e os pequeninos os observam enquanto eles se afastam pelo mar.

Ao entregar o roteiro a Iiyo, desenhei um esboço do cenário e o expliquei, mas, apesar dos comentários e perguntas que fez, não consegui avaliar se ele compreendera a história. Ele já lidara com uma peça teatral semelhante durante o curso ginasial da escola especial quando haviam encenado O *nabo gigante*. Por conseguinte, baseei-me nisso para explicar o conceito do gigantesco pé de papel machê.

— *Aaah, que pé grande! Um belo pé, não é mesmo? O pé é seu, pai? Mas eu não vou conseguir compor a música de uma história tão comprida. Uma obra e tanto, não acha? Vai ser difícil! Acho que é demais para mim! Não vê que eu esqueço tudo?*

A irmãzinha de Iiyo e a sra. T trataram de animá-lo. Minha filha fez a decupagem do musical, isto é, dividiu-o em diversas cenas minuciosas, as quais desenhou uma a uma, em seqüência. Já que Iiyo vira semelhança entre o pé do pai e o de Guliver, a irmãzinha desenhou Guliver com o rosto de Iiyo, fato que claramente despertou o interesse do irmão.

A sra. T selecionou, dentre as composições de meu filho, as mais melódicas, agrupou-as e compôs uma espécie de catálogo musical. A cada aula, escolhia as melodias que podiam ser combinadas com palavras do roteiro, e dessa maneira foi construindo o musical. Os dois se sentavam ao piano lado a lado, compunham a melodia e quando, acertado o tom, o trecho tomava forma, Iiyo se encarregava de passá-la para o papel pautado até a aula seguinte. Fiz um único pedido concernente à composição musical. Quando Iiyo participara pela primeira vez de uma gincana esportiva estudantil, compusera uma marchinha que intitulou "Marcha do pássaro azul" (*Blue Bird March*) em homenagem à sua escola, a Pássaro Azul. Pois eu redigira o discurso do rei para se ajustar a essa melodia, que começava lenta, mas ia ganhando um ritmo rápido e urgente em tresquiálteras. Pedi, portanto, que recompusessem a marcha em tom menor e a adequassem ao discurso. Conforme imaginei, o resultado final reproduziu à perfeição o estilo vigoroso de um discurso real, em cujo conteúdo há boa dose de chantagem emocional. Assim que Iiyo começou a compor o musical, passei a ouvir minha mulher cantando o discurso real na cozinha:

"Nossa terra, minha gente, empobreceu
Porque Guliver não pára de comer".

A família inteira cooperou para levar a bom termo o musical. Meu caçula foi de opinião que eu devia cortar aos poucos o enredo excessivamente longo até que só restasse uma estrutura lógica. Além disso, procurou em minha biblioteca particular um livro de artes cênicas e, ao término de dez dias de trabalho, tinha preparado um protótipo de cenário. E assim completamos a peça *O pé de Guliver e o país do Povo Miúdo* e a remetemos à instituição na província de Gunma. Eles, porém, nos solicitaram que simplificássemos a peça de maneira geral, levando em consideração a capacidade das crianças e o tempo de exibição. Tivemos então de recorrer à sra. T para aprontar o manuscrito final. Tudo porque Iiyo, embora conseguisse compreender a necessidade da revisão, não se interessou em reelaborar a composição. Naquele momento, demo-nos conta de que, para Iiyo, a composição do musical fora um trabalho de criação, o qual, por sua própria natureza, lhe proporcionara prazer e concentração.

Dois dias antes da véspera de Natal programada para o musical, minha mulher e Iiyo foram para a cabana nas montanhas. Antes, a sra. T, ao vir para a última aula do ano, fizera questão de explicar claramente a Iiyo — ele parecia excitado pela perspectiva da viagem — que as crianças designadas para encenar a peça eram portadoras de deficiência e não tinham conhecimento de música e que, portanto, ele não devia nunca se irritar caso saíssem do ritmo ou desafinassem. Iiyo assiste pela televisão não só a apresentações de orquestras como também ao ensaio de músicos por maestros. Na época em que ainda cursava o ginasial da escola especial, regera uma peça para coral composta por ele mesmo e, durante o ensaio, batera a batuta na prancheta com violência ordenando a reexecução, atitude que provocara reclamações dos pais de seus coleguinhas. Depois de ouvir repetidas vezes da sra. T que desta feita ele apenas iria acompanhar os ensaios mas não regeria as crianças, meu filho retirou da mochila a batuta para enfatizar que compreendera. A reação pronta e positiva indicava provavelmente que Iiyo estava radiante com a perspectiva de monopolizar a mãe no decorrer da viagem que faria com ela...

Eu e os dois irmãos menores de Iiyo ficamos em Tóquio; pensando bem, já fazia algum tempo que minha mulher e meu filho mais velho não se ausentavam, deixando-nos para trás. Uma vez terminado o jantar, servido mais cedo que de costume, minha filha continuou à mesa para fazer sua tarefa escolar, e o caçula subiu para o quarto dele, de onde me vinham fracamente os apitos agudos de um jogo eletrônico. Pelo jeito, a casa seguia sua rotina sistematizada. Com seu corpanzil de bebê crescido demais e pernas e braços espalhados, Iiyo era uma presença aterradora em nosso cotidiano, eu tinha de reconhecer. Tal reconhecimento se tornava ainda mais impositivo porque não vê-lo deitado de bruços ou de barriga nas proximidades me fazia sentir a casa vazia e uma vaga sensação de frio...

Nesse dia, com um leve sentimento de desconforto, pus de

lado a carta assinada "Um leitor" e avancei na leitura da análise social e política de Blake, escrita por Erdman, que mencionei antes. Ou seja, uma atmosfera depressiva envolvia a família que restara na casa. Ultimamente, eu vinha recebendo com certa constância cartas anônimas de pessoas que optaram por essa forma de expressão pessoal por ter tido suas opiniões ignoradas pela mídia. Quase sempre continham discursos de teor emocional típico dos que se sentiam vitimados, assim como traços da lógica dos poderosos; mas a carta proveniente de Mikawa, província de Yamaguchi, que eu recebera naquele dia, era um libelo contra uma publicação em que eu reunira minhas palestras feitas para movimentos estudantis antinucleares e para pais de crianças deficientes.

"Aqueles responsáveis por um país ou por uma sociedade, não importa se na América, na Europa ou no Japão, devem se encerrar em gigantescos abrigos antinucleares e sobreviver à guerra nuclear a fim de reconstruir o mundo após a destruição da União Soviética", dizia a carta. "A diversão pode ser necessária em tempos de paz, mas, numa crise, escritores são inúteis parasitas da sociedade. Francamente, seria possível a escritores e a crianças deficientes reconstruírem um mundo devastado pela guerra nuclear? Duvido que sejam capazes de construir uma única casa. Inúteis se tornam derrotistas. E como podem tais pessoas elevar a voz para maldizer os que, em arraiais da liberdade, dedicam os dias a se preparar para o inevitável confronto nuclear contra o fascismo totalitário soviético? Mas para evitar corromper ainda mais a sociedade com sua influência nefasta, e embora eu não esteja sugerindo que se suicidem, não seria interessante que o senhor e o seu filho deficiente ao menos se calassem para sempre?"

Não que eu fosse incapaz de refutar a argumentação do missivista de maneira categórica. Mas o arrazoado da carta logo se distanciou do meu consciente, e o que restou aderida com firmeza em minha mente foi uma imagem em que eu e Iiyo, eventuais sobreviventes da guerra nuclear, tentávamos construir uma cabana de madeira que nos abrigaria da chuva negra. Nessa noite, os três membros da família que haviam permanecido na casa foram dormir sem se desejar bom sono mutuamente. E então, embora a princípio não estivesse em nossos planos assistir ao musical, no dia seguinte — um sábado que coincidiu com o último dia de aula dos meus filhos menores — combinei de me encontrar com eles na estação ferroviária depois da aula e de irmos em seguida no encalço de minha mulher e de Iiyo.

Nossa cabana na província de Gunma parecia nua, em parte porque as folhas dos videiros em torno dela já tinham caído, em parte por causa do tufão que percorrera o planalto no começo do verão e derrubara os pinheiros crescidos demais na fina camada de terra que recobria o solo de lava vulcânica. Chegamos ao entardecer e, sob um enorme sol poente, fomos andando pelo barranco recamado de folhas secas a irradiar tênue claridade avermelhada rumo à instituição situada no aclive a nossa frente, do outro lado de um vale profundo. As sombras já se adensavam em torno da torrente enevoada no fundo do vale, mas a visão do atalho que serpenteava pelo barranco era nítida a ponto de causar estranheza e nos possibilitou discernir claramente, a despeito dos quase quinhentos metros que ainda nos separavam, minha mulher e Iiyo em aconchegante proximidade subindo a ladeira levemente curvados para a frente.

— Vamos chamá-los? — perguntou minha filha.

— Mamãe é capaz de imaginar que aconteceu alguma coisa errada e que estamos aqui por causa disso — advertiu meu caçula.

Ou seja, meus filhos vivem com a perene sensação de desastre incrustada na mente. Enquanto eu ponderava que esse era o tipo de cotidiano que eu lhes oferecia, as crianças mudaram serenamente o rumo dos pensamentos e dispararam vereda abaixo, o caçula a escolher o caminho com a objetividade conseguida em seus treinos de *cross-country*, e minha filha com a saltitante habilidade de um potrinho. Finalmente, os quatro se reuniram e, olhos postos em mim, vieram caminhando na minha direção enquanto eu cismava, ainda sob o efeito da depressão do dia anterior: será dessa maneira — reunidos em torno de Iiyo, o maior de todos fisicamente, e como a protegê-lo — que eles passarão a viver caso o pai lhes venha a faltar? Mas minha mulher e meus filhos subiam o barranco cantando alguma coisa com animação, e logo fui capaz de discernir a melodia:

"Nossa terra, minha gente, empobreceu
Porque Guliver não pára de comer."

Mais tarde, já na cabana, minha mulher me contou que naquela manhã Iiyo acompanhara o ensaio em palco da cena de abertura e, enquanto ouvia o coro do povo miúdo, pálido de medo da guerra, elevara os cotovelos dobrados bem alto, pusera as duas mãos na cabeça, curvara-se em seguida profundamente e exclamara:

—*Aaai, que susto! Isto é preocupante! E agora, mamãe, que é que vamos fazer?*

Contudo, dessa vez Iiyo não agira como um irascível maestro prepotente; ele apenas parecera perturbado. Quem o viu naquele momento achou que ele estava contrariado com erros que ele próprio cometera. Ainda assim, a professora de música, uma mulher miúda e aparentemente perceptiva, desceu do palco e, partitura na mão, explicou a Iiyo: durante os ensaios, ela fora obrigada a simplificar ainda mais a melodia para ajustá-la à capacidade do coral infantil, e além de tudo tivera de transformar diversos solos em recitativos. Ao ouvir isso, a apreensão de minha mulher aumentou, mas, inesperadamente, Iiyo aceitou as alterações.

— *Compreendi! Às vezes, um artista elimina a repetição enquanto executa a obra, hum, deixe-me ver, Glenn Gould é um exemplo, e Lupatti também fez isso em seu disco monaural!*

Em seguida, Iiyo continuou assistindo ao ensaio e até cantou junto — aliás, quando canta, sua voz destituída de *vibrato* adquire maravilhosa cristalinidade, como a de meninos pré-adolescentes —, mas continuou a sacudir discretamente a cabeça em sinal de desaprovação quando a professora de música, que também tocava piano, atrasava as deixas e por conseguinte o andamento da peça, ou ainda nos momentos em que um novo cantor entrava em cena e desafinava. A professora também parecia ciente dessas dificuldades, e uma vez que no dia da apresentação o piano teria de ser removido para um canto do palco, os problemas identificados tanto por ela como por Iiyo passaram a incomodá-la ainda mais.

Minha mulher teve então a idéia de sugerir que pusessem Iiyo como ponto no ensaio da tarde, e o arranjo funcionou maravilhosamente. No dia da apresentação vocês vão ver onde Iiyo ficará em sua função de ponto, disse minha mulher, ao que meu caçula, ao saber que o protótipo de cenário por ele idealizado tinha sido aprovado, replicou:

— Acho que já sei onde ele vai ficar.

À custa de ingente esforço, consegui pôr fogo na madeira ainda verde do pinheiro abatido pela tempestade no começo do verão, mas diferente da vez em que Iiyo e eu viéramos sozinhos no meio da tempestade até Izu, cuidei das chamas com grata satisfação enquanto a família, sentada em semicírculo ao redor da lareira, comia o lanche que eu comprara na estação Yokogawa. A conversa continuava, mas em determinado momento Iiyo se ergueu com a surpreendente agilidade dos momentos em que se dispõe a fazer algo de seu agrado e escancarou a janela que dava para o vale. O ar gelado, precursor de nevasca em regiões montanhosas, nos envolveu como um manto silencioso. Iiyo, porém, fez um sinal dramático e disse:

— *Silêncio! Ouçam todos!*

Contive então, embora tremendo de frio, a vontade de mandá-lo fechar a janela.

Uma esquadra se aproxima!
Calamidades vão se suceder!
Que será de todos nós, Guliver,
Que é que devemos fazer, Guliver?

Da instituição no aclive além do vale, vinham vozes em coro que varavam o silêncio reinante no pequeno aglomerado de casas de veraneio desertas e que chegavam fracamente até nós. Eu tinha composto a letra logo depois de aceitar a produção conjunta da peça, e a música era a primeira peça para coral composta por meu filho. Reproduzo abaixo a pauta no formato original:

Da peça *O pé de Guliver e o país do Povo Miúdo* que realmente foi encenada pelas crianças da instituição no Natal daquele ano, vou falar resumidamente. Na verdade, a professora M, da instituição, que não só planejara o musical como ensaiara as crianças deficientes e as levara a apresentar a peça, está para divulgar um relatório de cada etapa do musical, desde o momento em que nos solicitou sua composição até sua efetiva realização. O que eu gostaria de registrar aqui são apenas as impressões mais profundas que me ficaram do caráter de algumas pessoas da instituição que apareceram no dia da apresentação, e também o comportamento de Iiyo nesse dia.

A professora M interpretou e encenou o país do Povo Miúdo como um agrupamento de crianças deficientes. Embora vestidas como agricultores europeus da Idade Média, as crianças exibiam no palco suas deficiências — em cadeiras de rodas, em muletas, e também sentadas ou quase deitadas aquelas incapacitadas de se mover — e, como representaram seus papéis conforme se comportavam no cotidiano, tivemos a impressão de assistir a uma festa rotineira da instituição. A cena daquelas crianças deficientes vencendo suas dificuldades e agindo com a vivacidade que costumam exibir no cotidiano foi profundamente humana, vigorosa a ponto de parecer heróica, especialmente porque envolveu o grupo inteiro. Também comovente foi o coral interpretado por todas as crianças deficientes, imóveis ou a se locomover sobre o palco com a naturalidade dos que sabem vencer dificuldades a custa do próprio esforço.

O musical serviu para mostrar de que modo cada criança lidava com a própria deficiência. Prova disso foi o menino que fez o papel do rei, um garoto rechonchudo e de rosto arredondado infinitamente doce, típico das crianças portadoras da síndrome de Down. Com frutinhos vermelhos das roseiras-bravas e das sarças, abundantes nos matagais das redondezas, a lhe enfeitar não só a coroa como toda a área do peito, o menino parecia resplandecer. Galgar os degraus da escada, proeza que conseguira dominar apenas nos últimos tempos, representou para ele verdadeira realização. Na cena em que o rei sobe a escada encostada no pé de Guliver, a platéia inteira incentivou-o sem cessar e, no momento que os pés rechonchudos e cautelosos do menino desapareceram enfim atrás da cortina, a peça foi interrompida por retumbantes aplausos. Por conseguinte, pareceu apenas natural que, na cena final, o rei e seus ministros, mesmo depois de terem sido expulsos pelo próprio povo, aparecessem acenando no meio da multidão que se despedia dos emissários do país vizinho.

E então, momentos antes da chamada dos atores à cena pelo público, a professora M, que tocava piano a um canto do palco enfeitado com árvore de Natal, um enorme pinheiro abatido nas vizinhanças, ergueu-se e disse na direção do pé de Guliver:

— Senhoras e senhores, eu gostaria de lhes apresentar agora o compositor deste musical. Senhor compositor, por favor, venha ao palco!

A platéia inteira — crianças deficientes mais novas que lotavam as cadeiras enfileiradas diante do palco, parentes que, tendo em vista os próximos feriados tinham vindo buscá-las, agricultores das redondezas e seus filhos — silenciaram em expectativa. Todos à espera de Iiyo, que acabara de cumprir a função de ponto no interior do pé de papel machê. Enfileirados a meu lado, minha mulher e os irmãos de Iiyo também aguardavam expectantes e alegres, como há muito não os via. A parte posterior do pé de papel machê, vazado, tornava fácil sair de lá, dar a volta e aparecer em cena. A professora M tornou a dizer:

— Por favor, apresente-se. Depressa!

Mas de dentro do pé de Guliver veio a voz forte de Iiyo respondendo com toda a segurança:

— *Acho que vou ficar aqui mesmo, dentro do pé. Muito obrigado!*

As risadas que explodiram em seguida foram de pura simpatia. Tanto eu como minha mulher e meus outros filhos contribuímos com as nossas. Quando a desconcertada professora M retornou ao piano sorrindo e balançando a cabeça e a platéia enfim se aquietou, Iiyo tornou a falar em voz bem alta. A princípio, dirigiu-se apenas aos companheiros deficientes que com ele partilhavam o palco, mas no final, para a platéia inteira, elevando ainda mais a voz:

— *Quando a platéia chamar à cena, cantaremos em coro a canção triste do começo! Depois, o coro final, com bastante alegria! E, para finalizar, "Noite feliz"! Convido os senhores pais de alunos e seus familiares a cantar conosco!*

E então, acompanhando a modulação do coral de vozes infantis, a luz que focalizava o pé de Guliver se apagou, as lanternas nas mãos da platéia se acenderam e se agitaram e, ato contínuo, a estrutura do pé de Guliver — de madeira e varetas de bambu recobertas por papel machê — emergiu na escuridão. Simultaneamente, a silhueta de Iiyo também se tornou aparente: ele ocupava quase todo o espaço interno do pé e cantava com os demais atores, balançando o braço direito no ar lentamente de um lado para o outro. Os aplausos, agora destinados à sombra de Iiyo, recrudesceram. Partiam de todos os lados da platéia, a qual configurava o mar por onde os enviados do país vizinho se afastavam, acompanhados pelo olhar de todo o Povo Miúdo sobre o palco.

Até aqui, meu objetivo havia sido definir coisas e pessoas para meu filho Iiyo, mas naquele momento era Iiyo quem me apontava em clara visão um verso do poema "Milton", de Blake, era Iiyo quem dava ao pai uma definição. Assim eu me sentia enquanto aplaudia a sombra de Iiyo balançando a mão no interior do enorme pé.

"Foi quando primeiro o vi no Zênite como estrela cadente/ Em queda perpendicular, veloz como andorinha ou gavião;/ E ao cair sobre o tarso de meu pé esquerdo, ali penetrou." *

Embora a essa visão se siga uma imagem sinistra, de perigo iminente, em que uma nuvem escura redunda do pé esquerdo e cobre a Europa, ou seja, o mundo inteiro da época de Blake, naquele momento me senti compelido a combater esse augúrio sinistro e me pus a cantar com entusiasmo.

---

* *"Then first I saw him in the Zenith as a falling star,/ Descending perpendicular, swift as the swallow or swift;/ And on my left foot falling on the tarsus, enter'd there."* (N. T.)

6. Que a alma acorrentada se erga e olhe em volta

Iiyo ficou de freqüentar o Centro de Formação Profissional do Deficiente no bairro de Setagaya. Ele continuaria matriculado na escola especial, mas se engajaria em algum tipo de trabalho real no Centro pelo período de duas semanas em regime de internato. Nos dias que antecederam seu internamento, a direção da escola especial que Iiyo continuava a freqüentar lhe delegou, como lição de casa e em caráter preparatório, a tarefa de ensacar *hashi* descartáveis em envelopes de papel, que seriam posteriormente usados em restaurantes. Quando vi meu filho retirar de sua pasta escolar uma enorme quantidade de varinhas de madeira branca e um maço de cartuchos de papel, senti o questionamento "puro, maculado ou impróprio?" do universo dos adivinhos* invadir nosso cotidiano. Mantendo

---

* No Japão, a prática divinatória é tradicionalmente exercida por homens em barraquinhas armadas à beira da calçada. O adivinho lança sobre a mesa um feixe de varetas, que ao cair fornecerão ao vidente a resposta às questões levantadas pelo cliente em três tipos de visão: pura, maculada ou imprópria. Ao ver os *hashi*, o autor ao mesmo tempo os associa às varetas do adivinho e

conveniente distância dos alto-falantes do gravador, meu filho acomoda sobre o tatame o volumoso traseiro, que, visto por trás, lembra um gordo leão-marinho deitado, e estende os pés diante de si. Em seguida introduz nos saquinhos de papel, com extremo cuidado e lentidão, os *hashi* de madeira previamente depositados sobre uma esteira junto à sua coxa. Antes de ensacá-los, porém, Iiyo os examina minuciosamente em busca de imperfeições e, se acaso descobre alguma, exclama, por exemplo, em tom de mal contida consternação:

— Ah, *que pena, que pena! A ponta deste* hashi *está lascada!*

Levanta-se em seguida e vai para a cozinha, onde "sepulta" reverentemente o *hashi* defeituoso na lata de lixo.

Quando os *hashi* ensacados alcançam cem unidades, minha mulher os reconta e os enfeixa de maneira que todos os invólucros fiquem com o logotipo do restaurante voltado para fora, passa um rótulo em torno do conjunto e envolve tudo em filme plástico. A técnica do acabamento final é difícil, mas qualquer adulto a domina rapidamente. E quando a família inteira vai ao supermercado, minha mulher estaca de repente em corredores que antes nem visitávamos. Neles estão expostos os pacotes com cem unidades de *hashi* descartáveis. Minha mulher examina a montagem dos pacotes com olhar profissional e depois se afasta a passos lentos...

Bem ou mal, a ida de meu filho ao Centro de Formação Profissional foi o início de sua participação ativa na sociedade. Quanto a essa questão, eu mesmo possuía uma visão definida, e descobri que minha mulher também possuía a dela, aliás semelhante à minha. Tarde da noite que precedeu o primeiro dia de Iiyo no Centro, minha mulher terminou os preparativos

---

questiona a higiene do produto, manipulado de maneira tão displicente. (N. T.)

para a cerimônia de abertura do curso, voltou-se para mim, que lia um livro ao lado dela, e disse:

— Quero que Iiyo leve no bolso do uniforme de trabalho a cópia da Constituição que ganhamos do senhor F. Ele me disse qualquer coisa nesse sentido.

Ergui-me, fui ao meu gabinete, retirei do armário em que guardo lembranças de amigos e colegas já falecidos — pessoas que em vida mereceram todo o meu respeito — o panfleto editado há cerca de vinte anos pelo Sindicato dos Professores da Província de Okinawa, na época ainda sob jurisdição do Exército norte-americano, e retornei ao andar inferior.

Conforme expliquei, a Constituição foi presente, e ao mesmo tempo lembrança, do meu amigo, o sr. F, já falecido. O décimo terceiro aniversário de sua morte foi comemorado no começo deste ano em Iejima, terra natal do sr. F, e constituiu-se em evento de suma importância folclórica. Ativista de um movimento que visava restituir ao Japão o direito de governar Okinawa, o sr. F faleceu num incêndio que irrompeu no hotel em que pernoitava durante uma viagem promovida pelo movimento. Ele costumava beber muito e, na noite do incêndio, não conseguiu fugir a tempo porque dormia profundamente, em estado de total embriaguez. Contudo, nunca compareceu embriagado aos trabalhos que nós dois desenvolvemos em parceria. Foi portanto surpreendente saber, depois de sua morte, que ele não só gostava de beber como também tinha propensão a se tornar pegajoso quando bêbado. Mas apenas num único episódio eu o vi se comportar de maneira somente compreensível se relacionada com a bebida. Iiyo também está presente nesse episódio. Durante a infância deste meu filho, houve época em que eu e ele andamos interessados em apreciar pratos de pé de porco. Em meus ouvidos, resta ainda o eco de sua voz cristalina e vibrante pedindo: *"Pé de porco com molho de 'misho' e mostar-*

da!". Eu levava Iiyo a diferentes restaurantes coreanos e sentia indescritível prazer em deixá-lo provar pratos de pé de porco com diferenças sutis no sabor do molho ou no preparo. Com o pé de porco partido ao meio no prato diante de si, Iiyo saboreava em ordem primeiro a pele grossa, depois a carne, em seguida os tendões gelatinosos, destacando das articulações cada ossinho e os enfileirando sobre a mesa. Certo dia, contudo, parou de súbito o que fazia e, com olhar interrogativo, pareceu não saber onde encaixar o osso que tinha entre os dedos. Tomei-o de sua mão, examinei-o e dei-me conta de que se tratava de um de seus dentes de leite, que acabara de cair. Assim era Iiyo, capaz desde pequeno de obedecer a regras claras até para comer um pé de porco: quando terminava, costumava ter todos os ossos enfileirados em perfeita ordem ao lado do prato. Certo entardecer de inverno, eu havia levado meu filho a um restaurante para comer pé de porco e macarrão frio — estávamos longe de casa porque, passado o verão, eram raros os restaurantes que serviam macarrão frio —, e na volta para casa caminhávamos por uma rua de Sangenjaya, flanqueada por restaurantes. Em dado momento, um homem baixo, de cabeça grande, tronco avantajado e pernas curtas, surgiu do interior de um restaurante de comida típica de Okinawa — mais especificamente, de um bar onde serviam o saquê *awamori*, produzido naquela região — e voltou para mim o rosto de traços infantis e expressão cansada. Ele na certa nos viu como uma dupla de estranha aparência, pois as roupas de frio que usávamos nos deixavam mais rechonchudos do que já éramos.

— Senhor F! — ia eu chamar, quando o homem, parado ali imóvel como um toco de madeira, contorceu o rosto numa careta de choro, retraçou os próprios passos e desapareceu no interior do bar de onde acabara de sair.

O movimento a que o falecido sr. F e seus companheiros

pertenciam recomendara a seus simpatizantes, na Okinawa então sob intervenção militar, andar com a cópia da Constituição em panfleto no bolso da camisa. Naquele momento, introduzir o panfleto no bolso do uniforme de trabalho de nosso filho Iiyo, que estava para dar seu primeiro passo rumo à inserção na sociedade, era, segundo imagino, uma homenagem que minha mulher, avessa a gestos dramáticos no cotidiano, prestava à vida e à bondade do sr. F, homem capaz de se comover a ponto de quase chorar só de ver um amigo andando por uma rua em companhia do filho deficiente.

Depois que minha mulher se retirou para o quarto que dividia com a filha, depus o panfleto de cores esmaecidas pelo tempo sobre a mesa da sala de jantar e, enquanto bebia a última dose do dia, tornei a refletir: eu planejara compor um livro de definições do mundo, da sociedade e do ser humano para crianças deficientes, e assim explicar a Constituição a Iiyo com minhas próprias palavras, mas nada conseguira realizar. A empreitada nem era tão difícil que impossibilitasse sua realização. Não obstante, eu não a levara adiante. Tampouco a considerei indigna da atenção de um escritor. Ainda assim, eu apenas alardeara que a planejava, mas não movera um dedo sequer rumo a sua realização. Neste exato momento, escrevo uma sucessão de peças curtas com a provável intenção de convertê-las nesse manual de definições, mas estou fugindo do plano inicial ao não cumprir a condição estabelecida por mim mesmo, qual seja, a de que escreveria de maneira compreensível para deficientes...

Na verdade, uma razão concreta conduziu meus pensamentos nessa direção: David V. Erdman, um dos mais renomados editores de Blake desde Keynes e que compilou *Blake Concordance* com notas de rodapé, obra à qual recorro há muito tempo. Ultimamente, venho lendo o livro *Blake, Prophet*

Against Empire (Blake, profeta contra o Império), de Erdman. É com renovada emoção que avanço na leitura dessa obra baseada em minuciosa pesquisa de jornais e panfletos da época de Blake e que explica uma a uma as dificuldades de linguagem das *Profecias,* ao mesmo tempo que as relaciona diretamente à sociedade e à época das guerras anglo-francesas. Entretanto, considero especialmente interessante o trecho em que Erdman indica de que maneira Blake transformou a ideologia da proclamação de Independência dos Estados Unidos na linguagem poética que lhe é peculiar logo no início da profecia *America.*

Faço a seguir a tradução da leitura comparativa de Erdman. Ele analisa que os versos seguintes, sob a sexta das dezoito iluminuras que compõem a edição in-fólio *America* — a iluminura representa um jovem ressuscitado ao lado da sepultura a contemplar o firmamento com expressão confiante —, correspondem à asserção da proclamação da Independência.

Para começar, "Vida":

> Chega a manhã, esvai-se a noite, os vigias saem das guaritas
> Arrombam-se as tumbas, retiram-se os ungüentos, dobram-se as mortalhas;
> As ossadas, a terra que as recobre, os nervos secos e murchos
> Se agitam, revivendo, movem-se animados, respiram, despertam!
> Saltam como cativos libertados quando laços e grades se rompem.*

---

* "'Life'/ *The morning comes, the night decays, the watchmen leave their stations;/ The grave is burst, the spices shed, the linen wrapped up;/ The bones of death, the cov'ring clay, the sinews shrunk & dry'd;/ Reviving shake, inspiring move, breathing! awakening!/ Spring like redeemed captives when their bonds and bars are burst.*" (N. T.)

Depois, "Liberdade":

Que o escravo que gira o moinho possa correr pelos campos
Que contemple o céu e gargalhe aos ventos claros
Que a alma acorrentada, encerrada entre trevas e suspiros,
E que jamais sorriu durante trinta exaustos anos
Se erga e olhe em volta —*

A esses versos, seguem-se "a busca da felicidade":

Suas cadeias se soltaram, as portas da cela estão abertas;
E que sua mulher e filhos se libertem do açoite do opressor;
Voltam-se a cada passo e acreditam estar sonhando.
E cantam: O Sol deixou as trevas e encontrou uma nova manhã.**

De modo geral, o poema proclama o direito e o dever de reverter a opressão e termina com as seguintes palavras:

E a branca Lua se alegra na noite límpida e sem nuvens
Pois o Império já não existe, e agora o Leão e o Lobo desaparecerão.***

---

* "'Liberty'/ Let the slave grinding at the mill, run out into the field:/ Let him look up into the heavens & laugh in the bright air;/ Let the inchained soul shut up in darkness and in sighing,/ Whose face has never seen a smile in thirty weary years;/ Rise and look out —." (N. T.)
** "'Pursuit of happiness'/ — his chains are loose, his dungeon doors are open./ And let his wife and children return from the oppressor's scourge;/ They look behind at every step & believe it is a dream./ Singing. The sun has left his blackness, & has found a fresher morning." (N. T.)
*** "And the fair Moon rejoices in the clear & cloudless night;/ For Empire is no more, and now the Lion & Wolf shall cease." (N. T.)

Esses versos talvez dividam os leitores em dois grupos: o dos que deles auferem êxtase apaixonado e o dos que neles apenas vêem a ideologia da proclamação de Independência reescrita em forma de poema rebuscado. Hoje, vivemos uma época totalmente dissociada da atmosfera reinante nos tempos de Blake ou das metáforas mitológicas da *Bíblia*. Portanto, dos dois grupos de leitores anteriormente citados, a visão do segundo talvez seja a mais natural. Eu, porém, pertenço ao grupo dos que a leitura agitou profundamente.

Os versos repercutem a profunda emoção que senti na infância com as transformações radicais ocorridas logo depois da guerra — mais exatamente durante e após a guerra — e com a promulgação da nova Constituição japonesa, ápice da convulsão social. A respeito dessas experiências, vim escrevendo em crônicas e ensaios. Tais peças transformaram-se em alvo de polemistas que põem em dúvida minha visão do "pós-guerra". Como poderia o texto abstrato da nova Constituição despertar profunda impressão num menino que tinha apenas onze ou doze anos na época de sua promulgação e subseqüente vigência?, perguntam eles.

A vontade de responder a tais críticas, ou talvez deva dizer zombarias, foi parcialmente responsável por minha decisão de escrever um livro de definições para Iiyo, cujo ponto de partida seria a Constituição. E devo também reconhecer que não pus em prática essa decisão porque receava não conseguir expressar de maneira conveniente as emoções daqueles distantes dias de minha meninice. E também porque antevia inevitáveis dificuldades na realização desse projeto, que, assim acredito, não só é perfeitamente factível como também se constitui em ocupação interessante para um escritor...

Tais eram as considerações que eu tecia naquela madrugada enquanto contemplava a Constituição de Okinawa depositada sobre a mesa da sala de jantar e bebia mais que a dose necessária para dormir. Aos poucos, comecei a me lembrar com clareza de uma cena que me havia fugido da lembrança e a entender a razão da aparente aspereza das palavras de minha mulher. Dois ou três meses depois do nosso estranho encontro, o sr. F me visitou em casa e solicitou meu apoio para a primeira eleição que se realizaria em Okinawa naqueles dias de ocupação norte-americana. Como o sr. F não dizia palavra sobre o incidente de Sangen-jaya, comecei a me indagar se o que eu vira em seu rosto não teria sido mera ilusão. Mas os sinais claros de tensão que ele demonstrava toda vez que Iiyo entrava na sala onde conversávamos me levaram a compreender melhor sua atitude.

Naquele dia, servimos um jantar simples ao sr. F. Lembro-me também que ele, além de recusar peremptoriamente o uísque que lhe ofereci e de ter tomado apenas um pouco de cerveja, declarou a certa altura à minha mulher, com a autoridade de alguém que um dia ensinara crianças em escolas, que a deficiência de nosso filho era superficial e que, se morássemos em Okinawa, o menino na certa freqüentaria uma escola comum. Minha mulher, que passava por uma crise depressiva na época, contou-lhe que nós, pais de crianças deficientes, tínhamos apenas uma preocupação básica, expressa tanto em nossos lares como em cada reunião de pais e mestres: viver mais tempo que elas, nem que fosse por apenas um dia, a fim de ampará-las até o fim. Ao ouvir isso, o sr. F avançou seu rosto de traços infantis mas emaciado, de pele escura e flácida como pênis de velho e declarou:

— Que é isso, senhora? Não deve pensar dessa maneira! Isso é derrotismo! Uma criança deficiente devia andar com um exemplar da Constituição no bolso da camisa e apresentá-la toda vez que se visse em dificuldades. Só isso devia ser suficiente para resolver todos os seus problemas. É esse o tipo de sociedade que devemos construir! Visar menos que isso é derrotismo.

O sr. F não conseguiu testemunhar a restituição administrativa de Okinawa ao Japão: faleceu num incêndio ocorrido nas dependências da Associação dos Moços, base operacional do movimento que liderava. E tinha sido exatamente o exemplar de Constituição a nós presenteado naquela noite pelo sr. F que minha mulher se lembrara de guardar no bolso do uniforme de trabalho de Iiyo no momento em que ele estava por iniciar o curso que o transformaria em cidadão de nosso país. Mais de dez anos haviam se passado desde a morte do sr. F, e minha mulher tem perfeita noção de que a nossa sociedade está longe de atingir a situação ideal em que a um deficiente em dificuldades bastaria apenas sacar do bolso da camisa uma cópia da Constituição para resolver todos os seus problemas. Imagino que, com seu gesto, minha mulher prestava um tributo à memória daquele homem que, por excesso de trabalho e de bebida, tinha no rosto uma malha de sulcos repletos de uma substância negra semelhante à resina e que, ao andar, gingava como um anão obeso, mas que, acima de tudo, era um obstinado opositor do derrotismo...

Volto aos versos de Blake citados anteriormente e que mesclam princípios políticos a simbolismo cristão. A profecia *America*, em que se inserem, difere das profecias posteriores por expressar diretamente seu ponto de vista político. Fagulhas da revolução norte-americana incendeiam a França e alcançam enfim a Inglaterra. Mas a reação se instala antes que a situação sonhada por Blake — "E a branca Lua se alegra na noite límpida e sem nuvens/ Pois o Império já não existe, e agora o Leão e o Lobo desaparecerão" — se realize; o poeta sente aprofundar sua depressão e deixa de escrever sobre política de maneira explícita.

No mundo real, o principal e mais influente opositor político de Blake era o rei George III. E, nesse caso, teriam esses mesmos tempos que produziram tamanho desalento em Blake sido capazes de, num efeito contrário, fazer com que o rei George III aos poucos recuperasse a animação? Esforço-me por relembrar os livros de história da Inglaterra que li quando me preparava para o exame vestibular e passo momentos procurando situar Blake ao lado do primeiro e do segundo Pitt, relacioná-lo à glória e à queda do almirante Nelson. Mas talvez seja inadequado recapitular a história da Inglaterra neste romance. Afinal, tenho de retornar, através de Blake, ao ponto em que falava de meu filho. Quero porém aqui registrar apenas um episódio histórico. No livro de instigante título *O último rei da América*, Erdman descreve uma cena em que George III, cuja sanidade mental, segundo alguns, se abalara com a perda da colônia americana, volta a apresentar sintomas de loucura em 13 de fevereiro de 1801. No meio de um culto, o rei teria se erguido e recitado aos brados o Salmo 95, que aparentemente calara fundo em seu espírito demente, espantando as pessoas que lotavam a igreja: "Por quarenta anos odiei essa geração e disse: 'É gente cujo coração se transviou, não seguem meus caminhos'".* Aquele 1801 realmente correspondia ao quadragésimo ano de reinado de George III. Erdman chama a atenção para o fato de que o rei se via como Jeová. Em seguida, George III volta a se ajoelhar e continua a rezar por longo tempo, indiferente ao gélido piso de pedra e ao ar invernal que o faziam tremer até os ossos.

A notícia desse acontecimento alcança Blake e se reflete nos aditamentos que fez na época à obra "Os quatro Zoas",

---

* "For forty years I loathed that generation and said 'They are a people who err in heart, and they do not respond my ways'." (N. T.)

revista inúmeras vezes por ele. O rei Urizen, que tudo procura controlar pela razão, é uma das figuras mais representativas do mundo mitológico de Blake, e em suas feições o ensandecido rei George III se introduz furtivamente. "Estendido sobre as pedras de gelo, ruínas de seu trono/ Urizen ouviu sobressaltado os membros trêmulos que sacudiam as robustas cavernas."*

O que me atrai tão fortemente em Blake é o fato de ele ter construído seu próprio mundo mitológico sobre uma tradição que vai do cristianismo ao misticismo esotérico, ao mesmo tempo que introduz — ou, devo dizer, não pôde deixar de introduzir — as transformações ocorridas em sua época para motivar o desdobramento da ação.

Em outras palavras, isso significa que Blake, embora tratasse de problemas políticos e de relações internacionais em suas obras, fê-los passar pelo crivo de seu mundo mitológico e os transformou em representações atemporais. E essas duas facetas compõem uma unidade que se constitui, em última análise, no forte poder de atração que Blake exerce em mim.

No momento em que comecei a ler as profecias de Blake tive a certeza de que aquele era um mundo mitológico denso, espetacular, mas logo me perguntei: que força, em termos concretos, o levara a escrever, dia após dia, essa espantosa quantidade de versos? Os livreiros haviam publicado somente a obra *The French Revolution* [A Revolução Francesa], um dos sete volumes originariamente planejados por Blake. Mas graças a isso restou-nos a obra-prima que o próprio Blake gravaria e imprimiria posteriormente, um verdadeiro legado repleto de incomparáveis iluminuras.

Portanto, Blake escrevera e também revisara inúmeras vezes

---

* *"Outstretched upon the stones of ice the ruins of his throne/ Urizen shuddering heard the trembling limbs that shook the strong caves."* (N. T.)

sua extensa obra poética em completa solidão, sem que livreiros lhe mandassem pedidos ou que leitores lhe comunicassem suas impressões. Com medo da censura e preocupado em não revelar o verdadeiro sentido da obra, Blake foi obrigado, além de tudo, a elaborar com extremo cuidado uma estrutura mitológica intrincada para seus poemas. De modo que se, por um lado, o regime opressivo do rei George III foi a causa de tantos cuidados, por outro o próprio rei espicaçou o espírito crítico de Blake e o estimulou diuturnamente a burilar os versos de sua profecia. Tal é a situação que Erdman reproduz de forma convincente depois de ler e interpretar as informações sobre a época de Blake.

Nesta altura, pergunto-me se, em seu cotidiano com Catherine, fiel companheira de toda a vida, Blake não teria criticado o reinado de George III de forma violenta. Ao pensar nisso, vislumbro "outra verdade" por trás do famoso episódio que acabou por levar Blake às barras de um tribunal.

Em 1800, Blake afastou-se de Londres e viveu três anos numa casa à beira-mar, período que ele próprio classificaria como "três anos de sono à beira do Atlântico".* Três anos em que Blake, sob a proteção financeira de William Hayley, poeta rico e influente, dedicou-se à produção de iluminuras e de retratos miniaturais que nada tinham a ver com o universo mitológico criado por ele. Sua frustração foi crescendo e, perto do final de sua estada em Felpham, Blake foi indiciado criminalmente. Dependendo do rumo do julgamento, poderia até ser sentenciado à morte por crime de traição. De acordo com o depoimento juramentado citado por Erdman, o qual sumarizo a seguir, Blake descobriu certo dia um soldado desconhecido infiltrado em seu jardim. Para Blake, o jardim era um lugar

* "three years of sleep at the Atlantic seaside." (N. T.)

sagrado, pois ali tivera certo dia a visão de fadas realizando um funeral à sombra de arbustos, ao passo que o soldado era tudo o que havia de mais selvagem, cruel e feroz naquele mundo decadente. Ele então usa a força bruta e expulsa o soldado, que, se sentindo ofendido, prende-o por desacato às leis imperiais sob a alegação de que Blake aos berros ultrajara o rei, o povo e os militares. Mas Blake, por fim, é inocentado pela suprema corte inglesa. Contudo, entrevejo a realidade em trechos de depoimentos como os que se seguem.

No meio da troca de empurrões em que se tinha transformado a discussão com o soldado, a mulher de Blake surgiu e se pôs a incentivar o marido. Catherine não só o incentivou como também declarou que pretendia lutar enquanto restasse uma única gota de sangue em seu corpo. Blake então lhe perguntou: "Querida, você não está querendo dizer que pretende lutar contra a França, está?". "Claro que não! Pretendo é fazer tudo o que estiver a meu alcance em favor de Bonaparte!"

Como se pode perceber em diversos esboços de Blake, Catherine era corpulenta, de formas generosas e feições tranqüilas. Era igualmente inculta, a ponto de, no dia de seu casamento com Blake, apor uma cruz no documento em que devia assinar seu nome. Mas nos anos finais de sua vida havia feito grandes progressos e se tornara capaz de auxiliar Blake a colorir e a imprimir suas gravuras. Nem Blake nem Catherine devem ter usado as palavras rudes contidas no depoimento do soldado. Porém, o sentido das palavras a eles atribuídas corresponde de maneira curiosa ao modo como ambos pensavam. Erdman comenta que quando o depoimento foi mostrado a Blake, ele deve ter se abalado e, para se precaver contra os espiões que embora não detectados pareciam vigiá-lo, sentiu necessidade de encher de metáforas enigmáticas a profecia referente ao rei George III que ele continuava a escrever em segredo. Erdman considera também que esse episódio marcou a transformação de Blake e o levou a se manter em silêncio até a velhice.

Segundo imagino, o conteúdo do diálogo entre Blake e Catherine foi exatamente o relatado pelo soldado, embora seus ouvidos incultos talvez tivessem detectado uma inexistente rudeza selvagem. Naquela época, Napoleão, ainda não elevado à posição de imperador, era para Blake o libertador que chegava iluminado pelo esplendor da Revolução Francesa. O quadro mais sonhado por Blake era aquele em que a força da Revolução Francesa se estendia à Inglaterra, e também a libertava. Blake, contudo, não tardou a se desapontar com Napoleão, passando a considerá-lo um dos odiosos opressores...

Uma vez que a suprema corte inglesa decretou a inocência de Blake, não tenho base para continuar a acreditar que o soldado dissera a verdade, mas, se depois de ter sido obrigado a desenvolver um trabalho em desacordo com a própria aspiração sob a proteção financeira de um cavalheiro interiorano de medíocre talento para a poesia, e, se depois de se ver compelido a criticar sua própria época por intermédio de suas Profecias, trabalho aliás ainda mais difícil de ser compreendido que seus desenhos — Hayley chegou até a rir e a dizer que parecia coisa de louco —, Blake, já na metade da casa dos quarenta, ainda teve forças para expulsar um soldado e, conforme depoimento deste, também Catherine foi capaz de bradar decididas palavras de incentivo ao marido, eu mesmo só posso considerar esse episódio profundamente comovedor. E supondo agora que Blake, a expulsar o soldado, e Catherine, a se inquietar pelo marido, tenham ambos se mantido em silêncio, seus espíritos na certa trocaram as exatas palavras mais tarde reportadas pelo soldado, e este, segundo deduzo, teria apenas ouvido, enquanto era expulso, o mudo diálogo travado pelo casal.

* * *

    Enquanto eu permitia que meus pensamentos girassem em torno desse episódio de violência que envolveu Blake e vagassem em diversas direções, senti reviver em mim uma cena ocorrida na infância. E foram também palavras usadas com freqüência por Blake que despertaram a lembrança. A cena envolve meu pai, falecido durante a guerra. Sobre sua morte, escrevi diversas vezes até agora de maneira indireta e em forma de reflexões. Agora, porém, que a cena esquecida revive nitidamente em mim, uma luz alcança uma cadeia coerente que interliga desde meu sentimento de impotência, como criança, contra a autoridade constituída durante a guerra, até a morte de meu pai e, mais além, até minha reação à derrota japonesa no final da guerra, o que me dá a impressão de descobrir novos detalhes de minha vida. Sinto que a experiência por que passo por intermédio de Blake chega a se revestir de misteriosa aura...
    Desde antes e durante a Segunda Guerra Mundial, minha família vivia da exploração da casca de árvores. Comprávamos feixes do córtex de dafnes dos agricultores, mandávamos mergulhá-los em água para amolecê-los, raspar-lhes a casca externa e a camada amarelada inferior com um aparelho simples que também alugávamos e, finalmente, secar ao sol a entrecasca até seu total alvejamento. Quando enfim os agricultores nos remetiam o córtex alvejado, agrupávamos o material em feixes menores, que comprimíamos para compor grandes blocos retangulares, os quais remetíamos depois para a casa de cunho como matéria-prima do papel-moeda.
    Aos meus olhos de criança, meu pai, então com cerca de quarenta e cinco anos, parecia exibir diferentes modos de ser enquanto exercia, sempre calado, suas diversas atividades. Claro que, a permear essas minhas impressões, havia uma ingênua

idolatria por meu pai, mas, seja como for, ele tinha um ar de líder tribal ao negociar com os agricultores. Já nos momentos em que se sentava formalmente sobre o assoalho, empunhando sua faca negra, pontuda e brilhante para remover os restos de córtex aderidos nas entrecascas, as quais enfeixava em seguida, seu ar era o de um artesão, imagem que considero mais próxima à de meu cotidiano, agora que vivo de escrever em folhas de papel. E quando, durante a última etapa da manufatura, ele trabalhava no prensador de córtex abrigado num depósito — escuro, com piso de terra batida e situado do outro lado da estrada provinciana —, ele exibia um ar de operário de fábrica. Nesses momentos, eu o via controlar e direcionar corretamente a força brutal nascida de suas entranhas e tinha melhor consciência de meu pai como um corpo adulto.

O prensador de córtex era composto de duas torres formadas por pranchas de carvalho, uma em cada extremidade, e entre elas e nelas embutidas havia dois eixos helicoidais de ferro de quase dez centímetros de diâmetro e duas manivelas dotadas de engrenagens que movimentavam para baixo a parte superior da estrutura. Dois homens postados em cada lado do aparelho giravam as manivelas em sentido horário — nesse ponto, as cascas de dafne eram prensadas e emitiam um rangido que ecoava pelo depósito — até as engrenagens atingirem o ponto máximo, quando então giravam as manivelas ao contrário, fazendo estalar as travas; em seguida, reiniciavam o processo de prensagem. Contidas no interior de um engradado retangular e sob pressão da estrutura superior e da inferior, as lâminas de córtex eram comprimidas até ficar reduzidas a um quinto do volume inicial e, depois de amarradas por resistentes cordas de fibra vegetal, caíam com estrondo sobre uma área do assoalho especialmente reforçada.

A prensadeira ficava num canto tão escuro que minha

cachorra chegou a se abrigar atrás dela para dar cria. Toda vez que me deparo com palavras como "roda dentada" (*wheel*), "moenda" (*mill*) ou "prensa de uva" e "pilão", usadas por Blake, logo me lembro dos diversos ruídos que a prensadeira emitia. Blake usa palavras como "roda dentada" e "moenda" para definir a organização racional responsável pela produção dos erros humanos, em cujo ápice está Urizen. E, conforme está claro em *America*, que citei há pouco, emprega palavras como "prensa de uva" e "pilão" para simbolizar o trabalho inapropriado para um ser humano que originariamente habitava o Éden. Foi, portanto, enquanto lia Blake e me deparava com essas palavras que comecei a me lembrar de um episódio relacionado com a prensadeira de córtex e com meu pai — ele viria a falecer no ano seguinte a esses acontecimentos —, e descobri coisas em comum com outro episódio, o da violência que envolveu Blake.

Em minha vila situada num vale perdido no fundo de uma floresta, surgiu certo dia o prefeito local para uma visita de inspeção, um fato inédito. Na certa não passava de um gesto destinado a patentear seu engajamento na política nacional de incentivo às fabriquetas interioranas, parte de uma campanha que visava a "estimular a produção na frente interna". Creio que meu pai tinha sido avisado com antecedência pela administração da vila, pois vestia um jaleco curto, novo em folha, feito de tecido excepcionalmente duro — eu nunca o vira usar nada parecido — que o transformava em outra pessoa aos meus olhos. Sentado num banquinho de madeira ao lado de um fardo de córtex já comprimido, que irradiava uma vaga e suave luz dourada, e com a prensadeira mergulhada na escuridão a suas costas, ele tinha o rosto voltado para baixo e parecia consumir-se em pensamentos enquanto aguardava os visitantes. Da beira da estrada, eu espiava meu pai posicionado naquela tênue claridade e me sentia tomado de ansiedade.

Depois de visitar primeiro a serralheria e depois a destilaria de *shoyu* situadas rio abaixo, o prefeito e sua comitiva vieram subindo a ladeira precedidos pelo líder da vila e pelo chefe de polícia da cidade vizinha. Finalmente, os visitantes chegaram diante da porta da oficina de meu pai e, aglomerados em torno do prefeito, ouviram a história da produção do córtex que o líder da vila lhes apresentou. Naquele instante, me dei conta da razão imediata da ansiedade que parecia emanar do corpo inteiro de minha mãe, que, empurrada para trás pelos que ali se aglomeravam, havia se afastado até a ponta do beiral e de lá espiava o interior da oficina. Depois das explicações, tinha sido programada uma demonstração do trabalho da prensadeira. Tanto assim que o aparelho já estava carregado com pequenos feixes de córtex. Mas o parceiro de trabalho de meu pai — a manipulação da máquina requeria dois homens, um em cada extremo da prensadeira — tinha ido para a guerra havia cerca de dez dias. E meu pai ainda não contratara um substituto. Na semi-escuridão da oficina estava apenas meu pai, com o queixo enterrado na gola do jaleco de tecido rígido, cabisbaixo, alvo dos olhares arrogantes do grupo do prefeito.

— Ei! — disse alguém nesse instante para ele. A voz do chefe de polícia tinha um timbre imperioso nunca ouvido até então na vila: ninguém jamais o usara para chamar meu pai ou qualquer outra pessoa da vila, aliás nem para chamar a atenção de animais domésticos naquele vale perdido no meio da floresta. Meu pai ergueu o rosto por uma fração de segundo e olhou na direção da voz. Minha mãe, que estava em pé a meu lado, e eu estremecemos. Mas ao ver que meu pai desviava o olhar, o chefe de polícia deu um passo à frente e tornou a gritar: "Ei! Trate de se mexer e comece a demonstração!". Meu pai ergueu-se lentamente e, girando uma das manivelas, apertou o fardo. Feito isso, reverteu o movimento, provocando os costumeiros estalidos da trava na roda dentada. Sempre fitando o espaço diante da manivela, ele repetiu os movimentos como se não houvesse ninguém perto dele. Como apenas um lado do eixo horizontal era pressionado para baixo, logo a prensadeira inteira pareceu retorcer-se. Se a estrutura da barra de ferro escapasse da armação de madeira, a manivela giraria para trás livremente e derrubaria meu pai. Eu me encolhi. A certa altura, meu pai largou a manivela que acabara de travar e dirigiu-se para a segunda manivela do outro lado da prensadeira, isto é, passou com toda a calma diante do prefeito e do chefe de polícia. Nesse exato momento, minha mãe, que na época teria talvez dez anos menos que a idade atual de minha mulher, soltou um grito que pareceu se conter no fundo da garganta e que soou como um gemido de tristeza. À cintura do jaleco de tecido duro, que lembrava o uniforme de algum exército desconhecido, meu pai levava a machadinha de aparar as pontas da corda com que amarrava firmemente os fardos de córtex. E enquanto andava com toda a tranqüilidade com o aspecto de alguém perdido em pensamentos, sua mão agarrava com força o cabo da machadinha e seu cotovelo se dobrava rigidamente para fora. Mas meu pai logo segurou o cabo da outra manivela e, a princípio com dificuldade, mas pouco a pouco com suave eficiência, pôs-se a torcê-la e a movimentá-la perseguido pelo retinir das travas. Passados alguns instantes, o prefeito e sua comitiva se foram rio acima, rumo ao depósito do coletor de castanhas. Agora sozinho, meu pai continuou a trabalhar: diminuiu o tempo de trabalho em cada manivela gradativamente e, sempre alternando os lados, terminou afinal o processo inteiro.

    Minha lembrança seguinte é de acontecimentos ocorridos um ano depois, isto é, tem início na primavera do ano em que a guerra acabou: certa manhã, bem cedo, minha mãe veio do andar superior e informou que meu pai havia soltado um grito raivoso no meio da noite e morrido. Como não tenho lembrança alguma do que ocorreu no intervalo, a impressão que tenho ao recordar os fatos é a de que ao dia da humilhação diante do prefeito se seguiu a noite do grito raivoso e de sua morte. Pouca coisa me lembro do dia da morte de meu pai. Uma delas é de que o líder da associação comunitária local surgiu para combinar os detalhes do funeral e, ao apresentar as condolências, observara que meu pai vivera aquele último ano "afogado na bebida" e que, ao ouvir isso, minha mãe, até então respondendo em voz lacrimosa quase inaudível, aprumara-se repentinamente e, com voz que soara estranha e grossa, replicara:

— Meu marido realmente bebia muito à noite, mas de manhã, enquanto os senhores ainda dormiam, ele já estava acordado lendo livros, e durante o dia ele trabalhava. Isso é muito diferente de viver "afogado na bebida", não acha?

Outra coisa de que me lembro é de um pensamento apavorante que não me saiu da cabeça durante aquele longo dia. Analisando-o agora à luz do episódio de violência envolvendo Blake, concluo o seguinte. Depois de ter sido repreendido como um cão pelo chefe de polícia, meu pai seguira suas ordens e se pusera a trabalhar na máquina da roda dentada. A prensadeira esteve prestes a explodir sob a pressão desigual que lhe fora aplicada, mas a verdadeira pressão acumulou-se dentro do peito de meu pai e ameaçou explodi-lo. Para aliviar a pressão, meu pai tinha de liberá-la para fora de seu organismo. Pergunto-me agora se naquele dia não teria havido nos gestos e na fisionomia dele a intenção oculta, aliás muito bem captada por minha mãe, de brandir a machadinha — essa idéia tem fundamento e vou desenvolvê-la mais adiante — e assim confrontar aqueles que aos berros o humilhavam, fossem eles chefe de polícia, líder de vila, prefeito ou até mesmo o imperador. Não teria sido essa a razão do pavor demonstrado por minha mãe no momento em que meu pai foi para a frente da prensadeira com a machadinha presa à cintura do jaleco?

Mas meu pai se submetera ao comando grosseiro do chefe de polícia, que se dirigira a ele como a um cachorro, e realizara sozinho um trabalho que forçara a prensadeira. A máquina não explodira, mas por isso mesmo, um ano depois, quando a violenta pressão que não encontrava saída aflorara, a máquina orgânica de meu pai tinha se espedaçado. Ele morrera gritando de raiva. Caso, porém, meu pai tivesse naquele dia respondido também aos gritos ao prefeito e sua comitiva, e agitado a machadinha, na certa teria sido morto ali mesmo pelo chefe de polícia, ou levado para a cadeia e morto sob tortura, imaginou minha mente infantil. Pois bastar-lhe-ia ter feito apenas um gesto ameaçador diante do chefe de polícia, do líder da vila e do prefeito, e seus oponentes se ergueriam inevitavelmente contra ele uns após outros, até chegar enfim à pessoa da "Sua Majestade, o Imperador"... Ao recompor agora os pensamentos que, não formulados claramente, brotaram como espuma em minha mente naquele dia em que meu pai faleceu, neles descubro esse sentido. E assim me defrontei, testa a testa, com um dilema insolúvel...

No dia da rendição, minha mãe — que desde a morte de meu pai deixara de ler jornais e de ouvir rádio, alegando não haver nada de bom acontecendo no mundo — soube, bem mais tarde que as demais pessoas da vila, que o imperador anunciara pelo rádio o fim da guerra, e me disse com o rosto afogueado de emoção enquanto bafejava minha orelha com seu hálito quente:

— Tudo o que seu pai dizia está acontecendo! Os de cima ficarão embaixo, e os de baixo ficarão em cima! Exatamente!

Alguns dias depois, eu me havia escondido no rio no começo da tarde e, não sei bem por quê, não havia ninguém nem na água, nem nas margens, nem sobre a ponte distante. (Repenso agora as circunstâncias e imagino que a cena talvez fosse parte de um sonho.) E então uma idéia estranha tomou conta de minha mente. Naquele dia em que o prefeito surgira na vila para inspecionar as condições de vida da população, no instante exato em que o chefe de polícia, aos berros, transformara meu pai em espetáculo de trabalho, a voz do imperador podia ter repercutido através de todos os rádios da vila anunciando o fim da guerra... Nessa situação, sob o comando de meu pai, garboso em seu jaleco novo e machadinha erguida na mão direita, não teriam o chefe de polícia, e depois o prefeito, se postado junto à prensadeira, girado a manivela para a frente e para trás, esmagado o fardo e estalado as travas? E mais ou menos no terceiro lugar de uma fila que se formaria, o próprio imperador estaria aguardando sua vez de trabalhar enquanto descalçava as luvas...

Cerca de dez dias depois dessa tarde no rio, contudo, soubemos que haveria uma transmissão radiofônica de certa "Mensagem aos jovens" e, para ouvi-la, carregamos o aparelho para a sala de estar com a devida permissão de minha mãe, ocasião em que tive a impressão de que o sistema que tinha o imperador como chefe supremo não fora afinal subvertido a ponto de obrigar o imperador a trabalhar na prensadeira. Transcrevo a seguir o trecho responsável por essa impressão, registrada na obra *História da educação pós-guerra*, de autoria do educador K, o qual, como meu contemporâneo, também ouviu a transmissão radiofônica.

"Para nós, é importante perceber o valor de sua Majestade o Imperador, obedecer suas instruções e trabalhar de acordo com sua vontade. Nenhum outro país seria capaz de terminar uma guerra da maneira como o fizemos, pois nenhum outro país haverá no mundo em que o povo, até ontem empenhado em lutar unido contra o inimigo, cesse a luta sem reclamar, em cega obediência às instruções de seu Imperador: esta é uma característica nacional positiva. Os mais negros sofrimentos poderão ameaçar nosso futuro, mas jamais afetarão o país desde que o povo continue a seguir sem titubear as instruções de sua Majestade o Imperador. E na condição de país que teve a bênção de possuir tão esplêndido Imperador, devemos, na relação com os demais países, evitar causar-lhes sofrimento ou combatê-los, e procurar sempre a união mútua para que possamos, juntos, viver felizes."

Tais experiências gravaram em minha vida algumas definições fundamentais de violência. E Blake foi a chave que me possibilitou percebê-las. Em nosso organismo, existe um dispositivo acumulador de violência que se assemelha a um condensador. Quando esse dispositivo acumula carga elétrica excessiva, a máquina orgânica acaba por explodir internamente. Para controlar o crescimento da condição anômala é preciso por vezes construir uma via que possibilite descarregar para fora do organismo a violência acumulada. Nesse caso, o fenômeno que desde minha juventude denomino *leap* não se constituiria em exercício preliminar com carga elétrica acumulada em nível mínimo? Até o momento, nunca me aconteceu de fazer o que meu pai esteve a ponto de fazer naquele dia distante, isto é, arrancar a machadinha da cintura, brandi-la e berrar de volta para o prefeito e sua comitiva. Nesse caso, estaria eu também marchando rumo a uma situação futura em que meu maquinismo interno se destruiria ao som de meu grito exasperado? Pois hoje sou apenas um ano mais velho que o meu pai daquele tempo. Há pouco, Iiyo teve uma crise leve e, ao vê-lo deitado no sofá com o rosto vermelho, escurecido de febre e cansaço, nele entrevi um aspecto que lembrou meu pai. Eu me julgava o único dos irmãos a não se parecer com o pai, mas, espicaçado por uma dúvida, fui espiar meu rosto no espelho: com a semelhança recém-descoberta em Iiyo a se interpor agora entre nós, descubro na imagem refletida algumas das características do rosto de meu pai, o qual vejo na última foto tirada por ele pouco depois da visita do prefeito.

Contudo, naquele verão do ano da rendição, não teria eu imaginado, sozinho no rio, cena que aliás podia ter sido parte de um sonho, uma terceira via de liberação da violência acumulada que não era nem a da destruição interna nem a do comportamento selvagem? Se eu quisesse transformar as emoções daquele dia em palavras, creio que as dos versos de Blake que traduzi antes seriam perfeitas:

> Que o escravo que gira o moinho possa correr pelos campos
> Que contemple o céu e gargalhe aos ventos claros
> Que a alma acorrentada, encerrada entre trevas e suspiros,
> E que jamais sorriu durante trinta exaustos anos
> Se erga e olhe em volta —*

E depois:

> — suas cadeias se soltaram, as portas da cela estão abertas;
> E que sua mulher e filhos se libertem do açoite do opressor;
> Voltam-se a cada passo e acreditam estar sonhando.
> E cantam: "O Sol deixou suas trevas e encontrou uma nova manhã".**

---

* *Let the slave grinding at the mill run out into the field:/ Let him look up into the heavens & laugh in the bright air;/ Let the inchained soul shut up in darkness and in sighing,/ Whose face has never seen a smile in thirty weary years;/ Rise and look out —"* (N. T.)

** *"— his chains are loose his dungeon doors are open./ And let his wife and children return from the oppressor's scourge/ They look behind at every step & believe it is a dream./ Singing: 'The sun has left his blackness, & has found a fresher morning'."* (N. T.)

Iiyo freqüenta todos os dias o Centro de Formação Profissional e se dedica a montar caixinhas de papelão que servirão para embalar as bolachas *geppei*, oferecidas como brinde pela casa Nakamura, do bairro Shinjuku. Quando orientadores ou colegas deficientes adultos lhe dirigem a palavra, Iiyo responde de maneira calma, nítida e educada. E quando uma das alunas, também deficiente, se põe a cantar ou a tocar piano na sala de recreação em suas horas de folga, ele ouve atentamente e aplaude. Ele também corrige o dedilhado ou eventuais erros de acorde de maneira facilmente compreensível, de modo que, com o tempo, passou a merecer a confiança de um grupo de freqüentadores do Centro. E depois de observar esse aspecto do cotidiano de meu filho, seu orientador convocou minha mulher para uma consulta. Iiyo mostrava-se prestimoso em várias situações, reportou o orientador, trabalhava com afinco e, quando chegava a hora de limpar a sala no final da jornada de trabalho, pegava a vassoura ou o esfregão prontamente, no que fazia muito bem, mas permanecia em pé no mesmo lugar com os apetrechos na mão, não se mexia. Isso é sinal de preguiça ou ele realmente não entende nada de limpeza?, perguntou o orientador.

 Aturdida, minha mulher começou a ensinar a Iiyo as técnicas de limpeza interna e externa de uma casa. Enquanto acompanho o treinamento, sou obrigado a ver esse meu filho fisicamente grande, quase um gigante, ponderar longamente quanto à correta decisão a tomar com relação à folha seca enroscada na laje do jardim, ou espalhar com a vassoura por todo o jardim as folhas secas que acabara de juntar a um canto. As falhas da educação que vínhamos dando em casa a nosso filho se tornaram evidentes apenas depois de apontadas por terceiros.

 Certo dia em que minha mulher literalmente gemia na cama com sintomas de resfriado conjugados a dor de dente, fui até o ponto de ônibus diante do Centro de Formação Profissional buscar Iiyo à saída da aula. Cheguei cedo demais e, como não queria ficar parado em meio ao vento gelado do entardecer, comecei a andar de um lado para o outro pela rua. Havia também mais um motivo para minha pouca disposição de permanecer em pé ao lado do ponto do ônibus. Ali já estava uma mulher que aparentava ser quase quinze anos mais nova que eu, gorda e de compleição escura, queixo enterrado na gola de um sobretudo grosso, cotovelos projetados para fora a acentuar-lhe o aspecto volumoso, e clara impressão introspectiva e depressiva a repelir uma abordagem casual, já de si tornada difícil pelo fato óbvio de que se tratava de outra mãe à espera de filho ou filha diante do Centro.

Nos últimos tempos, duas crianças deficientes da escola especial freqüentada por Iiyo haviam falecido. Uma delas comparecera a uma gincana esportiva na escola e, depois, assistira à parada de oratórios de um festival religioso das proximidades, comera alguns espetinhos de carne e fora dormir ao lado do pai; como, porém, continuava em sono tranqüilo na manhã seguinte, decidiram acordá-lo mais tarde, a tempo apenas de ir para a escola, momento em que descobriram que seu corpo já estava gelado. Li o artigo em que o diretor da escola especial relata a última noite do menino, passada em harmoniosa convivência com o pai, e seu jeito de morrer, suave e despercebido, me comoveu profundamente. Quanto ao outro garoto, de quem aliás eu guardara uma impressão divertida por causa do cabelo que ele próprio pedira para cortar em estilo moicano, andara feliz porque se tornara capaz de tomar banho sozinho, e, enquanto entusiasmado tomava um banho de imersão, sofreu crise epiléptica e morreu afogado na banheira.

No momento em que a notícia da morte de não sei exatamente qual das duas crianças chegou à escola, minha mulher lá estava, ajudando a preparar o bazar beneficente. E quando as mães começaram a discutir quem iria ao velório apresentar as condolências, uma das mães mais jovens que trabalhava com as demais teria dito:

— Vai apenas quem quer, não é? Afinal, o que aconteceu foi uma bênção!

Essa jovem mãe participava voluntariamente dos preparativos do bazar, de modo que com certeza era do tipo que se preocupava não só com a educação do filho como também com a das demais crianças deficientes. Na certa a mulher passava por uma das recorrentes crises de desespero e pronunciara aquelas palavras num rompante. A jovem mãe haveria de guardar na memória o episódio que ela própria protagonizara por tempo muito mais longo que qualquer outra pessoa ali presente, mas eu mesmo acreditava que suas palavras deviam, se possível, ser esquecidas. Assim eu disse à minha mulher, que parecia revolver mentalmente a observação da jovem mãe, não em atitude de censor, mas de parceiro na dor e no sofrimento. Pois agora, sem nenhuma razão aparente, senti que a mulher abrigada num casaco volumoso e pesado e recostada no ponto do ônibus era essa mãe.

Numa das muitas vezes que passei diante do Centro, vi que três mulheres, de aspecto ainda mais juvenil que a mãe de aparência depressiva, espiavam o caminho que conduzia em linha reta desde o portão até o prédio da instituição. As três usavam casacos de suede e botas de cor marrom avermelhada. Todas haviam tingido de castanho-claro o cabelo arrumado de maneira a parecer volumoso, e esbanjavam vitalidade. Quando passei por elas, comentavam entre si em voz alta, com claro intuito de influenciar eventuais transeuntes e a opinião pública: "É luxuoso demais, não acham? Luxuoso demais!".

Segui sempre em frente até o cruzamento, atravessei a rua pela faixa de pedestres e retornei pela calçada oposta a fim de completar o circuito, enquanto pensava vagamente nas estranhas palavras que acabara de ouvir. Logo, porém, atentei para o verdadeiro sentido delas, que nada tinham de estranho; eram apenas grosseiras e maldosas. Eu achara curiosa a expressão "luxuoso demais", por imaginar que aquelas mulheres queriam matricular seus filhos deficientes na instituição e ali estavam para conhecê-la. Mas não seria possível que estivessem ali, primeiro, por discordar da política municipal ou setorial de incentivo à construção desses centros educacionais para deficientes e, segundo, para verificar tais instalações com vistas à formação de um movimento oposicionista? Se esse fosse o caso, as palavras ditas em voz propositadamente alta tinham apenas explícito sentido crítico. E realmente o centro educacional do bairro Setagaya era uma construção magnífica, que deleitara muito mais a minha mulher que o próprio Iiyo...

Enquanto andava pela calçada oposta, vi meu filho surgir no portão e ser rodeado pelas mulheres, a cujas perguntas ele começara a responder, até onde eu conseguia inferir por seus gestos, com a extrema educação habitual. Eu então segui até o fim da calçada, atravessei a rua pela faixa de pedestres junto ao sinaleiro e caminhei até o portão sem acelerar os passos, apenas observando os acontecimentos. Foi então que vi Iiyo, até então a conversar e a balançar lentamente a cabeça, imobilizar-se abruptamente. Seus ombros se altearam, o peito avançou, a cabeça pendeu e ele se calou de maneira tão peremptória que pareceu transformar-se numa rocha. Mas rodeado como estava pelas mulheres, que o bombardeavam com perguntas, ele não conseguia se afastar. Outras crianças vinham saindo da instituição, mas as três mulheres haviam escolhido Iiyo como alvo.

Apressei o passo, mas muito antes de alcançá-las vi a mulher de aparência depressiva afastar-se correndo do ponto do ônibus e, com passadas ruidosas, se aproximar do grupo formado pelas três mulheres e Iiyo. Seguiu-se então uma altercação rápida em ritmo urgente, durante a qual vi a mãe do casaco volumoso passar o braço, qual gigantesco corvo, pelos ombros de Iiyo e tentar resgatá-lo do assédio das três mulheres. Nesse instante, as três perceberam que eu também me aproximava a passos rápidos e, apavoradas, fugiram às carreiras. A mãe, cujo rosto adquirira tom rubro-escuro em decorrência da emoção, tinha agora um braço sobre os ombros de Iiyo e o outro sobre os de uma menina também surgida do interior da instituição e, fixando em mim um olhar feroz, disse:

— Por que o senhor só ficou olhando? Minha filha e eu só o perdoamos porque o senhor é pai de um colega dela, ouviu?

Iiyo, que parecia concordar plenamente com a opinião da mãe que o resgatara, também me lançou um olhar sério. Eu me curvei e agradeci, mas alguns instantes se passaram antes que a mulher, relutante como parecia em confiar meu filho à minha guarda, resolvesse enfim devolvê-lo a mim.

Dentro do ônibus, sondei Iiyo a respeito do que as mulheres lhe haviam perguntado, mas ele se manteve em silêncio com o semblante enrijecido. A outra mulher, que também havia tomado o mesmo ônibus, explicou-me então em voz alterada que teve o efeito de estimular a curiosidade dos demais passageiros:

— Aquelas mulheres estão protestando contra a construção de um centro de formação profissional ao lado do apartamento em que moram. E hoje vieram até aqui inspecionar o nosso centro. Elas obstruem o andamento da obra, mandam cartas anônimas aos jornais reclamando que as crianças ficarão sem espaço para brincar e, no outro dia, chegaram ao cúmulo de oferecer dez milhões de ienes e trabalho voluntário de atendimento a incapacitados físicos! Elas farão o favor de conceder esses benefícios se o governo desistir de construir a instituição ao lado do apartamento delas, veja só! Pensam que somos palhaços! Elas acham que nossos filhos são coisas sujas!

Depois que chegamos em casa, minha mulher me secundou no interrogatório, mas Iiyo recusou-se terminantemente a nos dizer o que as três mulheres lhe haviam perguntado. Àquela altura, porém, nem sabíamos se elas realmente pertenciam ao movimento que se opunha à construção dos centros de educação profissional. Cerca de cinco dias depois, estávamos todos assistindo ao noticiário vespertino da televisão em companhia de Iiyo quando surgiu na tela o local onde construíam o prédio em questão. As obras tinham sido reiniciadas, alguém tocara um sino para alertar as ativistas do apartamento e, agora, donas de casa desciam correndo pela escadaria de incêndio. Do outro lado de uma tela de arame, essas mulheres, cujos rostos, porte e gestos denunciavam um padrão de vida elevado, reclamavam em companhia dos filhos contra os trabalhadores da prefeitura. Naquele instante, pareceu-me ver naquelas mulheres a versão em trajes caseiros daquelas outras três de casacos de suede e botas de couro que haviam assediado Iiyo diante do centro. Ao ouvir a reportagem, Iiyo disse:

— *Ah, elas são contra a construção de centros de formação profissional? Isto é um problema!*

Tornei então a indagar:

— O que as três mulheres disseram ou perguntaram para você ficar daquele jeito, cabisbaixo, irritado ou talvez constrangido?

Iiyo, porém, voltou o rosto para o outro lado e disse com convicção:

— *Já chega! Vamos parar com isso!*

Minha mulher também evitou sutilmente meu olhar e disse:

— A outra mãe, segundo você me contou, parece achar

que as três mulheres vêem nossos filhos como coisas sujas, mas eu mesma acredito que elas se sentem agredidas por algo apavorante. Usando uma palavra que o sr. Y costumava empregar sempre, acho que as pessoas daquele condomínio sentem que essa coisa apavorante vai "violar" a vida delas. E se é isso que os pais sentem, vão infalivelmente passar esse sentimento para as crianças. O noticiário de há pouco foi uma amostra disso, não foi? E se os acontecimentos progredirem até o ponto em que essas crianças, apavoradas, reajam a pedradas, temo pela placa de plástico na cabeça de Iiyo. As coisas talvez cheguem ao ponto em que teremos de fazê-lo usar um capacete para freqüentar o Centro, como aconteceu há dez anos. Porque, depois de formado, Iiyo vai ter de freqüentar essa instituição que está sendo construída agora, você sabe...

Quando escrevi o romance *Anotações de um corredor substituto* (*Pinch Runner* Chousho), fiz o protagonista, pai de uma criança deficiente, manifestar-se a favor da necessidade de crianças na mesma condição da dele treinarem autodefesa como medida preventiva contra acidentes semelhantes ao que ocorrera na escola especial freqüentada pelo filho dele. O discurso é bombástico na medida em que se alinha com a tônica burlesca do romance ou, ainda, com o realismo grotesco de seu sistema de imagens:

"A única ajuda real que um professor pode dar a estes formandos, prestes a ingressar na sociedade neste momento, é explicar-lhes muito bem como é o mundo em que irão viver e dizer-lhes: 'Tomem cuidado com tais e tais aspectos da vida comunitária, e felicidades!'. Mas isso seria possível? Serão os professores realmente capazes de fazer isso por *nossos filhos*? Pois, na verdade, não vieram eles ensinando até hoje a *nossos filhos* o que fazer com os próprios pés e mãos para que não sejam pisoteados, e destarte se habilitarem a viver futuramente numa sociedade marginal na condição de parvo que requer apenas um mínimo de atenção para sobreviver? Numa sociedade futura, tal sistema de ensino poderia sofrer adaptações, e *nossos filhos* talvez aprendam nas escolas a solucionar o problema não só dos próprios pés e mãos como também deles mesmos, isto é, aprendam, ah, ah, a cometer suicídio, não é? Se quisermos fazer realmente algo por *nossos filhos*, temos de ensiná-los a se armar defensivamente para que possam rechaçar esse tipo de poder seletivo da sociedade futura! E, uma vez que o mundo moderno continua a se poluir, nada impedirá que crianças como *nossos filhos* continuem a se proliferar vertiginosamente e que, espalhadas por toda parte, transformem-se em símbolos *down beat* da sociedade futura, em alvo do ódio racial. Alvo do ódio sob cuja ameaça minorias oprimidas e pessoas em guetos foram obrigadas a sobreviver! Povos e classes sociais houve que se libertaram enfim, mas volto aqui a perguntar: alguma vez já se ensinaram nesta classe técnicas de autodefesa a *nossos filhos*?"

Na introdução desse romance, também em estilo hiperbólico, relato o episódio de uma criança deficiente que se perde na estação ferroviária de Tóquio e cito Blake enquanto descrevo o íntimo do pai apavorado em busca do filho. No meio da multidão de usuários da estação, o próprio pai se sente abandonado. "Pai, pai, aonde foste depois de me abandonar?", murmura ele.

"E depois de murmurar essas palavras, acabei fazendo, com o fervor repentino e momentâneo de ateu em apuros, uma prece a alguém (não ao pai, pois não? Ah, ah!) cuja identidade desconheço. *Father! Father! Where are you going? O do not walk so fast./ Speak, father, speak to your little boy./ Or else I shall be lost.* Então, dei-me conta de que percorria a passos rápidos, ofegante, quase a correr, o interior da estação de Tóquio, na tentativa de alcançar aquele que queria me abandonar, na tentativa de alcançar o pai que fugia, talvez? Ah, ah!"

Cerca de dois ou três anos antes da publicação deste livro, isto é, no inverno dos dez anos de Iiyo, tinha nos acontecido algo semelhante ao que relatei no livro. Na verdade, Iiyo não se perdera como crianças costumam fazer: ele fora raptado e abandonado por certa pessoa. Eu podia ter relatado esse episódio no livro da maneira como ocorreu, mas não o fiz em virtude de um temor que hoje me parece paranóico, o de que houvesse, entre os meus leitores, alguém que se inspirasse no episódio para reencenar o rapto. Pela mesma razão e por medo de ver o caso divulgado na imprensa, não procurei a polícia. Claro que se não tivéssemos conseguido encontrar Iiyo até o final do dia, o que conseguimos, minha mulher teria procurado a polícia. E eu não a teria impedido. Naquela época, ela receava que minha paranóia se agravasse e que eu reagisse com violência excessiva contra algumas pessoas, muito embora a violência tivesse partido dessas pessoas.

Quanto à paranóia, não pretendo atribuir a outrem a responsabilidade de sua eclosão. A bem da verdade, tenho, porém, de esclarecer que existiu previamente um agente desencadeador: havia então cinco ou seis anos que eu vinha sofrendo obstinada perseguição através de cartas e telefonemas anônimos, perseguição que, aliás, ainda persistiria por muito mais tempo. A princípio, imaginei que o remetente da carta, cujo nome e endereço eu conhecia, e a pessoa do outro lado do telefone, que me ligava cinco ou seis vezes por dia e que nada dizia quando eu atendia, fossem dois indivíduos diferentes. Além disso, imaginava que os telefonemas anônimos provinham de diversas pessoas e que expressassem a inimizade de toda a sociedade. Mais tarde, porém, descobri que, não todas, mas a maioria das ligações provinha do autor das cartas.

Embora hoje eu veja o acontecimento como um longo pesadelo cujos detalhes vou omitir, esclareço apenas que o autor das cartas e dos telefonemas anônimos era um estudante de ciências comerciais de uma universidade famosa que aspirava à carreira de crítico e que exigia de mim não só que o apadrinhasse no mundo literário como também lhe ensinasse a escrever, pois, segundo dizia em suas cartas, sentava-se dias seguidos à escrivaninha mas não conseguia produzir uma única linha.

Com o tempo, as cartas, cujo único mérito era o estilo confiante e insolente, passaram a ser dirigidas não só a mim como também à minha mulher, e a explicitar ódio ao afirmar que considerava ultrajante nossa atitude de valorizar uma criança deficiente e de negar ajuda às demandas de um indivíduo sadio.

As cartas e os telefonemas não raro ocupavam por dias inteiros tanto a minha mente quanto a de minha mulher, mas em suas cartas repletas de agressões à minha família o estudante dizia não entender por que só ele tinha de sofrer. E quando começou a sugerir que pensava em suicídio, escrevi-lhe dizendo que ele precisava recuperar o equilíbrio emocional tanto para estudar como para trabalhar, e que devia procurar a ajuda de um especialista. E assim descobri ser ele a pessoa que me ligava e nada dizia, pois o padrão dos telefonemas, que sempre começavam pela manhã e terminavam à tarde — os pais do estudante provavelmente se ausentavam da casa nesse período — se alterou, e uma voz passou a sussurrar antes de desligar o aparelho: "Vá você para o hospício!". E se minha mulher atendia o telefone para dizer que eu não estava em casa, ele replicava: "Sabe que algumas pessoas são golpeadas na cabeça com armas letais pelo indivíduo sentado ao lado delas dentro de um bonde?". Minha mulher e eu passamos a ficar tensos toda vez que o telefone tocava, tensão que se conectou diretamente à lembrança de outra perseguição via telefone, com clara motivação política, movida contra mim cerca de dez anos antes daquele período, cuja progressão provocou em mim a paranóia.

E então houve um incidente. Como costumo desligar o aquecimento central depois que o resto da família já foi dormir, eu vestia um abrigo com capuz e mangas fechadas por cordões para trabalhar até altas horas. Do lado de fora da porta, ouço então uma voz insistente falando alguma coisa. A princípio, imaginei que fossem duas pessoas conversando, mas logo me pareceu que alguém me chamava. Espiei pela porta de entrada e vi um vulto avantajado num dos lados do portão falando ao bocal do meu interfone quebrado. "Que deseja?", perguntei. A voz do desconhecido soou juvenil com leve inflexão adocicada indicativa de embriaguez ao responder: "Não é que eu *deseje* alguma coisa, entende...". "É tarde, e se o assunto não é urgente, deixe para amanhã", disse-lhe eu fechando a porta. Contudo, o jovem continuava a falar ao bocal do interfone do lado de fora. Vi que já não conseguiria continuar meu trabalho e me dediquei aos exercícios com peso que eu vinha praticando todas as noites dos últimos três anos como terapia contra a insônia. Graças a eles, eu alcançara inédita rigidez muscular, pois eu havia engordado desde os últimos anos de minha juventude. Trinta minutos depois, eu tinha terminado a bateria de exercícios e senti a indignação contra o jovem que continuava a falar ao interfone crescer em mim de maneira incontrolável. Tive ainda discernimento para não levar comigo os apetrechos de ginástica que podiam perfeitamente transformar-se em armas mortíferas, mas estava resolvido a agarrar o jovem pelo peito da camisa e arrastá-lo até a estação de trem. Creio que, àquela altura, eu já estava sob a influência do incidente que envolvera Blake, ocorrido no jardim da casa dele em Felpham. No momento em que, com a cabeça coberta pelo capuz do abrigo, entrei no círculo de luz projetado pela lâmpada sobre o portão, ouvi gritos simultâneos às minhas costas e à minha frente. O grito que soara às minhas costas proviera de minha mulher, que espiava o portão pela janela do quarto e que, ao me ver sair de casa, se assustara. A fonte do outro grito fugira correndo, esbaforida. Ali estava o medo de minha mulher: por causa da minha paranóia, eu podia reagir com excessiva violência e ferir alguém.

Contudo, tenho provas concretas de que eu, então na metade da casa dos trinta, não tinha me tornado refratário ao contato com estranhos. Tanto assim que certo dia recebi dois estudantes desconhecidos que vieram me ver em casa e que originaram o mais angustiante incidente relacionado com Iiyo jamais vivido por mim, tão angustiante que quase me levou a agir de maneira insensata.

Os dois rapazes eram um certo Unami, recém-chegado da região de Kansai, e seu lacônico cicerone, Inada, que fizera o curso colegial com Unami, mas que naquela época estudava numa universidade de Tóquio. Para tentar reconstituir o diálogo que mantive com esses dois indivíduos, consultei o diário que, em estado de depressão, mantive longamente na época, e descobri que no dia da visita deles os fatos foram os seguintes. Acordei tarde no meu escritório conjugado com dormitório e, ao descer para o andar térreo, percebi que Iiyo se divertia na sala com alguns visitantes. O jogo que os entretinha consistia no seguinte: os visitantes escolhiam ao acaso uma discografia de Mozart, enunciavam o número KV nele constante, e Iiyo tinha de identificar a peça e o tom. Por coincidência, eu acabara de publicar um artigo em que falava desse jogo. De acordo com o que minha mulher me relatou enquanto preparava o almoço, os dois jovens tinham vindo por apresentação do professor W. O mais falante lembrava "um deputado do Partido Komei", disse-me minha mulher, enquanto o outro era calado e sombrio. Os dois tinham se encarregado de animar Iiyo, que faltara às aulas por ter acordado indisposto naquela manhã. Pelo jeito, um deles tivera aulas de pedagogia prática em classes de crianças deficientes.

Ajudei minha mulher a levar o almoço para a sala e, enquanto comia com os rapazes, conversei com eles. Quase sorri ao ver como era acurada a descrição dos dois rapazes feita por minha mulher, que acabou por se juntar a nós em companhia de Iiyo porque este, interessado em continuar o jogo com o jovem Unami — seus cabelos eram cortados rente a ponto de expor o brilhante couro cabeludo numa época em que os longos estavam na moda —, relutava em se retirar para a outra sala com a mãe. Naquela idade, era raro Iiyo manifestar suas vontades, e o fato de tê-lo feito indicava que estava bem-humorado. Ineda, o jovem sombrio cujo tipo lembrava o de ativistas de campi universitários, parecia perplexo com o comportamento do jovem Unami, que, num curto espaço de tempo, conseguira não só conquistar Iiyo como também enredar minha mulher em animado diálogo.

Da conversa que mantive naquele dia com esses estudantes, aliás sempre liderada por Unami, restam com clareza em minha memória três passagens que lembram performances perfeitamente encenadas. Terminado o almoço, enquanto Iiyo e minha mulher ainda se encontravam na sala, Unami mencionou por acaso o nome de diversos professores famosos, como se pretendesse nos dar notícias recentes de pessoas que o apreciavam muito. Eu mesmo havia iniciado o tópico ao lhe perguntar o que ele havia conversado com o professor W quando o visitara em sua casa, já que fora esse professor quem me indicara a eles. Eu sabia que o professor W não tinha em boa conta líderes estudantis, pois no decorrer de sucessivos tumultos ocorridos nos últimos anos no campus da universidade em que lecionava, alguns estudantes tinham invadido seu escritório e de lá levado diversos livros, que venderam posteriormente em sebos.

O jovem Unami me contou que, no momento em que o visitara, encontrara o professor W pintando um estrado de madeira à beira de um minúsculo lago banhado por fraco sol de inverno, e que se impressionara com o fato de o nível de vida do professor ser notavelmente mais simples que o de certo estudioso da literatura francesa, em cuja luxuosa residência situada em Kyoto havia até um palco para encenação de peças do teatro Nô. Observou também que achou enaltecedor vê-lo assim entretido com bricolagem, dando a entender, como quem não quer nada, que havia lido a obra O pensamento selvagem, de Lévi-Strauss, até então ainda não traduzida para o japonês.

O jovem afirmou que fora à casa do professor W por apresentação do estudioso da literatura francesa, mas o que Unami queria realmente era obter uma cópia do resumo da minha tese de formatura escrita em francês, assim como uma carta de apresentação para o professor M, o cientista político que também se tornara amigo do professor W por intermédio do dr. Herbert Norman, o diplomata canadense estudioso da história japonesa que se suicidara no Cairo no final da era McCarthy. O professor W teria então lhe dito que seria difícil apresentá-lo ao professor M uma vez que este andava adoentado, mas que se queria uma cópia de minha tese deveria pedi-la diretamente a mim.

Enquanto ouvia com atenção as palavras do jovem Unami, percebi que a apresentação de que ele falava não era muito consistente. Uma coisa, porém, era certa: depois de chegar de Kyoto e nos poucos dias que passara em Tóquio, esse jovem estudante andara se encontrando com diversos doutores, escritores e críticos. Tais pessoas eram, além disso, acadêmicos e jornalistas que tinham advogado a causa da democracia no pósguerra, pessoas, aliás, sob cuja influência eu crescera.

— As pessoas com quem nos encontramos são aquelas que os atuais grupos de ativistas e simpatizantes consideram responsáveis pela transformação da democracia em letra morta — disse Unami. — São pessoas que se declararam falidas, que se renderam antes da hora, entende? Falando com sinceridade, criticar esses ideólogos e, de passagem, citar seu ensaio como *laughing matter* (assunto para pilhéria), conforme se diz em inglês, é um padrão de conduta que seguimos quando queremos polemizar. Mas achamos que esse tipo de batalha vai produzir repique. Quando isso acontecer, talvez tenhamos de pensar nalguma forma de recomposição com essa gente de quem neste momento, com as pontes de comunicação entre nós destruídas, nos sentimos isolados. Apresentamos então um plano de procedimento para essa situação a alguns professores de Kyoto com quem ainda mantemos contato, e eles consideraram progressista essa nossa atitude, qual seja, a de pensar de antemão no futuro negro que nos espera; e foi assim que conseguimos as apresentações de que necessitávamos.

Eu havia classificado as nítidas alterações de atitude do jovem Unami que se evidenciaram em seu modo de falar, e as registrara em meu diário sob os títulos I, II e III; a fala constante no parágrafo acima está registrada no início do título II. Ela ocorreu logo depois que minha mulher se retirou do aposento com Iiyo e só eu fiquei conversando com os dois estudantes. Até esse momento, Unami se referira a seus mestres em termos respeitosos e não dissera nada tão franco sobre o conceito que eu gozava na classe estudantil.

— E essa história de que nós transformamos seus ensaios em *laughing matter* é real, sabe? Contudo, o senhor nada tem a ver com teorias políticas nem faz parte de nenhum movimento político, de modo que talvez tenhamos partido da premissa errada ao criticá-lo no aspecto doutrinário. Mas o que mais nos irrita é seu jeito de ser: o senhor não se importa de ser tratado com frieza por militantes universitários ou de se transformar em alvo da chacota deles e, embora hoje em dia o senhor nem se manifeste mais com tanta freqüência, nunca modifica sua posição, continua sempre a escrever as mesmas coisas desde os tempos em que freqüentávamos o colegial e em que começamos a ler seus artigos. Quero dizer, o senhor não sai da toca por mais que a fumiguemos com nossas teorias ou atividades, não se bandeia para o lado dos realistas. E tampouco adota a atitude de se afastar dessa coisa ilusória que é a democracia do pós-guerra e de se integrar à nossa luta, muito embora tal atitude pudesse ser interpretada como maluquice de velho senil caso viesse a ser realmente adotada. Imagino que daqui a dez anos o senhor ainda estará pensando do mesmo jeito que agora. E isso nos incomoda um bocado, nos irrita, entende? O senhor parece ter certeza de que pode continuar desse jeito indefinidamente, mas em que se baseia sua certeza? Pusemo-nos então em seu lugar, pensamos e concluímos que a base da sua certeza é esse seu filho deficiente. Há um grupo muito próximo ao nosso que advoga a inclusão de crianças deficientes em cursos normais. O senhor sabe disso, não sabe? Mas nem a esse grupo o senhor se afilia. Delegou a educação de seu filho a uma escola que ensina crianças deficientes de maneira isolada. E se dissermos que está do lado dos que discriminam, dos que alimentam a discriminação, o senhor sem dúvida virá com outra resposta irritante. Na certa dirá que há diversas maneiras de um deficiente levar a vida. Que obviamente tem de haver deficientes que freqüentem cursos regulares, mas que, apesar disso, seu filho é do tipo que se dá melhor em escola especializada. É isso o que dirá, não é? E uma vez que o senhor dirá também que a vida de sua família gira em torno desse seu filho e que sua decisão se baseia nessa experiência, será pura perda de tempo criticar tal decisão, concorda? Li seu livro A *inundação*..., e percebi que, mude como mudar a estrutura da sociedade, o senhor cuidará sempre de seu filho, não é mesmo? E por isso não se mobiliza. Demonstra, ahn, como direi?, uma curiosa segurança... Que, vista pelo nosso ângulo, é sem dúvida irritante.

Quando o jovem Unami se calou por alguns instantes, como que para avaliar minha reação, voltei-me para o rapaz calado, Ineda, e lhe perguntei:

— Quando seu amigo diz "nós", ele se refere a você também? Quando ele dá uma opinião como sendo "nossa", você se inclui nela?

— Concordo com tudo, a opinião é nossa — respondeu Ineda naquilo que se constituiu, se não me falha a memória, em sua única fala em todo o tempo que durou a visita deles.

Eu não sabia o que responder. Relembrando agora, creio que, com esse jeito de falar que registrei no meu diário sob o título II, o jovem Unami tentara elogiar de maneira sutil e muito bem estudada meu modo de ser daquela época. Não demorou muito, porém, Unami alterou o tom de seu discurso, que, diferentemente dos subtítulos I e II, tornou-se provocativo, quase sanguinário.

— Sei que o senhor doou à organização Segunda Geração de Sobreviventes da Bomba Atômica os royalties de seus livros sobre bomba atômica. Pois a organização divulgou através da imprensa que, com o dinheiro, pretendia comprar um carro e realizar uma turnê por todo o país, mas na verdade usou apenas um quinto dessa quantia para adquirir uma charanga. E na véspera da partida o carro quebrou e os dirigentes da organização bateram à sua porta alegando que não tinham dinheiro para pagar o conserto, não é verdade? Mas onde foi parar o restante do dinheiro, o senhor não acha que os líderes do movimento ficaram com ele? Há pouco, soube que essa mesma organização mandou alguns estudantes a Tóquio para participar de uma demonstração e que, quando os tais estudantes se viram ameaçados de prisão, a organização decidiu tirá-los daqui por via aérea e pedir o dinheiro das passagens ao reitor da universidade H e ao senhor; mas no final das contas, o senhor pagou tudo sozinho, não foi? Ora, esses estudantes estavam é com medo de levar uma surra dos oposicionistas e aflitos por voar de Haneda direto para a segurança da sede do movimento deles, entendeu? O senhor tem, em princípio, o direito de gastar seu dinheiro como bem lhe aprouver, mas como ficam os estudantes do movimento contrário? E agora chegamos ao ponto que me interessa: já que o senhor tem tanto dinheiro e pode comprar um carro para os outros, coopere conosco para que possamos comprar o nosso. Queremos um microônibus dotado de transmissor de ondas curtas para difusão de programas livres, pois planejamos andar nele por toda parte. Corruptos da classe política ou empresarial nunca confessam seus crimes ao ser arrastados para o plenário da Câmara, não é verdade? Pois nós vamos instalar um aparelho de tortura no microônibus radiodifusor e transmitiremos ao vivo a inquisição. Políticos, empresários ou burocratas, vamos agarrá-los, torturá-los e rodar por toda a Tóquio enquanto transmitimos o depoimento deles ao vivo. Vamos precisar de muito dinheiro para manter esse veículo, muito mais que a quantia que o senhor doou para a Segunda Geração de Sobreviventes da Bomba Atômica. Quer contribuir com uma quantia inicial?

Quando constatei que Inada concordava — nem era preciso tornar a confirmar — com as opiniões que o colega Unami dava como sendo "nossas", perdi por completo a vontade de dialogar. As informações que Unami possuía, extensas a ponto de causar estranheza e repletas de detalhes que aliás deviam ser do conhecimento apenas das pessoas que estiveram em contato comigo na época dos acontecimentos, começaram a fazer sentido para mim somente depois dos comentários do estudante. Sua proposta se baseava, portanto, em fatos reais, mas ele não esperava que eu a levasse a sério. Era evidente que seu discurso tinha apenas a finalidade de me provocar, e isso me enfureceu.

Enquanto eu procurava um meio de me livrar dos estudantes, minha mulher surgiu na sala, preocupada talvez com a duração da conversa e com a possibilidade de que acontecesse o que ela tanto temia nos últimos tempos, isto é, que eu reagisse com violência em defesa própria.

Mas para meu espanto, mal viu minha mulher entrar com a bandeja de chá, sempre em companhia de Iiyo, o jovem Unami retomou de súbito a afabilidade inicial e, antes de se retirar, disse para minha mulher e para meu filho Iiyo:

— Perdoe-me por ter abusado tão longamente de sua hospitalidade, senhora, mas pretendemos nos retirar em seguida. E, Iiyo, montei uma última charada enquanto conversava com seu pai. Esta é difícil, muito difícil, ouviu? Qual é a tonalidade da obra correspondente ao número K522? A pista é "fa-ma", ah, ah!

— *Que é, hein, que quer dizer isso? Esse número é o da peça* Brincando com música, *em Fá Maior, mas...*

Nessa época, minha mulher costumava levar Iiyo até o portão da escola todas as manhãs e, à tarde, eu ia buscá-lo de bicicleta. Ele devia estar então na terceira série, pois iniciara o primário com oito anos de idade. Seus professores começavam a nos solicitar que não acompanhássemos as crianças à entrada e à saída das aulas, pois se o hábito se perpetuasse elas não desenvolveriam a capacidade de andar sozinhas. Numerosos alunos que freqüentavam sozinhos a mesma escola ocupavam então as ruas e nós também começamos a permitir que Iiyo percorresse por conta própria trechos cada vez mais longos constituídos de passarelas e áreas sem cruzamentos que pudessem desviá-lo do rumo certo. A rua em declive da escola Seijo Gakuen desemboca na avenida Setagaya, área de tráfego intenso onde se encontra o estúdio totalmente cercado da companhia cinematográfica Toho, mas o trajeto das crianças por essa área está bem planejado: para chegar à escola, elas precisam apenas atravessar uma passarela sobre a avenida. Quanto a mim, paro a bicileta diante da agência dos Correios no alto da ladeira e fico à espera: Iiyo, que na rua me parece menor do que quando o vejo em casa, vem subindo a ladeira com seu andar lento e especial que o faz parecer descontraído e ao mesmo tempo totalmente concentrado. Vê-lo representa todos os dias uma alegria que me faz palpitar o coração. Eu o espero na beira da calçada enquanto ele caminha, conforme lhe ensinaram, pelo lado interno da calçada, longe dos carros em movimento. Como na época as lentes de seus óculos ainda não estavam perfeitamente adaptadas a seus olhos, ele só me percebe a uma distância aproximada de três metros. Ele pára e me olha com expressão afetada, como se me encontrar ali à espera fosse a coisa mais natural do mundo, mas percebo que a tensão se esvai de seu corpo como fumaça no ar e ele volta a ser a criatura suave que eu conheço, tão suave que me angustia vê-lo assim exposto, fora de casa. Instalo meu filho na cadeira metálica adaptada ao guidão da bicicleta e volto pedalando com meu peito de encontro às costas dele.

Naquele dia, eu o esperava como sempre diante dos Correios, mas Iiyo não despontou na base da ladeira. O número de crianças da idade dele passando ao meu lado diminuía aos poucos. Duas meninas da mesma escola, mas um pouco maiores que Iiyo, aproximaram-se de mãos dadas e, para não assustá-las, interpelei-as com delicadeza; as duas, porém, se sobressaltaram e, puxando-se mutuamente pelas mãos quase com violência, afastaram-se às pressas sem nada dizer. Desci para a faixa de rolamento com a bicileta e pedalei até a passarela, sempre observando as crianças que continuavam a subir a ladeira. Estacionei então a bicicleta e atravessei a pé a passarela, o túnel que leva à entrada da escola, a escadaria, o pátio escolar e alcancei a passos rápidos a classe de crianças especiais. De acordo com a professora que ainda restava na sala e preenchia o diário escolar, Iiyo saíra havia cerca de trinta minutos. Retornei às carreiras pelo caminho já percorrido e apressei-me a voltar para casa olhando atentamente todo o trajeto que costumo fazer de bicicleta. Cheguei em casa e confirmei que Iiyo ainda não chegara. A partir daí, minha mulher assumiu o comando das buscas por meu filho.

Antes de mais nada, ela ligou para a professora responsável pela classe de meu filho e avisou que Iiyo se perdera; em seguida, acionou os grupos de mães da mesma classe, que, de três em três, punham-se em movimento toda vez que alguma criança era dada como perdida. Até o momento em que ela própria rumou para a escola, transformada em base das buscas, eu nada pude fazer para ajudar, e uma vez que era muito mais prático minha mulher movimentar-se com as outras mães do grupo de buscas, assumi o encargo de ficar em casa e aguardar eventuais comunicados de mães ou professores e de tomar conta dos irmãos menores de Iiyo, muito pequenos na época.

Logo depois que minha mulher saiu, o telefone tocou apenas uma vez e parou. Soergui-me voltado para o aparelho, levantei o olhar na direção do relógio e lembro-me de ter sido tomado por intenso sentimento de miséria e cólera ao perceber que eram exatamente três da tarde. Céus, não era possível que eu tivesse de suportar o maldito padrão até o final daquele dia angustiante!, pensei. Pois esse único toque evidenciava a conhecida rotina do estudante que aspirava à carreira de crítico: telefonar e desligar diversas vezes durante o dia inteiro sem nada dizer até o momento do último telefonema, quando enfim me insultava e desligava definitivamente. Seu caráter pegajoso tornava-se também evidente nas cartas, sempre escritas com lápis de ponta dura e traço tão fraco que eu precisava enviesar o papel contra a luz para poder lê-las. Os telefonemas começavam sempre às duas ou três da tarde e se repetiam a cada trinta minutos. Com o passar do tempo, os telefonemas começaram a pautar meus dias, e eu tinha consciência até mesmo do ruído quase imperceptível, como o de alguém prestes a se sufocar, que o aparelho emitia uma fração de segundo antes de tocar. Com o persistente ataque telefônico, o estudante conseguira moldar meu caráter à semelhança do dele.

Naquele dia, porém, logo depois do segundo telefonema silenciosamente desligado, a sensação de arrependimento que se apossou de mim foi tão forte que senti o sangue subir à cabeça. Iiyo não teria sido levado pelo perpetrador desses telefonemas? Afinal, ele escrevera cartas em que nos acusava, a mim e minha mulher, de não ajudá-lo por nos ocuparmos em demasia de nosso filho deficiente; também criticava continuamente nosso estilo de vida privilegiado, que, segundo ele, nos levava a descuidar de nossos deveres para com os outros. Eu sabia que ele vagava em torno de nossa casa porque, cerca de duas semanas antes, introduzira em nossa caixa de correio umas cartas nas quais alguns bancos, onde ele andara fazendo testes de admissão, lhe comunicavam que fora reprovado. Se eu tivesse pressionado o indivíduo silencioso que estivera do outro lado da linha, talvez ele tivesse admitido estar com meu filho e imposto algumas condições em troca de sua liberação! Ai de nós se ele resolvesse que aquele seria seu último telefonema e que agora passaria a pôr em prática os medonhos pensamentos expressos em suas cartas!

Para obter o endereço dele, bastava-me ir buscar o envelope onde eu guardara todas as cartas que ele me mandara até aquele momento. Mas de que jeito haveria eu de convencer a polícia a agir baseada apenas em minhas dúvidas? Suportei os trinta minutos seguintes em pé diante do aparelho. E então, quando o telefone tocou uma vez às quatro em ponto, apanhei o receptor e me identifiquei. Do outro lado da linha alguém inspirou profundamente e se manteve em silêncio. "Alô, alô!", repeti diversas vezes. Depois de uma pausa mínima, uma voz juvenil, branda a ponto de soar quase infantil, respondeu: "*Hai...*", e se calou em seguida. Frenético, eu procurava o que dizer. Antes porém que eu conseguisse me manifestar, a voz, agora sombria, repleta de ódio, acrescentou: "Vá *você* para o hospício!", e desligou. Ou seja, o rapaz estivera trancado em casa, ocupado apenas em me perseguir com seus telefonemas ameaçadores. Aquela foi a primeira e a última vez que um telefonema desse rapaz me fez sentir livre...

Já passava das seis, e a tarde daquele dia ainda distante da primavera tinha caído por completo quando minha mulher me ligou para avisar que ainda não haviam encontrado Iiyo; logo em seguida, o jovem Inada também telefonou. O rapaz sisudo, que se mantivera sempre em silêncio quando me visitara em companhia do falante Unami, disse-me então com voz sombria em que não transparecia nenhum sinal de arrependimento: "Estou ligando porque achei que o senhor talvez devesse saber...".

O amigo Unami, disse-me Inada, havia planejado e executado tudo sozinho: ele ouvira de minha mulher os procedimentos que adotávamos para levar e trazer Iiyo da escola, estudara-os e agora tinha nosso filho nas mãos. Eu irritara Unami por não tomar parte de nenhum movimento político e por usar meu filho deficiente como desculpa para manter apenas no papel a minha atividade de intelectual da oposição. Assim sendo, dissera Unami, bastar-lhe-ia eliminar meu filho deficiente para que eu me visse encurralado, sem outra saída senão a de me engajar; ou então ele podia arrancar de mim a promessa de participar de algum tipo de movimento em troca da devolução de meu filho são e salvo. A princípio, ele planejara iniciar as negociações depois de ter Iiyo nas mãos e de verificar que tipo de atitude eu tomaria. Mas naquele momento, disse Inada, Unami telefonara para comunicar que não conseguira ligar para mim, e como começara a achar tudo aquilo muito aborrecido, resolvera largar meu filho na estação de Tóquio, enquanto ele próprio pegaria um trem-bala e iria embora para Kansai. Ele, Inada, não tinha nada a ver com o assunto, concluiu, mas em todo o caso, achou que devia me avisar...

De comum acordo com as demais mães do grupo que procurava meu filho no entorno da escola, minha mulher havia suspendido momentaneamente as buscas e acabara de chegar para uma rápida refeição e descanso de uma hora. Na certa queria também certificar-se de que o pai soubera cuidar dos filhos menores, os quais, na época, eram ainda muito pequenos. Eu havia conseguido controlar a fúria que ameaçara se apossar de mim ao ouvir Inada dizer "em todo o caso, achei que devia avisá-lo", mas no momento em que fui transmitir o que acabara de acontecer à minha mulher, que com os cabelos e os ombros brancos da neve que começara a cair estava parada a meu lado exalando um leve odor de metal gelado, senti minha voz adquirir a ressonância de sino lascado e o miasma de certa massa de intenso negrume que jorrava do fundo do meu peito ser expelido de roldão com as palavras.

— O estudante que veio em casa dias atrás, aquele mais tagarela, raptou Iiyo! Ele pretendia eliminar Iiyo... eliminar nosso filho para me obrigar a participar ativamente dos movimentos políticos, ou transformá-lo em moeda de troca, ou seja, raptou com o intuito de extorquir! Mas a meio caminho, disse que se aborreceu... se aborreceu!, e tomou o trem-bala e foi-se embora! Disse que largou Iiyo na estação de Tóquio! Disse... não consigo acreditar!, disse que se *aborreceu e foi embora!*

Eu pretendia seguir de imediato para a estação de Tóquio. Minha mulher, porém, quis me acompanhar a todo custo, de modo que tivemos de deixar nossos filhos menores aos cuidados de uma jovem vizinha com quem nem mantínhamos relações especialmente íntimas. Embora eu não tivesse me dado conta disso naquele momento, minha mulher temia que eu pudesse não digo matar, mas ferir Unami gravemente caso ele retornasse à estação por algum motivo. E assim, nós dois percorremos a estação durante três horas em busca de Iiyo, busca que originou as experiências íntimas descritas no livro *Anotações de um corredor substituto*, já citado. Passava das dez da noite quando descobri Iiyo na plataforma de embarque do trem-bala Kodama, cujos usuários já começavam a rarear. Ele havia se ocultado por completo num vão ao lado de um quiosque: apoiado na parede lateral da barraca, contemplava serenamente a neve que caía intensa sobre os trilhos. A urina escorrera, molhara suas calças e inundara suas botas. Quando me agachei a seu lado e espiei seu rosto, ele voltou para mim as feições desprovidas de emoção, mas a tensão que as enrijecia pareceu se esvair de seu rosto e corpo, e a suavidade, que normalmente se expandia a partir dos olhos, surgiu então com tamanho ímpeto que lembrou um rubor cintilante. Comprei botas e calças novas para Iiyo, vesti-as nele e retornamos de táxi para casa em meio à neve que já se acumulava nas ruas; depois, com um grito de raiva e angústia, acabei vomitando dentro das botas velhas de meu filho, ainda molhadas de urina. Minha mulher voltou-se então para mim, que estava fraco e inerme depois do esforço de vomitar, e me disse que, enquanto procurávamos por Iiyo, chegara a sentir tonturas em conseqüência do intenso medo de me ver na cadeia por violências que eu eventualmente pudesse praticar contra Unami.

Este ano, logo depois dos feriados de Ano-Novo, um professor de cursinho morador de uma cidade-dormitório na periferia de Tóquio e um funcionário municipal foram golpeados com um cano de ferro e assassinados. Eu viajava por Hiroshima na ocasião e li a notícia num jornal da área de Kansai. Nada comentei com minha mulher porque ela parecia não haver notado a reportagem: os jornais de Tóquio, os únicos que ela lê, haviam reservado um espaço menor para o incidente. De acordo com a notícia, as duas vítimas, ambas de trinta anos, eram Sankichi Unami e Akira Inada, ex-ativistas de movimentos estudantis. Três dias depois, às seis e meia da tarde, hora em que eu não estava em casa porque tinha ido nadar na academia, minha mulher recebeu uma ligação interurbana de Kyoto, destinada a mim. "Sou a pessoa que há dez anos os visitou em sua casa e que se identificou como Unami", disse alguém do outro lado da linha em tom extremamente afável.

Antes de mais nada, o indivíduo deixou claro que o objetivo da ligação era evitar que minha mulher e eu tirássemos conclusões erradas do incidente de cinco dias antes noticiado pelos jornais — neste ponto, minha mulher esclareceu, enquanto me punha a par do telefonema, que, embora nada tivesse comentado, ela também lera a notícia —, em que as vítimas de um brutal assassinato, provavelmente um acerto de contas antigas entre membros de facções estudantis, chamavam-se Unami e Inada. "Ao ler nos jornais que Unami e Inada foram assassinados, creio que vocês ou sentiram um grande alívio por achar que o homem que há dez anos raptou e depois abandonou seu filho na estação de trem recebeu um merecido 'castigo divino', ou não estão conseguindo dormir direito nos últimos dias, por achar que, mesmo sendo 'divino', o 'castigo' foi excessivo e que não era preciso que os dois morressem. Qualquer que tenha sido a reação de vocês, quero corrigir seu erro de percepção. Quando fomos à sua casa, usamos os nomes de dois ativistas de uma facção que se opunha à nossa causa. Os dois homens assassinados eram os verdadeiros Unami e Inada, os quais nos últimos tempos estavam ou em atividade clandestina ou em hibernação, e, nesta última hipótese, não conseguiram se desvencilhar de seus antigos desafetos. Nós dois continuamos ativos, mas trabalhamos agora para grupos diferentes. Não lido mais com romances no meu atual ramo de atividade, mas deduzo que tanto vocês como seu filho estão bem..."

Minha mulher, que se contivera até então, decidira interrompê-lo e reclamara, na minha opinião com algum atraso, que fora vergonhoso o que ele fizera a nosso filho, e que muito dificilmente o teríamos recuperado caso tivesse caído da plataforma ou embarcado nalguma composição e sido levado a um ponto distante. Mas o indivíduo que se identificara como Unami e que gravara em nossa memória uma lembrança tão dolorosa a interrompera:

— Francamente, senhora, se isso realmente tivesse acontecido, não teria sido melhor? A senhora não teria ficado estes últimos dez anos amarrada a seu filho, o que na certa teria ao menos contribuído para a manutenção de sua juventude. E seu marido, que continua escrevendo artigos evasivos conforme previmos há dez anos, talvez tivesse conseguido sair dessa situação.

Rigorosamente falando, é claro que uma criança com retardo mental não é produtiva. É elo fora da corrente metabólica social, entendeu? Mas acontece que seu marido é indulgente com essa criança e não enfrenta a luta contra as injustiças sociais. Veja bem, já se passaram dez anos e seu marido não mudou nada! Um dia desses um crítico não questionou o destino dele, afirmando que ele envelhece mas não amadurece no aspecto filosófico? Seu marido parece achar que ele e o filho vivem juntos uma única vida, mas acontece que os dois tendem a ser indulgentes um com o outro e, no final, acabam ambos eximidos até da cota de sofrimento destinada em condições normais a um único indivíduo, concorda? Enquanto isso, eu mesmo varei turbulências políticas e sociais e já alcancei o estágio seguinte. No momento, lidero a associação juvenil de um grupo religioso. Como salvar a alma humana, essa é a questão que me empenho por solucionar de peito aberto. Quando seu marido tinha a minha idade, ele escrevia artigos em que falava com irritante displicência que *"por falar nisso, existe uma coisa chamada salvação, realmente!"*, lembro-me bem. Mas, no meu entender, ele não está entre os que buscam a salvação desesperadamente; ele prefere ficar do lado de cá da cerca, angustiando-se em segurança. E, se quer saber, salvar almas tem exigido de mim esforço muito maior do que o dos tempos da luta política. Envolve vida e morte, sobretudo porque não se morre em paz sem salvação. E eu sou responsável por essa gente que se debate em meio a incríveis sofrimentos. Mas eu devia dizer tudo isso a seu marido, ele deve voltar perto das dez, não é? Ele nada todas as tardes, não é? Pelo menos foi o que li em jornais do ano passado. Bem, ligo de novo às dez.

No fim do dia, vou costumeiramente nadar mil metros na piscina da academia e, de volta à minha casa, começo a beber para poder dormir. Mantenho essa rotina há quase sete anos.

Caso, porém, eu a seguisse naquele dia, estaria embriagado às dez. Os irmãos menores de Iiyo podiam até já estar em seus quartos, mas permaneceriam acordados por algum tempo e na certa ouviriam os gritos furiosos do pai bêbado. E isso eu queria evitar. Deitado no sofá, não consegui concentração suficiente para iniciar a leitura de uma nova página do livro de Erdman, de modo que me contentei em ler trechos aleatórios de uma página cheia de anotações. No momento em que minha mulher me relatara o teor do telefonema, Iiyo a ouvira em companhia dos irmãos menores, mas subira para seu quarto às nove. Enquanto eu esperava o telefonema com os olhos fixos no relógio, lembrei-me forçosamente do longo período de perseguição telefônica e de seu clímax ocorrido dez anos antes e senti reviver em mim, integralmente, tanto a sensação de paranóia como a agressividade latente.

Rejeito a avaliação de Iiyo feita pelo falso Unami, mas tenho de reconhecer como verdadeira a afirmação desse indivíduo de que minha mulher e eu estivemos manietados à existência desse meu filho nos últimos dez anos, ou melhor, vinte anos, a contar de seu nascimento. *Que o escravo que gira o moinho possa correr pelos campos/ Que contemple o céu e gargalhe aos ventos claros/ Que a alma acorrentada, encerrada entre trevas e suspiros,/ E que jamais sorriu durante trinta exaustos anos/ Se erga e olhe em volta.*

Naquele momento pareceu-me ler esses versos de Blake acorrentado na escuridão. Iiyo jamais se livraria da deficiência e portanto jamais se libertaria de seu opressor, o flagelo da deficiência, para retornar feliz em companhia da mãe. *Voltam-se a cada passo e acreditam estar sonhando. E cantam: "O sol deixou as trevas e encontrou uma nova manhã,/ E a branca Lua se alegra na noite límpida e sem nuvens/ Pois o Império já não existe, e agora o Leão e o Lobo desaparecerão".* Mas a certeza plena de alegria de que a liberdade enfim surgiria sobre a face da terra e de que a libertação viria foi logo substituída pela percepção de que tudo era apenas ilusão, e mergulhou o poeta em um longo período de silêncio.

Com os nervos abalados, minha mulher tinha ido se deitar mais cedo, mas quando faltavam dois minutos para as dez tive a impressão de que ela descia e entrava na sala de estar. Ergui então o olhar do livro e vi Iiyo diante de mim: vestia um pijama que o cobria do pescoço aos tornozelos e que o deixava parecido com o soldado raso de uma gravura em rolo do período Kamakura ou Muromachi.

— Você se esqueceu de tomar o remédio, Iiyo? Tome-o então de uma vez e vá dormir — disse-lhe eu.

Iiyo seguiu obedientemente para a cozinha. E no instante em que seu andar lento e compassado me fez perceber sua verdadeira intenção, o telefone começou a tocar. Eu me levantei e me aproximei do telefone, mas Iiyo já se postara diante do aparelho e, no momento em que me viu estender a mão para apanhar o receptor, jogou todo o peso do corpo contra mim com um curto grunhido.

Depois de ter nadado tanto tempo, eu deveria ser capaz de me equilibrar, mas o golpe me desestabilizou num átimo, me fez retroceder alguns passos e bater contra a mesa da sala de jantar. Ainda assim, dei-me conta de que minha mulher havia vindo de seu quarto e contemplava a cena com olhar aterrorizado.

— É, isso mesmo! Eu sou Iiyo!... Isso mesmo! — ouvi meu filho dizer com o receptor fortemente pressionado contra a orelha e com a cabeça apoiada à parede para melhor evitar o olhar dos pais. Seguiu-se um curto silêncio. E então Iiyo disse em tom muito mais enérgico que o costumeiro: "Você é mau! Está rindo do quê? Não quero falar mais nada! Mais nada, absolutamente nada!".

Em seguida, bateu o telefone no gancho com violência, como se o aparelho fosse uma arma em sua mão. E ali se deixou ficar, cabeça apoiada na parede, aparentemente à espera de que alguma coisa fervilhante irrompida de suas entranhas se esgotasse. Eu continuava sentado na cadeira em que fora jogado e, a meu lado, minha mulher, friorenta e de pijama, começou a tranqüilizar Iiyo com voz que lembrava um grito contido a custo. Seu tom de voz me lembrou tanto o grito contido de minha mãe no momento em que ela vira meu pai se mover com a machadinha presa à cintura, quanto o de minha própria mulher no momento em que me viu correr para o portão no meio da noite.

— Acalme-se, meu filho, ou terá outra crise! Você se lembrou direitinho daquele dia, não é, Iiyo? Você se zangou desse jeito por causa do que lhe fizeram dez anos atrás?

A mim, porém, me pareceu que ela lhe perguntava: "Quer dizer que você é capaz de se enfurecer, Iiyo? Uma lembrança é capaz de levá-lo à fúria, meu filho?". Em seguida, ela pareceu ainda mais atemorizada quando se voltou para mim e disse:

— Estou tão preocupada! Se ele continua a se zangar desse jeito é capaz de ter crises ou de ferir alguém... O que o levou a se enfurecer tanto...? Mas se ele se lembra do que lhe aconteceu naquele dia, então não corre o risco de ser raptado outra vez, o que não deixa de ser muito bom. Ele não quis nos contar o que esse indivíduo lhe fez, mas se lembra muito bem, e isso o deixa furioso...

Iiyo pareceu fazer ingente esforço para descolar da parede a cabeça marcada por uma cicatriz e voltou-se para nós. Esvaíra-se a tensão que o dominara no momento em que descera do quarto, de pijama, e que me parecera tão estranha. Agora, ao falar com a mãe, sua voz transbordava de segurança e até de gratidão:

— Eu nunca me esqueci! Aquele homem é mau! Mas, mamãe, a senhora não precisa se preocupar! Eu não vou mais me zangar! Porque homens maus não existem mais! Com certeza!

Embora seja apenas um sonho, todo homem tem o direito de acalentar o seu e de lhe conferir poderosa expressividade. *E a branca Lua se alegra na noite límpida e sem nuvens/ Pois o Império já não existe, e agora o Leão e o Lobo desaparecerão.*

7. Jovens de um novo tempo, despertai!

Até agora escrevi uma série de peças curtas que entrelaçaram aspectos de minha vida com meu primogênito deficiente a pensamentos que a leitura de Blake despertaram em mim. Assim procedendo, almejei obter, para o vigésimo aniversário de Iiyo em junho, uma visão abrangente de nossa vida — minha, de minha mulher e de meus filhos —, tanto dos dias passados quanto dos que ainda virão. Pretendi também transformar tais peças curtas em um manual de definições do mundo, da sociedade e do ser humano, assim como de minha vida. E agora, no processo de finalizar a referida série, vejo a "árvore da chuva" (*rain tree*), tema de uma série de peças curtas anteriormente escritas por mim, renascer e integrar-se à cadeia que conecta meu filho a Blake. Tal fenômeno ocorre por intermédio do poemeto "Para além da 'árvore da chuva'", elaborado na ilha de Java numa época em que eu ainda nem concebera a obra *Rain tree*, A árvore da chuva.

Quando publiquei a série *Rain tree* num único volume, certo crítico escreveu que, apesar de haver na obra uma metáfora cosmológica, ela não tinha sido estruturada com intenção de aprofundar essa metáfora e assim facilitar a compreensão do leitor. "Você afirma que desfraldou a 'árvore da chuva' no espaço sideral. Que seja. Pois você escreve que a metáfora foi transmitida para o compositor T, e que dele lhe chegou de volta um generoso eco. Mas a 'árvore da chuva' já se foi da face da terra enquanto você permanece sempre igual, apenas encarando fixamente essa imagem. Em outras palavras, a 'árvore da chuva' que você visualizou não evolui nem se expande. Pergunto-lhe então o que pretende fazer daqui por diante: apegar-se como a um talismã à decadente metáfora da 'árvore da chuva' até o dia em que a morte enfim lhe bata à porta?"

Como eu já havia terminado a série A *árvore da chuva*, só pude responder a essa crítica com o silêncio. Com o passar do tempo, porém, senti que meus pensamentos se voltavam para uma outra "árvore da chuva", a real, sobre a qual eu ainda não escrevera. Em pé sob sua copa frondosa, havia um guia dando explicações, e quando meus ouvidos captaram a palavra "*rain tree*" na voz que chegava até onde eu me encontrava, voltei-me para lançar um olhar de relance à árvore. No momento seguinte eu já havia definido meus movimentos naquele local em conexão direta com Iiyo. E ali concebi também o poema a que me referi anteriormente.

Foi portanto no Jardim Botânico de Bogor que obtive essa visão distante da "árvore da chuva". Se um dia eu retornar à Indonésia em companhia de Iiyo, seguirei de imediato para esse jardim e, quase com certeza, confirmarei que a árvore é uma Samanea *saman*. Essa espécie tem diversas denominações no Japão, mas nos Estados Unidos é popularmente conhecida como "*monkey pod*", ou "*rain tree*".

Transcrevo a seguir a descrição constante no *Grande dicionário ilustrado das árvores* (Juboku daizusetsu), de Keiji Uehara, a que recorri para me certificar. Já na explicação do nome genérico, o autor diz que *saman*, "intestino delgado" em grego, se refere ao formato característico da vagem (*pod*) que envolve os frutos da árvore, vagem essa que também originou a denominação americana *monkey pod*.

"Árvores que alcançam vinte metros de altura, cujos galhos exuberantes chegam a cobrir extensões de quase dois mil metros quadrados. Folhas compostas bipenadas, com dois a seis pares de folíolos maiores e dois a sete pares de folíolos menores; folíolos ovados, obovados ou elípticos, de versos peluginosos, dois a cinco centímetros de comprimento. Flores numerosas pediceladas, de cor amarela, ou branco-rósea, corola levemente afunilada. O fruto é uma vagem, reta ou curvada, de cem a cento e cinqüenta milímetros de comprimento e vinte milímetros de largura, sementes açucaradas, forrageiras, exportadas *in natura*. Originárias da América do Sul e levadas para a Índia Ocidental, desempenham importante papel como planta ornamental, no sombreamento de pastos e plantações, e na alimentação do gado. A reprodução se dá por intermédio das sementes em fezes expelidas pelo gado. Chegaram ao Ceilão e às Filipinas em 1860."

A árvore em questão talvez seja uma mimosa da família das mimosáceas americanas, comumente conhecida como *rain tree*, mas já que pertence ao gênero Samanea — muito embora conste nesta mesma nota que o nome deriva do espanhol "*saman*" — ambas devem ser bastante parecidas. A razão por que prefiro pensar nela como uma "*saman*", e não como um espécime da família das mimosáceas americanas introduzidas no Japão, é a estranheza que me causa sua descrição, de acordo com a qual a mimosa junta os folíolos e cerra a folha momentos antes de a chuva cair. Pois se ela cerra as folhas, desconfio que não conseguiria absorver as gotas de chuva, enquanto a *rain tree* que imaginei, e aqui cito uma passagem de meu romance homônimo, tem a seguinte característica:

"A 'árvore da chuva' é assim chamada porque, quando a chuva cai no meio da noite, sua copa goteja até o começo da tarde do dia seguinte, como se continuasse a chover. As demais árvores secam num instante, mas como a 'árvore da chuva' é composta de inúmeras folhas cujas superfícies têm o tamanho da almofada de um dedo, nelas consegue armazenar as gotas de chuva. Árvore esperta, não é mesmo?"

A visita de três horas que fiz sozinho ao Parque Botânico de Bogor ocorreu na volta de uma viagem a Bali empreendida com amigos. Embora eu ali estivesse na condição de simples turista, o contato com os costumes, a topografia e a mística arte popular local, todos maravilhosos, e também com a clara percepção cosmológica que parece correr no próprio sangue desse povo, me estimularam espírito e emoções, que passaram a apresentar um tipo de atividade que se poderia classificar como transcedental. Ao mesmo tempo, experimentei no âmago de meu ser uma ligação se estabelecer com Iiyo, de quem havia muito eu não me separava por mais de dez dias. Principalmente nas ruínas budistas de Borobudur, a caminho de Bali, e no "templo da morte" de Pura Darem, já em Bali, essa experiência foi tão intensa que a senti quase como um soco na alma. E assim, alguma coisa que vinha se expandindo durante a viagem em diversas ocorrências manifestou-se com a força de uma labareda no Jardim Botânico de Bogor, que eu visitava sozinho, e me obrigou a fazer uma escolha. Pois no momento em que eu soube que a "árvore da chuva", por cuja visão tão longamente eu ansiara, encontrava-se a pouca distância de mim, escolhi caminhar em direção oposta, rumo a um labirinto formado por árvores de diversas espécies ordeiramente enfileiradas.

Sem ao menos um panfleto turístico para me guiar pelo Jardim Botânico de Bogor, eu passeava o olhar por toda a área e começava a perambular por suas estreitas passagens, rumando para a direção em que intuía haver árvores interessantes. Eu estava então em pé diante de um baobá em uma área espaçosa e clara como um jardim inglês, e cuja vegetação diferia da densa folhagem natural das ilhas tropicais. Diante de mim, havia um grupo de turistas bem-apessoados, aparentemente americanos: os homem vestiam ternos de linho, e as mulheres, vestidos brancos e leves. O guia turístico lhes falava em inglês com forte sotaque, mas também com a segurança dos que se orgulham da própria profissão, e naquele momento pareceu-me ouvir somente estas palavras claramente:

— ... a famosa "árvore da chuva".

Sob o intenso sol de Java, estremeci de frio. Ergui o olhar, encarei rapidamente o sol, contemplei a árvore alta, cuja copa extensa proporcionava boa ventilação por ser composta de galhos miúdos parcialmente desfolhados e, em seguida, baixei a cabeça e me afastei em direção contrária. Naquele momento, pensei: a "árvore da chuva" tem de ser vista em companhia de Iiyo, não posso vê-la sozinho enquanto meu filho está longe de mim, abandonado. Contudo, a esse pensamento sobrepunha-se outro: breve eu deixaria Iiyo e haveria de partir sozinho para o meu descanso eterno. A sensação de que me era insuportável contemplar detidamente a "árvore da chuva" sem ter Iiyo a meu lado a me apoiar, associada à idéia de que eu traria aborrecimentos a meu companheiro de viagem, que, adoentado, achava-se detido em Jacarta, pesaram em mim e tornaram trôpegos os meus passos.

Referi-me antes às experiências por que passei no decorrer dessa viagem e que me prepararam para a sensação que se manifestou quando ouvi inesperadamente a palavra "árvore da chuva". Pois vou também descrever tais experiências. Impressionado com as incontáveis estátuas que cobrem as formações rochosas das ruínas budistas de Borobudur e com as fileiras de canteiros de obra da grandiosa reforma em andamento na própria montanha, eu descia lentamente a longa escadaria cavada na rocha. E enquanto parava momentaneamente para recobrar o fôlego, dei-me conta de que, no melhor ponto de venda das ruínas, um velhinho franzino — talvez tivesse a minha idade, mas creio que a vida ao ar livre sob o sol inclemente, a chuva e o vento tropical tinham exaurido o vigor da pele e até do físico — armara sua barraca e vendia sapos feitos de papel amassado com argila, cujas cores variavam entre o marrom-escuro e o prata arroxeado. Bastava puxar-lhes a cabeça oca para que os brinquedos emitissem o coaxar característico dos sapos da Indonésia que eu muitas vezes ouvira durante minha viagem.

Da boca da manga esquerda de sua surrada camisa de algodão estampado, um sinistro sexto dedo, que mais lembrava um esporão, emergia vez ou outra. Na certa fora a existência desse sexto dedo que assegurara ao idoso homem, desprovido de aparentes atrativos, esse privilegiado ponto-de-venda numa das mais famosas ruínas de toda a Java. Depois de receber da mão de seis dedos um sapo de argila e papel, assim como o troco, recuei para baixo da exígua sombra de um tamarindo e ali me deixei ficar imaginando que, se Iiyo tivesse nascido e se criado na ilha de Java, o poder, não de um dedo em forma de esporão, mas da outra cabeça aderida a seu crânio, lhe teria assegurado o direito de explorar uma barraca no melhor ponto-de-venda de uma das melhores ruínas da ilha. Senti então um grande afeto pelo comunitarismo da sociedade indonésia.

O filósofo N, companheiro de viagem e figura central de nosso grupo, escreveu um artigo em que explica aos japoneses o sentido cosmológico do "templo da morte" de Pura Darem, o cenário dos acontecimentos, no folclore da ilha. Sumarizo mais adiante seu artigo, na tentativa de dar a conhecer a todos o tipo de jardim interno em que me encontrava naquela ocasião. Em todos os vilarejos da ilha de Bali há um conjunto de três templos. A topografia é percebida da seguinte maneira pelo povo de Bali: o lado próximo ao mar é negativo e se contrapõe ao lado das montanhas, positivo. Pura Darem situa-se na orla marítima e, portanto, a ele pertencem as almas antes da purificação, ou seja, antes do funeral. Depois de purificadas, as almas dos mortos são cultuadas em outro templo. Além desses dois templos, há ainda um terceiro comandando a vida comunitária da vila. O espírito protetor de Pura Darem, a feiticeira Randa, se incorpora em seres dos mais diversos tipos. Além disso, seus feitiços curam doenças. Eis um trecho das considerações desenvolvidas pelo filósofo N sobre o folclore de Bali: "Tudo indica que, por trás da personalidade de feiticeiras como Randa, esconde-se uma elaborada estrutura cultural que não suprime, ignora ou oprime nem os que se constituem em estorvo, nem as diversas fraquezas humanas, mas os revela, os libera e até os cultua, contribuindo, destarte, para proteger o próprio ser humano dos *páthos* (dor, paixão, passividade) e para revitalizar a cultura".

Entramos num templo Pura Darem de uma vila. Na certa era um dia festivo, pois mocinhas enfeitadas de flores pisavam descalças o chão que uma chuva passageira havia molhado e levavam oferendas em folhas de bananeira para dentro de um portal alto de rocha. De uma construção semelhante a um celeiro em estilo palafita e com cobertura de colmo, meninas com faixa vermelha ao peito observavam o movimento. Parados em diferentes locais do templo, examinávamos sua disposição espacial e, enquanto isso, tanto as mocinhas como as meninas foram desaparecendo uma a uma, pois a tarde já caía. Contudo, uma única moça e duas crianças que pareciam pertencer a uma mesma família ainda permaneciam no local. Aparentemente, pretendiam oferecer uma oração especial nalgum recinto interno de Pura Darem e, para tanto, aguardavam a saída de todos. A certa altura, nos demos conta disso. Afastamo-nos então a pé na direção das montanhas, sempre conversando em voz baixa e calma, claramente influenciados pelo ambiente do templo. Mas eu havia esquecido meu caderno de anotações no assoalho rústico da construção semelhante a um celeiro a que me referi antes. Ao retornar sozinho ao templo, vi que a menina maquiada como noiva tinha descido para o jardim interno em companhia dos irmãozinhos e que todos se dirigiam para o portal de pedra, que, nas sombras, lembrava um pagode. Então percebi que o outro lado da face bonita e encantadora que ela voltara para mim até então apresentava-se horrivelmente desfigurado, talvez por malformação congênita. E embora desfigurada, a moça tinha um ar de graciosa naturalidade, realçada por seus modos finos e pela devoção e carinho dos irmãos menores. Do mesmo modo que eu costumava fazer em meus tempos de criança quando tinha de cruzar o pátio de um templo, fiz então uma reverência respeitosa àquele espaço e me retirei. Bem fundo em meu coração, senti que se Iiyo tivesse nascido em Bali viríamos todas as tardes rezar para a feiticeira Randa em Pura Darem, e que o ritual se tornaria parte de um cotidiano calmo e repleto de doçura; a idéia me animou e ao mesmo tempo me atraiu.

Do Jardim Botânico de Bogor retornei a Jacarta e, enquanto aguardava a hora da refeição com meu companheiro de viagem, fui assaltado por uma sensação de solitude do tipo que não se pode disfarçar com uma dose a mais de aperitivo, e que me desorientou por completo — aquela foi a única vez durante toda a viagem a Bali que me senti tão mal —, momento em que escrevi um arremedo de poema a que denominei "Para além da 'árvore da chuva'".

* * *

Para dentro da "árvore da chuva"
E por dentro dela
Para o mundo além.
Embora juntos
Para lá retornamos
Sós e em perfeita liberdade.

Mais tarde, percebi que essa pequena peça sofrera a influência do músico T, meu mentor e amigo de longa data. O próprio título "Para além da 'árvore da chuva'" fora inspirado numa peça para violino e orquestra intitulada "Além do distante chamado", que o senhor T compunha na época e de cuja trama eu ouvira falar. Transformei também essa espécie de poema em ponto de partida distante de uma série de peças curtas intituladas A *árvore da chuva* e, durante as trabalhosas revisões de meu manuscritos, costumava cantar com o intuito de me animar: *Somewhere over the rain tree way up high/ there's a land that I heard of once in a lullaby*, ou ainda *Somewhere over the rain tree blue birds fly/ birds fly over the rain tree, why then, oh why can't I?*. Melodia e letra baseada na adaptação para guitarra da canção "Over the rainbow" (Além do arco-íris), feita pelo sr. T. O compositor não nos acompanhou à ilha de Bali, mas a visitou antes de nós e, ao nos explicar a beleza melódica do gamelão, de profunda transparência, ele na verdade formou a base de nossa viagem. E assim, enquanto eu me quedava no jardim do templo — influenciadas pelos pilares de pedra, as árvores pareciam também buscar o céu — a ouvir o gamelão sob um céu escuro repleto de estrelas e fixava o olhar na dança balinesa real, pareceu-me de repente ouvir a voz suave do sr. T a me falar, acocorado a meu lado. No meu livro A *árvore da chuva*, explico que usei a metáfora da "árvore da chuva" na primeira das peças curtas que compõem o livro, e que o sr. T, inspirado na passagem que citei mais atrás, compôs uma música de câmara a que chamou "A árvore da chuva", apresentada num concerto a que minha mulher e eu tivemos o prazer de assistir juntos e que se transformou, por sua vez, em ponto de partida da série de peças curtas.

A anotação mais antiga para a série de peças curtas A *árvore da chuva* é o poemeto "Para além da 'árvore da chuva'", que afinal acabou não sendo usado em nenhuma dessas peças, pois a minha "árvore da chuva" logo se consumiu no ímpeto de produzir a série de peças. Contudo, continuei a elaborar o seriado A *árvore da chuva* na esperança de fazê-la renascer. Resolvi, porém, abandonar a esperança e, com a árvore perdida para sempre, terminei a última peça da série da seguinte maneira:

"Continuo a freqüentar a piscina quase todos os dias e a praticar minhas braçadas em estilo livre, mas não consigo imaginar quando tornarei a ver, embora metaforicamente, a minha perdida 'árvore da chuva'. Mas então, por que motivo eu estivera convencido de que, ao continuar a escrever este rascunho, eu teria nas mãos o último capítulo, no qual 'a árvore da chuva' renasceria? O que me teria levado a esperar que algo ficcional, e não real, garantiria o poder de me animar? A força das circunstâncias certamente levará o romance ao último capítulo, mas nele surgiria apenas uma falsa 'árvore da chuva'. E se assim é, por mais que eu mesmo nade até exaurir minhas forças, nunca haverei de alcançar por esse meio a verdadeira experiência de superar meu próprio ser enfermo...".

Mas agora que escrevi a série de peças curtas em que sobreponho dois assuntos, Blake e minha vida com Iiyo, e que procuro compor esta peça final para o vigésimo aniversário de meu filho, tenho pela primeira vez clara consciência do sentido entranhado no poemeto que escrevi há quatro anos em Java, o qual, eu gostaria de dizer, aliás imitando Blake, me foi transmitido oralmente pelos espíritos das árvores do Jardim Botânico de Bogor. E agora que, bem ou mal, consegui visitar o mundo mitológico de Blake e assim encerrar a iniciação a esse grande poeta, acredito que continuarei a lê-lo até o dia de minha morte ainda que ele não venha mais a ser mencionado em meus romances.

Foi através de Blake, nem seria preciso dizer, que tomei clara consciência do significado do poemeto mencionado antes. Eu já vinha sentindo crescente necessidade de estudar a faceta esotérica e de conteúdo neoplatônico de Blake, quando o antropólogo Y, que integrava o grupo que visitou Bali e nos fez uma preleção sobre a mitologia cósmica aparente no folclore artístico da ilha, me emprestou o livro *Blake and Tradition* (Blake e tradição), de Kathleen Raine. Essa grande obra trata exatamente dos aspectos de Blake que eu queria conhecer mais detalhadamente. O livro também me ajudou a tomar consciência de uma cena — e a reelaborá-la depois — do último capítulo do romance *O jogo contemporâneo* (*Dojidai Game*), concluído no dia anterior à minha partida para Bali, cena que eu realmente vi num sonho e em que divago num vale perdido no meio de uma floresta. Além disso, fez-me também compreender o sentido do que eu visionei em "Para além da 'árvore da chuva'". Tanto assim que cheguei a considerar aqueles versos como uma reexpressão do pensamento esotérico de Blake por intermédio da metáfora da "árvore da chuva".

Por conseguinte, a peça que escrevo agora é um romance sobre Blake e meu filho e talvez venha a ser ao mesmo tempo a conclusão do livro *A árvore da chuva*. "Para dentro da 'árvore da chuva'/ E por dentro dela/ Para o mundo além." Enquanto escrevia essas palavras, eu pensava na morte, minha e de Iiyo. "Embora juntos/ Para lá retornamos/ Sós e em perfeita liberdade", eu e Iiyo entraremos no reino da morte e ali permaneceremos para além do tempo. O reflexo da própria visão se espalha e à sua luz o sentido de minha vida atual com Iiyo se evidencia.

    O portão de casa se abre com um baque surdo que o diferencia de qualquer outro das redondezas. Pés arrastam solas grandes, caminham até a porta de entrada e ela se abre também com um baque. No vestíbulo com piso de pedra, um momento se passa em que tênis são agarrados, torcidos e removidos um de cada vez e, em seguida, o já volumoso vulto de Iiyo, tornado ainda mais volumoso pelo uniforme escolar e pela mochila que leva às costas, ocupa toda a entrada da sala de estar: ali está ele, risonho, como se fizesse uma aparição no palco. Até agora, isso é quase um ritual que se repete todos os dias, de segunda a sábado, cuja realização aguardo ansiosamente e sempre me proporciona grande satisfação.

    Certo dia do começo deste ano em que eu estava deitado no sofá lendo o livro de Kathleen Raine *Blake and the New Age* (Blake e a Nova Era) com uma caixa de madeira ao lado — no primeiro ano ginasial do curso especial, Iiyo tinha levado um ano inteiro para pintar de laranja essa caixa — sobre a qual eu depositara dicionário e lápis preto e vermelho, meu filho apareceu na entrada da sala da forma costumeira e me contemplou com boa dose de afeto e, ao mesmo tempo, de constrangimento. Respondeu com um simples aceno de cabeça ao meu "Olá! Que bom que você chegou, Iiyo!", cruzou às pressas a sala de jantar e entrou na cozinha. Depois, disse o seguinte para minha mulher:

    — Chegou a minha vez de passar algum tempo no internato. Minhas coisas já estão prontas? Vou para lá na quarta-feira da próxima semana.

Em seguida, prosseguiu:

— *E o papai? Será que ele vai ficar bem na minha ausência? Será que ele vai conseguir superar mais essa dificuldade?*

Minha mulher, que lavava pratos na pia, riu e respondeu alguma coisa. A observação de meu filho representou para mim um inesperado golpe emocional, de modo que devo ter sorrido com cara de choro...

— Os locutores de sumô falam desse jeito quando, por exemplo, Waka-no-hana perde diversas disputas seguidas, não é? Mas acho muito mais importante que *você*, Iiyo, consiga superar essa dificuldade. Você anda dormindo tarde nos últimos tempos e tem tido crises de manhã, não tem? No internato, você precisa tomar seu remédio de manhã, assim que acordar, ouviu? — disse minha mulher.

A escola especial freqüentada por Iiyo estabeleceu, como parte do currículo escolar, que todas as crianças precisavam passar um período letivo em regime de internato numa república estabelecida no próprio terreno da escola. A ida de Iiyo naquele período já tinha sido determinada havia muito. Preocupado com essa perspectiva, ele andava um pouco tenso nos últimos tempos. No feriado de Ano-Novo, a família fazia uma refeição matinal tardia quando Iiyo, que normalmente come com rapidez, começou a se mover com lentidão cada vez maior. Meu filho terminou a refeição com muito custo, ergueu-se e foi se deitar no sofá, mas seus músculos faciais estavam tão rígidos e contraídos que suas feições ficaram quase irreconhecíveis. Ele tinha se transformado de golpe num homem de meia-idade, cuja fisionomia lembrava a dos antigos. Então me recordei que em seu leito de morte as feições do dr. W tinham ficado tão solenes que lembravam as de um japonês primitivo. Aos poucos, a pele ao redor dos olhos de Iiyo se congestionou, os olhos adquiriram um tom ambarino e passaram a expressar um tipo de sofrimento que ele próprio não conseguia compreender e que, portanto, não conseguiria nos explicar. Ao apoiar a mão em sua testa ampla e bem-definida, percebi que a febre começava a se manifestar. Ele estava em crise epiléptica porque se esquecera de tomar o remédio. Minha mulher teimava que Iiyo não tinha epilepsia e, naquele momento, não encontrei ânimo para lhe explicar que, depois de ler diversos artigos médicos, eu agora sabia que esse tipo de crise era um dos muitos sintomas de epilepsia.

Naquele dia em que Iiyo anunciou sua ida para o internato, resolvi lhe perguntar — ele havia trocado o uniforme por um conjunto de suéter e calça de veludo e tinha se aproximado de mim para verificar a programação semanal das emissoras FM num encarte de jornal — o que havia por trás do que dissera à mãe momentos antes.

— Iiyo, você perguntou a sua mãe se eu conseguiria superar mais essa dificuldade, não perguntou? Em sua opinião, quando foi que enfrentei minha última dificuldade?

Eu tinha quase certeza de que ele me daria a resposta costumeira: "*Hã, acho que esqueci!*". Para minha surpresa, Iiyo ergueu o olhar do papel que examinava, moveu-o obliquamente e fixou um ponto no espaço com um quê de ferocidade antes de me dar uma resposta coerente:

— *Foi quando o senhor H morreu de leucemia! E Saku-chan teve câncer! Ah, que medo eu tive! Mas o senhor superou a dificuldade muito bem! Foi um belo feito! Aconteceu lá pelo dia 25 de janeiro, três anos atrás, numa semana muito difícil!*

Saku-chan, o irmãozinho de Iiyo, não teve câncer, afinal. Tinha aparecido sangue na urina em quantidade suficiente para chamar a atenção do próprio menino, e como o pediatra que cuidava dele continuou encontrando traços de sangue na urina em exames laboratoriais subseqüentes, tivemos de freqüentar o hospital anexo à universidade de Tóquio por algum tempo. Nesse período, ele foi submetido a uma bateria de exames específicos, e o médico encarregado demorava a dar, conforme suas próprias palavras, o veredicto de "inocente" da suspeita de câncer que pesava sobre o meu caçula. O menino suportou bravamente alguns exames de bexiga muito dolorosos. O mesmo não aconteceu comigo, pois com o passar dos dias, eu, que o acompanhava ao hospital, comecei a fraquejar.

Descíamos do trem na estação da ponte Ocha-no-mizu e, do ponto situado sobre a ponte, tomávamos o ônibus rumo ao campus da Universidade de Tóquio. Enquanto aguardava a chegada da condução, eu contemplava na margem oposta, bem diante de mim, o hospital em que estava internado com leucemia o meu amigo e colega de classe H, que vinte anos antes costumava apanhar o ônibus comigo nesse mesmo ponto. H havia apresentado momentâneos sinais de recuperação, mas tivera hemorragia cerebral no final do ano anterior aos acontecimentos que relato e jazia agora inconsciente numa cama do hospital. Dias havia em que, terminados os exames do meu caçula, eu o deixava na sala de espera do ambulatório hospitalar e ia visitar meu amigo. Tais visitas, porém, nada mais eram que diálogos mantidos no corredor com a mulher dele, exausta de cuidar do marido e com ânimo irascível, ao término dos quais eu descia cabisbaixo para a sala de espera onde meu filho me aguardava.

H acabou falecendo e me encarreguei de organizar seu funeral. Sentado na varanda varrida por um vento frio, eu recebia os pêsames das pessoas que compareceram ao velório enquanto parte de minha mente se ocupava com meu caçula, cujos exames ainda prosseguiam, e parte revolvia o comentário de um escritor mais velho que dissera a meu respeito: "Tenho pena dele. Dizem que agora seu filho mais novo, e não o mais velho, está doente". Senti, não tenho outro recurso senão reconhecer com franqueza, que captavam com extrema argúcia a centelha de um pensamento cruel, "antes fosse Iiyo e não o caçula" e que a expunham trespassada num espeto diante de meus olhos...

— Na ocasião em que você foi submetido a diversos exames porque suspeitávamos da existência de uma doença grave em seus rins — comecei a dizer ao meu caçula na hora do jantar —, discutimos até a possibilidade de transplantar para você um rim meu, de sua mãe ou de Iiyo, caso fosse preciso extrair os seus. E você, que pensava do caso? De quem pretendia receber o rim?

— Bem... — disse o caçula, sempre precedendo suas respostas de uma pausa e, ainda pensando, continuou: — Iiyo toma Hidantol, não toma?

A resposta me ofendeu de imediato. É assim que você reage? Será que não está sendo egoísta ao fazer esse tipo de escolha? Sei que é quase impossível não pensar dessa maneira, mas você realmente baseia sua escolha na capacidade funcional do órgão que vai receber? As palavras brotavam no fundo da mente, mas as abstraí e perguntei:

— Você acha que os rins de Iiyo estão danificados?

O irmãozinho de Iiyo fez outra pausa para pensar e, no mesmo instante, corou. Ele se envergonhava da imagem que o pai, num erro de percepção, fizera dele.

— É porque Iiyo está tomando Hidantol — repetiu, buscando ser exato. — Esses remédios antiepilépticos devem estar repletos de componentes nocivos. E para livrar o organismo desses componentes, ele precisa dos dois rins, não precisa?

Eu lhe pedi desculpas. E reconheci que seus cuidados eram apropriados. Depois da refeição, Iiyo parecia perdido: a escola permitia que os alunos levassem gravadores para o internato, e meu filho parecia não saber como reagir à minha sugestão de que escolhesse de uma vez os discos cujas músicas ele ainda não possuía em cassete, pois assim lhe restaria um bom tempo para gravá-las. Já havia passado uma hora, mas ele continuava sentado de modo formal diante de uma pilha de discos sem ter conseguido escolher nenhum. Minha mulher o advertia: "Se você não agir com maior eficiência, vai acabar atrapalhando a vida das demais pessoas no internato". Passados alguns instantes, a irmã de Iiyo disse:

— Acho que Iiyo não consegue escolher um disco porque tudo isso é apenas música para ele.

— *Exato, isso mesmo! Muitíssimo obrigado!* — disse Iiyo.

Eu também disse à minha filha que sua observação estava correta. Antes de ir para a cama, os dois irmãos menores conversaram no quarto. Aparentemente, a irmã queria do irmãozinho o reconhecimento de que tinha sido elogiada por mim. Depois da costumeira pausa, o irmão de Iiyo respondeu:

— Ótimo! Mas hoje eu também ganhei um elogio.

A atenção dos pais se concentrava em Iiyo porque o dia em que ele iria para o internato se aproximava. E, pelo visto, os dois irmãos menores sentiam-se negligenciados, especialmente pelo pai. Ainda sentado diante da pilha de discos, Iiyo resmungava, como que a externar a vergonha que o pai sentia de si mesmo:

— *Ah, estou perdido! Estou realmente perdido!*

Quando meu amigo H foi internado com leucemia e se recuperou levemente da primeira crise séria, eu o visitei e conversei com ele diversas vezes. Ninguém, nem mesmo sua mulher, havia lhe dito o que ele realmente tinha, mas creio que ele sabia, e de maneira casual, quase cifrada, me deu a entender que sabia. Logo depois de sua internação, H me mostrou os hematomas que lhe cobriam o corpo ainda robusto. Passado algum tempo, seus cabelos caíram em conseqüência do tratamento radioterápico, e seu magnífico crânio, em que restavam apenas esparsos fios curtos e duros de reflexo prateado, ficou totalmente exposto. Ele moveu os olhos inquietos, que tinham adquirido uma estranha transparência, e me disse num breve instante em que sua mulher se ausentou:

— O ser humano às vezes magoa ou é magoado por seus semelhantes no decorrer da vida, não é? E ainda no decorrer da vida, ele salda tanto débito quanto crédito. Ele compensa seu semelhante e também se faz compensar. Ele acerta as contas e depois... Desde os meus tempos de estudante sempre tive a mente ocupada por esse tipo de pensamento, voltado para o futuro, sabe? Mas essa é uma espécie de conta que não se consegue acertar no decorrer de uma vida. No fim, não nos sobra outro recurso senão o de pedir perdão às pessoas que magoamos e, é claro, de perdoar quem nos magoou. Acabei chegando à conclusão de que essa talvez seja nossa única saída. Jesus perdoa os pecados, não perdoa? Dizem que esse ideário surgiu na Europa pós-Grécia e que foi invenção do cristianismo, mas você já chegou a pensar nesse tipo de coisa?

— Bem, eu não entendo de cristianismo — respondi, sentindo-me inútil e culpado. — Mas Blake é ainda mais radical; ele diz que o pecado é um reflexo da soberba da razão e que como a humanidade inteira chafurda nele, não faria sentido condená-lo ou tentar uma represália contra ele, e que mais importante que tudo é obter o "perdão dos pecados" através de Jesus.

— Obter o "perdão dos pecados"? Pode ser que as coisas se tornassem um pouco mais fáceis se pudéssemos pensar desse jeito. Porque tanto o mal que fazemos aos outros como o que os outros nos fazem, e de que nos lembramos com rancor por muito tempo, significa sofrimento para nós, não é mesmo?

Depois que meu amigo H faleceu, contaram-me que ele teria dito à mulher, momentos depois de sua internação: "Eu estraguei sua vida, não é mesmo?". Lembrei-me então dessa nossa conversa. E tornei a me lembrar dela dolorosamente quando ouvi rumores segundo os quais, depois da morte de H, a dona de uma boate que ele freqüentara com assiduidade dissera à mulher de H — naquela noite ela tinha ido beber nessa boate — que, muito pelo contrário, achava que fora ela, a mulher de H, quem estragara a vida do marido; e assim se iniciou uma briga em que as duas realmente se engalfinharam.

Lembro-me também de outra conversa ocorrida entre nós no fim do outono daquele ano em que H permaneceu internado, num momento em que ele começava a mostrar sinais de franca recuperação e seus cabelos tornavam a crescer. Ao saber que meu livro *O jogo contemporâneo* tinha sido publicado, H quis lê-lo imediatamente. Seu médico, porém, havia lhe recomendado o mínimo possível de leitura, e como eu mesmo considerava que ler aquele volume grosso e pesado deitado na cama poderia esgotá-lo fisicamente, prometi-lhe que desmembraria o livro em fascículos menores e mais leves e os levaria para ele depois do Ano-Novo. Passado algum tempo, porém, fui visitá-lo e descobri que H não só mandara a mulher comprar o livro como também já terminara de lê-lo. Ele deixou o sorriso aflorar nos olhos que já não se moviam inquietos, mas que tinham se tornado estranhamente transparentes, e fez um comentário construtivo a respeito do livro. Depois, referiu-se a um incidente ocorrido na época em que éramos estudantes, cuja relevância não entendi no momento.

— Lembra que, no dia em que fomos apoiar a greve de Sunagawa, você disse, dentro de um ônibus, que não se importaria de levar um golpe de cassetete e morrer, já que na sua infância você havia treinado uma modalidade de "decolagem da alma"? O ônibus inteiro riu, e eu cheguei até a achar que você era um desses que só gostam de fazer graça... Por que você excluiu esse incidente de seu livro? É que hoje penso de maneira diferente e considero aquela história de uma ternura pungente...

Só fui atinar com o sentido dessa observação enquanto velava meu amigo, na época considerado doente terminal pelos médicos: naquele dia, eu tinha levado meu caçula ao hospital da Universidade de Tóquio e, depois de voltar com ele para casa, retornara sozinho ao hospital em que estava meu amigo e me enfurnara em seu quarto. H havia se queixado de violenta dor de cabeça, perdera a consciência e, depois de permanecer nessa condição por diversos dias, estava naquele momento com o corpo inchado e repleto de água porque seus rins tinham deixado de funcionar — meus pensamentos voaram para o irmão de Iiyo ao saber disso —, mas continuava recebendo a solução de Ringer por via intravenosa. A autópsia revelou posteriormente que vasos do cérebro e dos pulmões tinham se rompido, e, sem ter para onde escoar, o sangue se represara em diversas áreas, transformando-as em pesados sacos de matéria polposa. Mas o coração, temperado nas partidas de rúgbi do colégio Hibiya, continuava a trabalhar na caixa torácica abaulada, e o respirador artificial, com suas válvulas de borracha dura e seus tubos sanfonados de borracha macia que davam um aspecto artesanal e amadorístico ao produto, produzia um ruído que lembrava um fole.

E enquanto eu observava H, ali deitado naquela situação, senti finalmente estabelecer-se a conexão lógica da conversa que entabulara com ele havia apenas duas semanas. A caminho de Sunagawa, eu realmente dissera a meus amigos, no interior de um ônibus, que treinara uma modalidade de "decolagem da alma". Mas a "decolagem da alma" era apenas a lembrança de um sonho que se constituíra em continuação de uma série de sonhos padronizados que eu tivera na infância. As crianças daquele vale no meio da floresta tinham sido agrupadas e corriam em treinos de decolagem por ladeiras semelhantes a rampa de planador, existentes aqui e ali. Elas treinavam para que, ao morrer, suas almas se desprendessem do corpo prontamente. Uma vez desprendida, a alma se alçava rumo ao espaço sobre o vale e continuava a planar enquanto observava amigos e parentes desfazendo-se dos corpos esvaziados. Em seguida, ascendia a descrever círculos cada vez maiores e pousava no topo da floresta que circundava o vale. As almas permaneciam longo tempo no interior das árvores das florestas. À espera do dia em que desceriam ao vale a planar, para entrar em outro corpo. E para que a morte e o renascimento se processassem sem dificuldade, as crianças do vale treinavam em rampas a "decolagem da alma", braços abertos, a correr e a zumbir como planadores.

O fato de eu não ter escrito a respeito desse sonho em meu romance *O jogo contemporâneo* não seria um indicativo de que, enquanto compunha a obra, eu não pensara em morte e renascimento com a mesma premência do meu amigo H, que jazia numa cama hospitalar com leucemia? H me fez sua última crítica ao apontar essa falha.

Fui freqüentemente criticado por usar, de forma abusiva em meu romance *O jogo contemporâneo*, imagens emprestadas da mitologia, do folclore e da antropologia cultural. Contudo, o antropólogo cultural Y, autor que realmente me inspirou na criação da maioria dessas imagens, salientou que tanto as imagens como os símbolos que compõem o núcleo desse romance foram gerados exclusivamente em mim. Eu próprio tenho também consciência de que, enquanto escrevia o romance, lançava mão de recursos estocados no escuro depósito dos sonhos de minha infância passada no vale. E quando, a par disso, percebo que as raízes desses sonhos particulares, só meus, parecem conectadas com a mitologia de inúmeras localidades de diversos países, sinto o inefável prazer da expressão literária.

As imagens e os símbolos que compõem o núcleo básico do mundo mitológico que descrevo em O *jogo contemporâneo* surgem em forma de delírio febril de um menino — eu mesmo — a vagar certa noite pela floresta, mas são, simultaneamente, visões da floresta real. A certa altura, o menino-eu expõe o seguinte pensamento a dois astrônomos que tinham se refugiado na vila durante a guerra. Se fosse possível visualizar de golpe o sistema galático e a totalidade do Universo, talvez se descobrisse a existência de infinitos mundos em unidades de tempo e espaço, cujas evoluções estariam ocorrendo, embora com pequenas variações, à semelhança deste nosso, que consideramos único e inigualável. Em outras palavras, disse o menino-eu em tom de pilhéria, a evolução da história talvez se processe de acordo com a vontade de uma divindade qualquer que escolhe o rumo como parte de um jogo e que, depois, apenas apresenta o resultado da jogada ao nosso mundo e a nós, simples peças na estrutura do jogo.

Essa concepção é uma idéia fixa que eu, grande admirador da astronomia, nutro desde a infância. E na passagem seguinte, em que o menino-eu relata para a irmãzinha uma cena que visualizou semi-acordado e ardendo em febre, nada mais é que o relato integrado de diversos sonhos — o conteúdo divergia ligeiramente — que tive por certo tempo no vale no meio da floresta.

"E então, minha querida irmã, naqueles seis dias no interior da floresta vi com meus próprios olhos que tudo o que eu relatara em tom de pilhéria aos dois astrônomos existia como uma realidade. Diante de mim, que andava cobrindo todos os pedaços do *homem que desconstrói*, abriu-se um espaço claro como a esfera de vidro de um modelo de molécula, e no interior desse espaço claro, cercado de árvores e cipós, vi as constelações Cão Maior e Lira. E assim vi também personagens de nossa tradição oral no interior dos espaços claros como esferas de vidro que surgiam uns após outros. Além disso, todos eles coexistiam com personagens relacionados a acontecimentos futuros. E enquanto eu continuava a andar e a vê-los por dias seguidos, dei-me conta de que, conforme os dois velhos astrônomos Apogeu e Perigeu tinham dito, eu não precisava procurar além da Via Láctea, pois tudo podia ser pesquisado no interior desta floresta. Eu tinha ali, naquele exato momento, a visão abrangente das quase infinitas unidades de espaço e tempo a que me referira em tom de pilhéria. E tudo isso me foi ensinado não por intermédio de palavras, como as que uso agora, mas de maneira natural pela totalidade das visões que, umas após outras, surgiam diante de meus olhos. Além disso, a mitologia e a história dessa vila-país-microcosmo no interior da floresta onde tudo coexiste eram a própria expressão do gigantesco *homem que desconstrói*. E por essa razão o ato de andar por todos os cantos da floresta e de ter as visões significava ressuscitar o *homem que desconstrói* fragmentado..."

Penso agora na observação de meu amigo H e me dou conta com maior clareza ainda que nada escrevi ali a respeito de nascimento e morte. Apenas menciono o cadáver do *homem que desconstrói*, que, apesar de fragmentado, continua limpo, sem apodrecer. Contudo, se retraço essa imagem até chegar à sua origem, ou seja, aos sonhos de minha infância, descubro que ela se conecta diretamente com nascimento e morte. Nas esferas de vidro de fraca iluminação interna que lembram um modelo de molécula e que flutuam contra os ramos do arvoredo no fundo da floresta escura, estão contidas as pessoas das vilas-países-microcosmos de nosso passado, presente e futuro e que foram, são ou ainda serão. Eu próprio sou um organismo em suspensão, como uma crisálida no interior de um casulo. Os seres humanos que nascem no vale da vila-país-microcosmo do nosso mundo real têm apenas de descer do casulo para o vale. Para isso, utilizam a técnica de planar. E ao morrer também planam para retornar ao casulo na floresta. Muito tempo depois, tornam a sair do casulo para chegar ao vale outra vez, e dessa maneira processar o renascimento diversas vezes. E as pessoas pertencentes à totalidade da história das nossas vilas-países-microcosmos, ou seja, a soma de todos os casulos de esferas de vidro da floresta é o *homem que desconstrói*. O menino-eu que, a delirar de febre, tentava palmilhar toda a floresta, procurava através de sua ação o renascimento do *homem que desconstrói*. E uma vez renascido o *homem que desconstrói*, a totalidade das pessoas das vilas-países-microcosmos do passado, do presente e do futuro nele contida deveria alcançar um novo estágio. O pressentimento dessa grandiosa realização sempre existiu como anseio e forte temor em meus sonhos recorrentes. No romance O *jogo contemporâneo*, o menino-eu fala da seguinte maneira a respeito da experiência que, embora quase o levasse a essa realização, não chegou a se concretizar. O trecho também fecha o romance.

"Querida irmã, se continuei a gritar e a chorar muito tempo depois que os bombeiros do grupo de resgate me imobilizaram, foi porque tive de abandonar o empreendimento que me tinha sido confiado como uma provação, qual seja, o de restaurar o corpo do *homem que desconstrói*. Eu precisava ter palmilhado uma a uma cada unidade de tempo e espaço mitológica e histórica de vila-país-microcosmo e, por intermédio desse trabalho, reconstituir carne, ossos, nervos, pele, olhos e dentes, e até cada pêlo do corpo do *homem que desconstrói*, espalhados por toda parte. E eu já estava quase alcançando meu objetivo! Sempre gritando e chorando de dor por ter tido de abandonar o trabalho que era a minha provação, fui carregado para o vale e, desde então, vivo fora dos limites da floresta na condição de favorito do *tengu*, o duende narigudo da floresta, e sou alvo da zombaria do povo..."

Bem, essa visão, que tem raízes nos sonhos de minha infância, remete à análise feita por Kathleen Raine dos versos de Blake e da famosa aquarela da Coleção Petworth *Uma visão do último julgamento*. E aqui se encontra a base daquele meu pensamento de que tudo o que eu sentia ou considerava até em domínios próximos de meu subconsciente talvez já estivesse previsto em Blake. (Pedaços esparsos do cadáver do *homem que desconstrói* — esta imagem também pode ser conectada, através do mito de Osíris, e também de Dionísio e de Orfeu, mencionados pela estudante americana que visitou minha casa, com o farto simbolismo empregado por Blake e analisado por Raine. O próprio menino-eu que, ultrapassando o limite entre vida e morte, vaga numa noite escura pela floresta, pode ser pertinente ao simbolismo de Blake em "a criança perdida, a criança descoberta".)*

Com relação às formas humanas do quadro *O último julgamento*, que parecem fluir para cima, em direção a um Cristo esplendoroso em seu trono celeste, e para baixo, em direção ao inferno, Raine considera que são antes "células circulando através da força vital da vida cósmica" do que descrição de indivíduos. Raine diz também que a pintura é a representação do "grande homem" de Swedenborg, mas em Blake, que sofreu influência de Swedenborg, é a representação da "divina humanidade", ou de "Cristo-imaginação", ou seja, do único Deus em todas as coisas e de todas as coisas em um único Deus. Considera também que *O último julgamento*, com um número quase incontável de pessoas minuciosamente desenhadas, representa, em sua totalidade, somente Jesus, a imaginação.

* "the lost child, the discovered child". (N. T.)

Lembrem-se da seguinte passagem de Blake, diz Raine: "Este mundo da Imaginação é o Mundo da Eternidade é o seio Divino para onde iremos todos depois da morte do nosso corpo vegetado. Esse Mundo [da Imaginação] é infinito e eterno, enquanto o mundo da Geração ou da Vegetalidade é Finito e [por um breve instante] Temporal. Existem nesse Mundo Eterno as Realidades Permanentes de Todas as Coisas que vemos refletidas nesse Espelho Vegetal da Natureza. Todas as Coisas estão compreendidas em suas Formas Eternas no divino corpo do Salvador, a Verdadeira Vinha da Eternidade. A Imaginação Humana, que me pareceu vir a Julgamento entre seus Santos desprezando o Temporal para que o Eterno pudesse ser instituído. À sua volta viam-se as Imagens da Existência segundo certa ordem adequada a meu Olho Imaginativo".*

Raine considera que o conceito de existência comunal da "divina humanidade" também surge em "Os quatro Zoas", e cita o verso em que Jesus representa "a totalidade da família mundial num único ser humano" para considerar que o quadro *O último julgamento* é realmente a representação desse universo espiritual de Blake, ou seja, de Jesus como um universo constituído por um único ser humano. No momento em que contraponho a análise de Raine a tudo o que pensei e senti com

---

* "*This world of Imagination is the World of Eternity it is the Divine bosom into which we shall all go after the death of the vegetated body. This world [of Imagination] is Infinite & Eternal whereas the world of Generation or Vegetation is Finite & [for a small moment] Temporal. There Exist in that Eternal World the Permanent Realities of Every Thing which we see reflected in this Vegetable Glass of Nature. All Things are comprehended in their Eternal Forms in the Divine body of the Saviour the True Vine of Eternity. The Human Imagination who appeared to Me as Coming to Judgment among his Saints & throwing off the Temporal that the Eternal might be established. Around him were seen the Images of Existence according to a certain order suited to my Imaginative Eye.*" (N. T.)

relação aos incontáveis agrupamentos de esferas de vidro semelhantes a modelos de molécula no interior da floresta — posso até chamá-las de células — e ao *homem que desconstrói* como totalidade das esferas de vidro, o sentido de uma espantosa quantidade de coisas se torna claro. E se algo faltava em minha visão era a noção de que o dia da recomposição do corpo do *homem que desconstrói*, ou seja, de Jesus, o salvador, seria o dia do "Último Julgamento".

Se continuo a contrapor meus sonhos de infância a Blake por intermédio da análise de Kathleen Raine, consigo também entrever, na imagem do ser humano que se move de modo furtivo no interior fracamente iluminado das esferas de vidro semelhantes a modelos de molécula, uma relação com outra peculiaridade que se constitui em base do mundo mitológico de Blake.

Vejamos, por exemplo, o simbolismo esotérico daquilo que Raine chama de caverna das ninfas, num dos mais belos quadros de Blake provisoriamente intitulado *Mar de tempo e espaço*. Cair da vida eterna, ser gerado e penetrar em corpo que vegeta sobre a face da terra, ou seja, o processo de se transformar num ser mortal — isso representa, segundo Blake, nascer neste mundo, um pensamento de categoria neoplatônica. Ao ouvir os gritos de agonia dos que morreram na vida eterna e se transformaram momentaneamente em moradores deste mundo, os espíritos celestes do *The Book of Thel* (O livro de Thel) se perguntam por que desceram à terra. Seres humanos cujos corpos mortais são tecidos em teares no interior de cavernas que ligam céu e terra é um simbolismo recorrente nos versos de Blake. No período em que Iiyo era um sofrido recém-nascido de crânio deformado, eu temia que o seguinte trecho de Blake fosse lido por minha mulher: "Mãe da parte mortal que em mim existe/ O coração com ódio me esculpiste./ E trancaste, com teus prantos fingidos/ Meus olhos, as narinas e os ouvidos".*

Os versos que, sem ainda saber que eram de Blake, li logo depois de entrar na faculdade e me abalaram profundamente — *Que o Homem labute, sofra, aprenda, esqueça e volte/ Ao vale escuro de onde veio e recomece a luta* —, lamentavam as almas que tinham de cair repetidamente sobre a face da terra e cujos corpos mortais estavam sendo tecidos na caverna.

Para mim, ainda jovem na época, esses versos me fizeram pensar de imediato no vale no meio da floresta onde nasci e cresci, e neles pareceu-me ver profetizada a evolução de minha própria vida; hoje dou-me conta de que tanto o sonho recorrente que tive durante a infância na floresta, cujo palco era a própria floresta, como a caverna onde ninfas teciam espíritos eternos em corpos mortais possuem a mesma raiz. E até o momento da salvação decisiva — no simbolismo de Blake, até a chegada do "Julgamento Final"; no simbolismo de meus sonhos e de meu romance, até que ocorra a ressurreição do homem que desconstrói — as almas de todos os seres humanos permanecem no interior das esferas de vidro que emitem fraca luz entre árvores da floresta e são obrigadas a cair seguidamente sobre o vale revestidas de corpo físico...

Iiyo iria para o internato dentro de dois dias. Minha mulher, que durante o dia se ocupava com as diferentes tarefas do cotidiano, dedicava-se até tarde da noite a pregar etiquetas com

---

* "Thou Mother of my Mortal part,/ With cruelty dids't mould my Heart./ And with false self-deceiving tears,/ Dids't bind my Nostrils Eyes & Ears." (N. T.)

nome em todas as coisas que Iiyo levaria à república. Os artigos que precisavam de etiquetas eram das mais diversas espécies, a começar pelo remédio de epilepsia, que precisou ser separado em doses diárias acondicionadas em saquinhos com datas de consumo inscritas em cada um deles. E as etiquetas tinham de ser costuradas. Jogo de lençóis (um superior e um inferior), cobertor de lã, uma almofada, pijama, travesseiro, porta-pijama. Três camisas, quatro cuecas, duas camisas de uso diário, duas calças, uniforme e duas camisas do uniforme, calças de abrigo, um jogo de camiseta e bermuda, cinco lenços, cinco pares de meias, três cabides, um guarda-chuva, um par de chinelos, um par de tamancos, um par de tênis. Escova de dentes, pasta de dentes, copo, sabonete, porta-sabonete, pente, sacos de plástico, bacia grande, média e pequena, uma de cada, precisavam ter o nome do proprietário gravado neles. E, além disso, duas toalhas de rosto e uma de banho.

Com óculos presbiópicos acavalados sobre o nariz, minha mulher costura com a cabeça um pouco afastada de seu trabalho. Não é a primeira vez que a vejo desse jeito, mas ainda assim a pose me parece inusitada e me causa renovada surpresa. Dizem-me com freqüência que sou um tanto infantil para a minha idade. Se a minha convivência com meu filho de espírito eternamente infantil é a causa desse meu jeito de ser, a mesma hipótese deve ser verdadeira também com relação a minha mulher. Quando a vejo rir alto da graça que detecta em ditos e feitos de Iiyo, percebo que sua jovialidade dos tempos anteriores ao nascimento de meu primogênito não se alterou. Quando Iiyo se for para o internato, pergunto-me se ela não se transformará numa pessoa serena e pouco propensa a rir , isto é, em alguém que deixou a brejeirice juvenil do outro lado de uma boa camada de anos. E eu mesmo poderei sofrer a mesma transformação, pensei. Mas os pensamentos de minha mulher deviam girar em torno do mesmo assunto, pois me disse sem diminuir o ritmo dos movimentos da agulha:

— Hoje, quando Saku-chan voltou das atividades esportivas, comentou que quando Iiyo for para a república nós todos talvez deixemos de rir com freqüência. Ele disse também que nós rimos não porque Iiyo é cômico, mas porque ele nos alegra e nos incentiva a rir até com as coisas mais simples.

— Ele tem razão — concordei. — Se em casa temos este perene ar festivo é porque temos Iiyo, nosso animador e mestre-de-cerimônias.

— Mas enquanto você viajava pela Europa, evitávamos rir na frente de Iiyo, evitávamos até respirar...

— Hoje recebi um cartão de boas-festas da Alemanha e soube por ele que um escritor que conheci em Hamburgo está preocupado com Iiyo. A pessoa que me mandou o cartão é um estudante japonês que aparentemente traduziu um conto em que falo de Iiyo, e o entregou a esse escritor. Segundo o estudante, o escritor teria dito que sua simpatia vai muito mais para Iiyo do que para mim ou para você. Esse escritor sente a manifestação da violência de maneira especial porque se baseia em experiência própria, não fala apenas por falar, entende? Ele se chama Eppendorfer...

Foi na companhia desse homem gigantesco, calvo mas ainda conservando uma beleza juvenil em torno dos olhos e da boca, que desci a abrigos nucleares diante da Estação Central de Hamburgo e no distrito de lazer conhecido como Reeperbahn. Participei também com intelectuais de Hamburgo de um simpósio presidido por ele. Publiquei um panfleto em que relatei minhas andanças pela Europa com o objetivo de observar os movimentos antinucleares e pacifistas, e cito aqui o trecho em que apresento esse escritor.

"Quero esclarecer alguns fatos especiais sobre o escritor Eppendorfer, que completa quarenta anos de idade neste ano.

Eles servirão para construir uma imagem clara da conexão existente entre a violência em escala mundial, representada por artefatos nucleares, e a violência existente no interior de um único ser humano. Eppendorfer, um escritor, exerce sua atividade em Hamburgo e, em sua autobiografia *O homem de couro*, considerada a mais importante de suas obras, ele revela ter assassinado uma amiga na juventude porque ela se parecia demais com a mãe dele. Depois disso, passa dez anos na prisão. Atualmente, trabalha como editor de uma revista dirigida a homossexuais e também como escritor. *O homem de couro* fala de um indivíduo fetichista que se veste inteiramente de couro. Traduzo aqui do francês o trecho final do catálogo de sua peça para teatro *O homem de couro*. "Todo ser humano tem naturalmente o direito de viver suas emoções. Ele porém deve saber o que faz, empenhar-se por controlar essas emoções e controlá-las de fato. Isso porque o uso da condição humana impõe diversas restrições. O que aqui apresento a vocês é um documentário sismográfico das ações ofensivas numa época de emoções inflacionadas, uma tentativa de limitar a violência numa época em que ela arromba e adentra lares. (...)

"Eis um homem que, por conhecer pessoalmente as conseqüências da violência e da paixão, tenta protestar contra a explosão da violência e das paixões em escala mundial. Simpatizo com a posição desse homem diante do problema nuclear. O sr. Eppendorfer se dedica atualmente a compilar o que ouviu de prostitutas, saltimbancos e pessoas do mais baixo extrato social que vivem em Reeperbahn, e a compor dessa maneira o histórico desse distrito de lazer. Também acho interessante a estreita correlação entre seu trabalho e o movimento antinuclear que ele conduz, perceptível por exemplo na maneira como registra em gravador seu diálogo com membros do grupo do abrigo municipal."

— Eppendorfer questiona de que maneira o ser humano pode controlar a violência, mas o que ele tem, acima de tudo, é uma profunda simpatia pelas pessoas que não conseguem escapar da violência, que não conseguem negar a violência existente nelas. Ele matou uma pessoa por motivação sexual quando tinha a idade de Iiyo, e talvez tenha se reconhecido na violência latente em Iiyo.

Minha mulher interrompeu o trabalho de pregar etiquetas e, sem tirar seus óculos de leitura, voltou-se para mim. Era indício de inquisição iminente e eu me retraí intimamente. Mas ela apenas disse:

— Acho que isso aconteceu porque seu romance está escrito de maneira a dar essa impressão de Iiyo. Eu não acredito que você distorça os fatos de propósito ao escrever. Enquanto lia, achei que você descrevia exatamente o abalo que sentiu ao ver Iiyo depois de chegar da Europa... Mas ao mesmo tempo achei que o que você viu em Iiyo não era o mesmo que eu e os irmãos dele vimos nele no período em que você se ausentou e em que ele se comportou tão mal.

O que minha mulher ressaltava era sem dúvida o trecho em que descrevo o que vi nos olhos de Iiyo na noite em que cheguei de viagem. "Seus olhos me chocaram. Tão congestionados que pareciam arder em febre, eram cruentos e revestidos de um lustro amarelado que lembrava o da resina. Olhos de fera no cio que, levada pelo ímpeto sexual, esvaíra-se em lascívia, cujos efeitos ainda sofria. Logo, ao período de ação frenética se seguiria o de embotamento, mas algo ainda rugia oculto em seu corpo. Meu filho tinha sido consumido internamente por essa besta exaltada e me fitava com o olhar perdido, como se nada pudesse fazer para se defender dela, mas suas sobrancelhas negras, seu nariz imponente e seus lábios vermelhos continuavam relaxados e inexpressivos."

— Pela maneira como você se perturbou naquele dia, temi que estivesse em curso algo horrível, do qual jamais nos recuperaríamos... Você fez as pazes com Iiyo e nossas relações voltaram a ser boas como antes, mas agora acho que dos dez dias após sua partida para a Europa, nos quais Iiyo se comportou tão mal, o mais temível para mim foi o dia em que você voltou.

— Acho que até compreendo o que você sentiu... — disse-lhe eu, ainda abalado pelo contra-ataque que ela desfechava contra mim com um ano de atraso. — Aliás, creio que você tem razão. Eu disse que Eppendorfer via em Iiyo o jovem que ele próprio fora um dia, mas, pensando bem, nos momentos que se seguiram ao meu retorno da Europa, me parece que eu é que via em Iiyo o crime de Eppendorfer, entende?

Entre as experiências que vivi na Europa, há ainda mais uma que se constituiu em pano de fundo para o meu modo de ver e sentir as coisas. Seus detalhes eu não podia contar diretamente à minha mulher. Em silêncio, observei-a franzir com severidade as sobrancelhas por trás das lentes e mergulhar em pensamentos enquanto retomava o trabalho de pregar etiquetas. Balancei a cabeça vagamente e me retirei para meu gabinete conjugado com dormitório, levando comigo o copo cheio da bebida que me embalaria o sono. Diante do quarto de meu filho Iiyo, cuja porta sempre fica entreaberta, parei e espiei: dentro de dois dias ele não estaria mais ali. À luz baça que vinha do corredor, destacavam-se a cabeça grande e o nariz aquilino de Iiyo, deitado de costas e a olhar para o teto. Sua postura correta e seu corpo volumoso trouxeram à lembrança meu amigo H em seu leito de morte. Assaltado por uma forte sensação de perda e irreparabilidade, e engolfado por uma profunda sensação de impotência, me deixei ficar imóvel no mesmo lugar. Foi então que Iiyo, sempre com a cabeça voltada para cima e sem ao menos se mexer, disse-me serenamente:

— Não consegue dormir, pai? Será que o senhor vai dormir direito durante a minha ausência? Anime-se e vá dormir, por favor!

Eis a experiência por que passei na Europa há um ano. Depois de chegar a Viena, nós, da equipe da televisão, nos encontramos ainda no aeroporto com um estudante japonês e com um grupo de australianos que pertenciam a um movimento pacifista antinuclear. Nossa participação, na qualidade de convidados, transformou-se em material televisivo. Seguimos depois para Hamburgo, onde realizamos atividade conjunta com Eppendorfer, e de lá partimos no expresso noturno rumo ao sul, para Friburgo, cidade próxima à divisa com a Suíça, onde nos encontramos com jovens políticos e ativistas do partido "alternativo". O itinerário completo previa uma parada também em Basel para trocar idéias com ativistas suíços e, depois disso, a chegada a Berlim via Frankfurt. A peculiar lógica de trabalho dos membros da equipe de televisão, essa mídia ainda em desenvolvimento totalmente diferente da minha, assim como a postura profissional de total dedicação muito me divertiram e me estimularam. Mas o cumprimento de um esquema tão complexo em apenas uma semana ocupou por completo nosso tempo, de modo que passamos a jantar quase à meia-noite e a acordar muito cedo todos os dias.

Esse esquema febril, contudo, verdade seja dita, serviu para me amparar emocionalmente. Em Friburgo, antiga cidade universitária à beira da Floresta Negra e que contempla o Reno das encostas das montanhas de Schwarzwald, almoçamos num hotel para esquiadores e turistas sob um sol forte raramente visto no inverno. Enquanto observava faias, carvalhos e pinheiros desfolhados, tive uma visão em que a extensa floresta ardia em enorme pira nuclear. Viajar observando dia e noite a realidade nuclear havia me deixado nesse estado de espírito. E quando eu acordava no meio da noite, me aferrava, em busca de amparo, ao Blake editado por Keynes que eu comprara durante a viagem. Na noite em que enfim entramos em Berlim, participamos de uma reunião na Universidade Livre de Berlim, cujos estudantes haviam formado um movimento em prol da criação de uma zona desnuclearizada na Europa. O grupo tinha conexão com ativistas de Berlim Oriental, mas o clima de sofisticação e calma compostura tipicamente urbano que permeou seus debates compôs interessante contrastaste com o ambiente apaixonado das reuniões de Friburgo. Depois de comer tarde da noite um prato que pretendeu ser genuína comida coreana para decásseguis vindos da Coréia para a Alemanha — macarrão frio sem caldo, apenas polvilhado com pimenta vermelha em pó — e de constatar uma vez mais que para a equipe de televisão o jantar em grupo representava uma atividade essencial num dia de trabalho conjunto, retornei ao hotel.

Já passava das duas da manhã quando o telefone da mesa-de-cabeceira tocou. Do outro lado da linha, uma mulher de meia-idade procurava se identificar num misto de fluência e hesitação que, logo às primeiras palavras, denunciava a fala do cidadão longamente exilado tentando se expressar na língua pátria. No mesmo instante me lembrei de uma mulher que tinha visto pela última vez havia cerca de vinte anos, mas a imagem que ressurgia em minha mente era a de uma adolescente dos tempos em que a vi pela primeira vez. Embora fosse coreano, seu pai adotara sobrenome japonês por ser, na época, cidadão de um país anexado, obtivera diploma da Universidade Imperial de Tóquio e se casara com uma japonesa, mas depois da derrota do Japão na Segunda Guerra Mundial retomara o sobrenome original, Li, formado por dois ideogramas simples "ki" e "ko", particularidade que me inspirou a apelidar a garota de Kiko. Pois era essa Kiko que me telefonava naquela madrugada com um tom de voz não exatamente saudoso, mas dando a entender que precisávamos nos encontrar ao menos uma vez, já que estávamos ambos numa mesma cidade de um país estrangeiro. E, percebi naquele instante, fora o fato de eu tê-la no subconsciente que me havia feito procurar um restaurante coreano mal chegara a Berlim.

— Acho que este telefonema fora de hora não o deixou muito animado, mas sou eu, Kiko. Meu sobrenome agora é diferente daquele que eu usava na época do nosso último encontro, mas não vou dizê-lo a você porque não deve lhe interessar; é alemão e nada significa para você — disse-me ela. — Soube que programavam sua vinda a Berlim e, simultaneamente, da morte de H por leucemia, que coisa triste. Seja como for, vamos nos encontrar esta noite.

— Ainda esta noite...? — disse eu, sem concordar (soubesse eu de onde ela me telefonava, talvez tivesse aceito, mas eu tinha a impressão de que ela me ligava de algum lugar da cidade de Berlim) e sem dar maior importância aos modos pouco civilizados de minha amiga, que, pelo jeito, não mudara no decorrer de todo aquele tempo. — Amanhã de manhã, tenho uma reunião com a equipe de tevê, e da tarde à noite estarei em Berlim Oriental, entende? Depois de amanhã, estaremos no auditório Otto Braun para um *teach-in* antinuclear e, à noite, haverá uma recepção no consulado japonês de Berlim; depois disso, estarei livre...

— Nossa, que frieza! Mas você não tem nenhum motivo específico para não querer se encontrar comigo, tem? Pretendo comparecer ao *teach-in* de depois de amanhã. E trate de não esbugalhar os olhos no palco para procurar no meio da platéia a mulher de meia-idade que guarda os traços de sua velha amiga

Kiko, ouviu? Entro em contato com você de novo mais ou menos na hora em que eu achar que você já voltou do jantar com esse cônsul. E uma vez que está viajando em companhia de uma equipe inteira de tevê, aposto que não conseguiu procurar as senhoras de vida alegre. Nessas circunstâncias, o encontro comigo vem a calhar, não vem? Embora eu a tivesse visto uma vez em tempos um pouco mais recentes, achei que seu modo de falar se ajustava perfeitamente à imagem de cerca de trinta anos atrás que eu guardava na lembrança — aliás a mais definida de todas —, mas percebi claros sinais de envelhecimento na voz que ela pretendia juvenil, na óbvia tentativa de transpor a grossa camada dos anos passados.

— Sua viagem de amanhã a Berlim Oriental tem por objetivo estabelecer contato com grupos pacifistas antinucleares clandestinos, não é? — perguntou ela. Ao ver que eu não respondia de imediato, disse o seguinte antes de desligar, e de um jeito diferente do que usara até então (o sentido de suas palavras logo se evidenciaria para mim): — Sou capaz de apostar que sua viagem a Berlim Oriental amanhã será cancelada. É véspera das *teach-in* amplamente anunciadas tanto no país como no exterior, não é? Na equipe de tevê que o acompanha deve haver gente entusiasmada com essa perspectiva, mas acho que alguns reagirão com mais cautela. Afinal, eles precisam proteger você... Bem, fico aguardando nosso encontro de depois de amanhã.

Kiko morava numa pensão existente desde antes da guerra em Hongo, nas proximidades da faculdade, uma construção que sucessivas reformas ao longo dos anos enchera de corredores enviesados conduzindo ora para cima, ora para baixo, e que lhe emprestavam o aspecto de interior de transatlântico. A pensão parecia ter capacidade ilimitada de acomodação, pois eu costumava cruzar sempre com caras novas nas proximidades da escadaria central e do vestíbulo, único espaço amplo de todo o edifício. Na mesma pensão também morava meu amigo I, hoje especialista em Balzac — foi ele quem naquela época me apresentou a H, cuja morte Kiko lamentara no telefonema da madrugada —, e seu quarto de formato pentagonal era o ponto de encontro de todos nós. A namorada de meu amigo H, colega de classe dele, era uma moça bonita que dividia um quarto da mesma pensão com outra colega. Certa vez, H se desentendeu com a namorada por uma banalidade qualquer — o tipo da coisa que, pensando bem, aconteceu algumas vezes na vida de H e que a cada vez representou um momento decisivo de sua vida — e, em conseqüência, ela se atirou nos braços de um estudante de pós-graduação, que, aliás, já era um poeta de certo renome na época. Esse jeito antiquado de falar de questões amorosas me veio à cabeça por causa de uma conversa que tive depois do enterro de H com a amiga que dividia o quarto com a ex-namorada dele, colega essa atualmente casada com um veterano do curso de literatura francesa que freqüentávamos: "Acho que os ciúmes que H tinha da namorada eram infundados. Mas foi depois da noite daquela briga que ela se meteu no quarto do estudante de pós-graduação que ficava no mesmo andar do dela e não voltou mais para H". Na época, não me dei conta de nada disso e, dos amores de meus amigos, o único que me chamou a atenção foi o de I por sua namorada colegial, de cuja educação ele se desincumbiu com tanto êxito que a moça acabou aprovada nos exames vestibulares da Faculdade de Belas-Artes da Universidade de Tóquio. Parte dessa minha alienação se deveu ao fato de só eu morar em outra pensão, mas a verdade é que, embora eu conhecesse todos os envolvidos no triângulo amoroso de H, meus amigos não discutiam tais questões diante de mim por me terem na conta de um bebê crescido.

    E então, certo dia, uma jovem se mudou para um quarto que, semelhante a uma torre de sentinela, fora construído de forma destacada no pensionato. Filha de coreano casado com japonesa e criada em Berlim, na Alemanha, local onde o pai trabalhava como funcionário de uma empresa de construção, a jovem tinha retornado a Tóquio para receber educação japonesa e, embora dominasse a língua inglesa e a alemã por ter estudado num internato particular alemão, sua compreensão de textos japoneses complexos deixava a desejar. Em vista disso, perguntaram-me se eu não gostaria de me tornar seu professor particular e de acompanhá-la na leitura de livros japoneses. A firma de Berlim tinha um contrato de *joint venture* com uma construtora de grande porte japonesa, e o pai de H, que exercia um cargo executivo nessa empresa, o encarregara de cuidar de Kiko. Do apartamento destinado a estrangeiros que a construtora alugara para ela, H a havia levado para o pensionato de estudantes, alegando que se ela continuasse a morar com estrangeiros não seria capaz de vivenciar o cotidiano de um japonês comum. Mas naqueles dias o próprio H estava envolvido em seu triângulo amoroso e não dispunha de tempo para exercer a função de professor particular.

Eu tinha então vinte anos e ao ser apresentado a Kiko, dois anos mais nova que eu, sua aparência desengonçada e jeito extravagante de se sentar no aposento de seis tatames — a crer no que dizia, era a primeira vez que se via nesse tipo de ambiente — me causaram impressão de estranheza e comicidade. (Dez anos depois, já casada com um alemão e com lar constituído na Alemanha, ela esteve uns tempos sozinha em Tóquio, e, quando me encontrei com ela nessa ocasião, as articulações, que naqueles dias finais de sua adolescência pareciam desengonçadas, tinham todas se encaixado de maneira admirável, transformando-a numa mulher de aparência quase majestosa.) Os cabelos, anormalmente abundantes, caíam em torno de sua cabeça como painéis de um biombo, e na face larga de maçãs salientes distribuíam-se, em espaçamento absolutamente maluco, sobrancelhas em perfeitos crescentes, como os de princesas em filme de época, olhos grandes e arregalados, nariz arredondado e boca de lábios carnudos. E talvez por isso seu rosto exibia sempre um meio sorriso amargo de aparente perplexidade ante as próprias feições. Ela era desengonçada e grandalhona — aliás tão generosamente desenvolvida da cintura para baixo que nem parecia descender de asiáticos — e se sentava diante de mim sobre o tatame com as pernas longas ocultas sob uma saia grossa que lhe chegava até a altura dos tornozelos, enquanto os dois braços, também longos, abraçavam os joelhos dobrados e os mantinham próximos ao peito. E era nessa posição que ouvia minhas aulas, pois se descruzasse os braços, dizia, tombaria para trás. E embora a voz tivesse uma reverberação anasalada e doce de criança mimada que reconheci num átimo quando a ouvi ao telefone no hotel de Berlim, o assunto de suas conversas era prosaico, e a lógica, bem assentada...

Mas se eu a achava cômica, ela também devia achar o mesmo de mim. Segundo H me confessou anos mais tarde, Kiko estipulara que ele escolhesse o mais cômico entre seus amigos para o papel de professor particular e também se declarara encantada com o apelido que eu lhe pusera. Como H era bem-nascido, é com certa estranheza que me lembro agora de tê-lo ouvido dizer, entre provocante e zombeteiro, que Kiko crescera em terra de grande liberdade sexual e que, nesse aspecto, seu comportamento era até inimaginável para os padrões japoneses. Nunca me passou pela cabeça responsabilizar H por tudo que fiz, nem naqueles tempos nem agora, mas meu comportamento de então foi realmente o de um jovem inexperiente bastante influenciado pelas palavras do amigo. Pois comecei a lhe dar aulas particulares no começo de abril e, um ano depois, quando Kiko foi aprovada nos exames vestibulares da Universidade Cristã Internacional, onde a afluência de estudantes estrangeiros era grande, deixei de ser seu professor particular, mas a essa altura tínhamos nos envolvido de tal maneira que, exceto nos dias em que ela menstruava, nós dois nos encontrávamos todos os dias apenas para fazer sexo.

Em abril, retornei à minha floresta de Shikoku para as férias de verão e Kiko ficou de visitar alguns parentes japoneses que haviam cortado relações com sua mãe por ela ter se casado com um coreano contra a vontade deles. Por sugestão minha, combinamos pensar sobre nosso futuro nesses quarenta dias que viveríamos separados um do outro. No começo do outono, retornei a Tóquio e ao pensionato em Hongo trazendo na mochila as edições Gallimard de Sartre que eu havia lido no vale da floresta. Ao chegar ao quarto de Kiko, topei com um belo rapaz do sudoeste asiático tomando conta do local: ele vestia um suéter de Kiko e se sentava recostado a um cobertor dobrado de uma maneira que também me pareceu desconfortável. Totalmente perturbado, rumei direto para o quarto de meu amigo I, onde retirei um por um todos os livros da mochila, dissertei sobre cada um deles e ouvi de I as críticas pertinentes. Só então recuperei a calma e fui para meu pensionato. E assim, do outono ao inverno daquele ano, o rapaz que eu era sofreu com inesperada intensidade...

E apesar de não haver mais como saber que tipo de relação H teve com Kiko — embora H mantivesse em sua relação com mulheres de duvidosa seriedade uma atitude de total devoção e de inversa, porém não contraditória indiferença, a verdade é que, depois de sua morte, encontrei diversas mulheres que se lembravam dele com nostalgia e peculiar afeição, mas não sei a verdadeira natureza da relação que, em vida, H manteve com essas mulheres —, o próprio H, que sempre conservou aberto o canal de comunicações com Kiko, me contou o seguinte. Do estudante vindo de Cingapura, ela se separou pouco depois e se casou com um engenheiro da área de comunicação que viera da Alemanha para o Japão com o objetivo de realizar algumas pesquisas e que contratara Kiko como tradutora, quando então ela desistira da faculdade e retornara para a Europa.

Logo depois que Iiyo nasceu com malformação craniana, época em que me vi confuso e em grave crise emocional, Kiko entrou repentinamente em contato comigo, como sempre através de H, e a visitei na Casa da Cultura Internacional, onde estava hospedada. Minha mulher continuava hospitalizada. Conforme já escrevi, ela havia se transformado inesperadamente numa linda mulher, e a transformação podia ser retraçada facilmente até sua origem. O tratamento que recebi dela nessa ocasião, e que eu talvez deva definir como terapia sexual, me confortou.

Nesse ínterim, vivi um intenso sentimento de culpa, semelhante ao de copular com uma irmã e que simultaneamente me provocava uma sensação grotesca que, de acordo com o poeta Homei, talvez pudesse ser definida como "coragem extrema e desesperada". Essa experiência me fez compreender por que, no verão de meus vinte e um anos, me ocorrera separar-me dela e repensar o futuro: eu havia sentido na relação com a adolescente Kiko essa culpa incestuosa, como o de copular com uma irmãzinha. O reatamento da relação sexual com Kiko dez anos depois está registrado em meu livro *Uma questão pessoal* e refletido na cena de sexo entre dois colegas de classe que tinham Blake como tese de formatura. Embora esteja claro que Kiko, ao se sacrificar de maneira desinteressada, me ajudou demais, eu, que no início da casa dos vinte considerara nossa relação de modo egocêntrico, não tinha ainda conseguido alterar meu caráter no final da casa dos vinte, pois apesar de haver notado uma cicatriz fina resultante de um corte por gilete no lado interno de seu pulso direito — ela era canhota e isso fortalecera a impressão de filhote de pássaro grande e desajeitado no final de sua adolescência — nada lhe perguntei, ou seja, não quis saber o que lhe acontecera nos quase dez anos que vivera na Europa.

Contudo, é verdade também que duas semanas depois, quando ela retornou à Alemanha, a dor que experimentei no outono e no inverno dos meus vinte e um anos ressurgiu em mim de maneira súbita... E enquanto rabisco aqui minhas recordações, sou invadido pela idéia de que ainda não consegui encarar honestamente o jeito de ser cruel e autocomplacente de minha juventude.

As *teach-in* estavam em andamento. Durante o intervalo estabelecido para ajustar o horário da transmissão da conferência via satélite para Tóquio, alguns ativistas do movimento pró-criação de zona desnuclearizada que eu havia encontrado pouco depois de chegar a Berlim subiram ao palco e se aproximaram de mim. Em tom moderado, eles lastimaram minha ausência da reunião dos ativistas de Berlim Oriental. Disseram-me que tinham até distribuído cópias de meu trabalho "Notas sobre Hiroshima" (*Hiroshima Notes*), traduzido para o inglês, entre algumas lideranças religiosas porque haviam programado uma conferência com elas; em seguida, me entregaram um documento em que pediam a subscrição do povo japonês em prol do movimento antinuclear pacifista de Berlim Oriental e me transmitiram o comovente recado de uma pessoa com quem eu ficara de me encontrar: ela rezava pela saúde de meu filho deficiente.

Conforme previra Kiko com sua percepção heterodoxa do cotidiano e seu conhecimento do mundo, minha ida a Berlim Oriental tinha sido cancelada pela equipe de televisão. E com a aparência majestosa a que já me referi e que a fazia sobressair na platéia, lá estava ela sentada numa poltrona no meio do bloco central e na mesma altura do palco, em posição que sem dúvida seria considerada privilegiada, se aquilo fosse um sarau musical. O público, que ocupava sessenta por cento da platéia, era composto de alguns japoneses arregimentados entre moradores locais por intermédio de panfletos distribuídos pela embaixada e por ativistas dos movimentos antinucleares e pacifistas de diversas áreas de Berlim Ocidental. Muitos deles também pertenciam a movimentos conhecidos como alternativos, e defendiam a simplificação do cotidiano e a preservação dos recursos naturais. De modo que, Kiko, sentada ali com um casaco de *vison* jogado sobre os ombros, era um espetáculo à parte, e fazia par apenas com a painelista — teóloga, filha do presidente Heineman, da Alemanha Ocidental, o único a visitar Hiroshima no exercício do poder —, que, sentada no palco, também usava casaco de *vison*. A filha do ex-presidente, loira e de olhos azuis, e Kiko, com seus bastos cabelos preto-azeviche amontoados no alto da cabeça, pareciam se confrontar, uma no palco, a outra na platéia. Naquele momento, senti que Kiko, embora tivesse se transformado numa mulher obviamente madura, continuava a estampar no semblante de traços arrojados e agora harmoniosamente distribuídos a mesma cômica expressão, de assombro ante suas próprias feições, dos tempos em que tinha dezoito ou dezenove anos. Quando nossos olhares se cruzaram, ela retribuiu meu cumprimento com um antiquado meneio de cabeça. Em seu olhar havia algo que eu podia definir como sombrio, e um quê depressivo parecia pairar em torno da testa e do nariz, no rosto inclinado para a frente. Mas a conferência avançou para a segunda metade, o debate se acirrou e não tive mais tempo de me preocupar com ela.

    Terminada a reunião, nós, participantes da mesa, despedimo-nos uns dos outros ou atendemos as pessoas que vieram reclamar de traduções equivocadas. Eu já percebera que Kiko se aproximava, majestosa como um navio entrando no porto, mas quando enfim me senti liberado e olhei em torno, não a vi mais na platéia. E apesar de já ser quase meia-noite quando o jantar com a missão diplomática japonesa em Berlim terminou e eu finalmente retornei ao hotel, Kiko me ligou em seguida. Propunha um encontro. Ela me contou então que, na verdade, ocupava havia três dias um quarto no último andar do hotel em que eu mesmo me hospedava. E embora me dissesse que estivera de prontidão e que ligara para meu quarto a cada dez minutos, mais de uma hora já havia passado quando ela abriu a porta que eu deixara destrancada e entrou serenamente. Usava um resplendente vestido coreano de seda verde que, à semelhança daqueles que eu me lembrava de tê-la visto usar na juventude, lhe chegava até os tornozelos, e tinha até uma orquídea presa no decote generoso. Aquela flor me fez tomar consciência de que, no decorrer desta viagem à Europa, eu havia visto apenas forsítias e açafrões.

    Sentei-me na cama onde estivera deitado de sapatos lendo um livro, e Kiko se sentou na cama desocupada, de modo que nos contemplamos por alguns momentos em silêncio, medindo-nos reciprocamente. Enquanto eu me dirigia ao frigobar para pegar bebidas e copos, Kiko, cujo hálito, aliás, já recendia a álcool, me disse antes de mais nada que não entendia por que aquelas conferências eram chamadas *teach-in* e, em seguida, deu-me sua opinião a respeito da tradução para o alemão. De acordo com ela, o intérprete havia traduzido tudo o que eu dissera a respeito da ameça atual e real de ataque nuclear de maneira a tornar um tanto vago o sentido dessa ameça, e expusera também de forma indireta e eufemística a opinião do escritor I, deputado pelo Partido Democrata Liberal e representante na Câmara, sobre a ameça soviética. "De modo que o público alemão não deve ter percebido a tensão do debate que vocês japoneses travaram entre si. Chame a isso de 'senso de equilíbrio' dos profissionais da área de interpretação..."

Enquanto falava, Kiko apanhou os livros da minha mesa-de-cabeceira e folheou-os com cuidado, do mesmo jeito que costumava fazer nos tempos de estudante quando aparecia no meu quarto de pensão. Um Blake, A *idade de ouro do teatro russo*, da Penguin Books, e os ensaios de Orwell, da mesma editora. Quando lhe entreguei o copo com a bebida, ela passava os olhos pelos ensaios de Orwell, e no momento em que tornou a se sentar na cama empunhando o copo numa das mãos e o livro na outra, disse no tom autoritário de uma professora:

— Quando H veio aqui pesquisar grupos extremistas, ele me falou de seu filho. A esta altura ele já deve ser adulto, não? Você vai passar por apuros quando chegar a hora do "*must*". Já pensou numa estratégia para essa situação?

Creio ter empalidecido naquele momento. Enquanto eu procurava o que dizer com a língua entorpecida, vi o rosto grande de Kiko contorcer-se tolamente e expressar medo e tristeza como se acabasse de ser esbofeteada por suas próprias feições. Naquele instante, percebi pela primeira vez que, debaixo da espessa maquiagem, sua pele era escura e repleta de sardas.

— "*Must*"? É assim que você diz? Está me perguntando o que pretendo fazer com meu filho quando ele entrar no cio como um camelo ou um elefante, já que não posso dar um tiro nele? Sei, sei que você citou "O abate de um elefante", de Orwell. Mas então deixe-me também citar Orwell para lhe dizer que a imaginava uma pessoa mais "*decent*".

Calamo-nos, cada qual contemplando o próprio copo. E então, desajeitada como uma menininha, Kiko depositou o copo no chão com a mão esquerda, ergueu-se, pigarreou como se gemesse e saiu do quarto mal-humorada, deixando as seguintes palavras. Quanto a mim, senti a aproximação de pensamentos sombrios em cujas profundezas logo me perderia, e cônscio outra vez do entorpecimento na língua, nem tentei erguer a cabeça.

— Por hoje basta. Acho que cometi uma gafe, coisa que não costumo fazer com freqüência. Amanhã, eu o levo para conhecer Berlim.

No dia seguinte, Kiko e eu fizemos um desanimado *tour* por Berlim. Tivemos tempo de visitar apenas um ponto turístico escolhido por cada um de nós, porque a equipe de tevê continuava a alterar a programação e decidira que viajaríamos ainda naquela tarde para Frankfurt. Escolhi visitar o aquário da rua Budapeste, onde devia ainda haver uma enguia elétrica amarela, cuja foto eu vira em meus tempos de universitário. No entanto, a variedade dos espécimes, enguias inclusive, não era tão grande quanto eu esperava, circunstância que acabou por tornar mais impressionante a vegetação aquática, disposta de forma quase teatral na tentativa de recriar o hábitat de cada espécime. Kiko porém não se interessou por nenhum dos dois aspectos do aquário e, alegando não ter vontade alguma de subir escadas, permaneceu no andar térreo conversando com um guarda idoso que mais parecia um soldado.

Kiko escolheu assistir a um filme *hard porno*, pois, ao se recusar a satisfazer-lhe a vontade, o marido alemão — aproveitando os feriados da Páscoa, ele fora na frente para o litoral meridional — apenas contribuíra para aguçar sua curiosidade. Encontramos o que queríamos à rua Kurfurstendamm, no distrito de lazer e à distância de apenas uma breve caminhada do aquário: ali, no porão de um prédio situado entre lojas diversas, havia uma casa que exibia esse tipo de filme. A compra de um bilhete dava direito a uma garrafinha de bebida alcoólica. Depois de negociar com o jovem encarregado das bebidas em sonoro alemão que enfatizava sua condição de pessoa da classe alta, Kiko obteve duas garrafinhas de gim e duas de cerveja e, mal se sentou na poltrona, tomou um gole da cerveja; em seguida, completou a garrafa de cerveja com gim. Eu também a imi-

tei, mas não ficamos tempo suficiente para esvaziar as garrafas.
   Subimos então para o nível da rua e caminhamos rumo a oeste pela Kurfurstendamm, pois Kiko queria comprar alguns produtos da culinária coreana no magazine de gêneros alimentícios mais completo de Berlim e eu decidira acompanhá-la. Nossa conversa, porém, foi curta e de certa forma dolorosa para mim.
   — A atriz principal fez sexo com tanta freqüência que chegou a parecer cruel, mas até que a cena em que ela esfria a genitália com um saco de gelo foi divertida — comentei.
   — Nós também fizemos um bocado de sexo quando éramos novos, aliás com a freqüência que você definiu como cruel; mais que cruel, até... — replicou Kiko.
   Ela fez também as seguintes considerações a respeito do que eu dissera na *teach-in*:
   — Você disse que as pessoas apenas imaginam que o mundo não será destruído por uma guerra nuclear num futuro próximo só porque isso nunca aconteceu até agora, mas que esse tipo de raciocínio não se sustenta, não disse? Pois eu não penso assim, infelizmente. Será que o mundo já não passou por diversas destruições? E este nosso mundo imprestável não terá sido reconstruído por um pequeno número dos que a custo conseguiram sobreviver? Depois de viver longos anos na Europa, esta é a conclusão a que cheguei: a humanidade não conseguiu aprender a lição. Acho que a destruição da Alemanha na Segunda Guerra Mundial — está vendo ali a igreja memorial de Kaiser Wilhelm em ruínas? — foi realmente de proporções mundiais. E o que eles planejam agora é destruir o mundo outra vez com armas nucleares para depois reconstruí-lo. Há realidade nos abrigos antinucleares. Em casa, também construímos o nosso.
   — Se é que isso é possível... — disse eu. — Quero dizer, reconstruir o mundo...

— Mesmo que não seja, não acha que insistirão que isso não tem importância? Afinal, é gente que acredita nessa história de "julgamento final".

Mas Blake não imaginou desse modo o julgamento final, eu quase lhe disse, mas desisti porque não queria continuar a discutir com Kiko. Debaixo de um céu nublado e na atmosfera seca da Alemanha, o rosto que pela primeira vez Kiko voltava para mim naquele dia, a fim de se despedir com o mesmo gesto antigo — mão esquerda estendida para a frente de maneira desajeitada —, tinha a dignidade e a beleza de certa cantora *pangsori* famosa, mas era também, indubitavelmente, o de uma coreana no final da meia-idade. E quando retornei sozinho ao hotel, perguntei-me se os rapazes da equipe de TV, atarefados em empilhar uma montanha de apetrechos do lado de fora do hotel, não teriam visto um japonês também no final da meia-idade chegar carregado de pesar... Comecei a escrever a série de peças curtas em que interligo as profecias de Blake à minha vida com meu filho excepcional relacionando o pesar expresso no passado pelo idoso autor a impulsos animalescos não realizados de meu filho, mas agora me pergunto se tanto o pesar como os impulsos animalescos não realizados não teriam estado em mim durante toda a viagem pela Europa. E não teria sido essa a razão de eu me sentir tão profundamente abalado ao descobri-los em Iiyo assim que retornei ao Japão?

Quando acordei, Iiyo já tinha ido para a república. Naquela segunda-feira, descobri na casa de onde ele se ausentara um grande vazio nada familiar e uma sensação de tempo disponível absolutamente inesperada para mim. Levado pela inopinada impressão de que o dia se estendia por trinta horas, senti necessidade de falar disso à minha mulher e a procurei por todos os cantos da casa, mas os espaços vazios pareceram amplificados e não consegui achá-la com facilidade. Eu estava inquieto. Minha mulher, para quem o tempo também sobrava, tinha descido ao jardim que o inverno ressecara e tirava de sob as folhas secas algumas lianas de salsaparrilhas repletas de frutos, com as quais pretendia criar um arranjo de flores secas.

De modo que continuei a ler Blake, sempre me detendo em detalhes e divagando. E então, enquanto lia "Jerusalém", a última profecia, e a confrontava com o texto comentado de Erdman e com o fac-símile das iluminuras do próprio Blake, descobri uma conexão direta entre o poemeto que citei antes e Blake.

Contudo, a descoberta não foi apenas mérito meu. Eu tinha sido conduzido diretamente a ela pelo trabalho do músico T, que, como já disse, mais que simples amigo era também meu mentor. Na primeira semana depois da partida de Iiyo para a república, um grupo dos mais promissores jovens concertistas de nosso país organizou um concerto com peças do sr. T. A sala era em Yokohama, e nós, minha mulher e eu, que desde o nascimento de Iiyo nunca tínhamos conseguido viajar para fora de Tóquio a sós, sentimo-nos espiritualmente renovados ao tomar o trem. Em decorrência disso, minha mulher conversou bastante no trem, fato incomum no cotidiano. Ela me contou que, terminada a cerimônia de admissão de Iiyo no internato, uma senhora idosa que presidia a associação municipal de pais de crianças excepcionais lhe havia dito: "Acho que o semestre em que meu filho esteve nesta república em regime de internato representou a primeira e a última folga que jamais terei em toda a minha vida".

— Sei... — respondi.

— Porque viver com Iiyo é o mesmo que viver duas vidas — explicou ela particularizando a situação, mas a voz soou despreocupada, repleta de animação, como a de uma pessoa em férias.

Contudo, no momento em que o trem começou a atravessar a ponte sobre o rio Tama e contemplamos a vasta extensão de água que adquirira estranha coloração por refletir o céu nublado a pressagiar neve, nós dois caímos em pesado silêncio. Da superfície do rio, senti elevar-se certa força que revolvia o negrume existente nas profundezas de meu ser. Antes da audição, o sr. T veio ao palco para explicar sua obra e, ao falar do trecho "Cape Cod" da peça para violão e flauta alto em três partes que ele próprio denominara "Ao mar" (*Umi-e*), descreveu a escuridão reinante nos arredores das praias próximas à ilha de Nantucket, momento em que minha mulher pareceu estremecer de leve a meu lado. Imagino que ela também tenha sido afetada pelo aspecto escuro do rio Tama, pois notei que durante a execução da peça ela estremeceu mais uma vez.

A pianista A, que nos últimos tempos vinha incorporando rica suavidade à exatidão científica de seu estilo peculiar, tocou uma peça nova intitulada "Esquetes de *rain tree*". A peça para piano era uma reapresentação cristalizada e intensificada do tema da música de câmara *Rain tree*. A metáfora musical proposta por T em *Rain tree* havia se expandido e continuava a projetar seus galhos repletos de folhas miúdas. E eu, que já considerava a minha metafórica "*rain tree*" morta e enterrada!, pensei, constrangido mas ao mesmo tempo encorajado pela melodia.

A sensação persistiu durante o intervalo. A segunda parte teve início com um solo para percussão intitulado "Munari by Munari", e a partitura se constituiu de aforismos e símbolos que o sr. T havia acrescentado às criações em papel do estilista italiano Munari. O percussionista Y, claramente intuitivo, executou um improviso na linguagem musical do sr. T. No auditório, ainda parecia ecoar a melodia do compositor, mas já era mais que uma execução restaurada, era música em processo de criação. Tive a impressão de que o percussionista executava o espírito e o físico de T, a viver o presente rumo ao futuro. Induzido pela música, fiz então uma descoberta. Eu parecia reencontrar algo especialmente querido e disse a mim mesmo: "Ah, mas a 'Árvore da Vida' de Blake é a própria 'Árvore da Chuva' que vi certa vez num jardim escuro do Havaí! Do mesmo modo que a 'Árvore da Chuva', o tronco da árvore de Blake se ergue como uma parede negra obstruindo a visão, e as raízes semelhantes a placas também estão ali claramente representadas...".

Na abertura da primeira história de meu romance *Rain Tree*, descrevi da seguinte maneira meu encontro com "A Árvore da Chuva" no meio da escuridão. Estou numa festa com o burburinho soando às minhas costas e contemplo a escuridão que cheira a água. "E mais da metade da escuridão era ocupada por uma única árvore gigantesca, fato que se tornava compreensível pelas raízes laminadas refletindo a tênue claridade e que da orla do negrume se estendiam em camadas sobrepostas na minha direção. Aos poucos, percebi também que essa espécie de cerca feita de lâminas escuras começava a emitir um fulgor cinza esverdeado. E essa árvore, de volumosas raízes laminadas e de algumas centenas de anos de idade, se erguia no negrume obstruindo a visão do céu e do mar na distante base da encosta."

Terminado o concerto, cheguei em casa e abri a edição facsímile de "Jerusalém" na gravura 76 e, ao ver que ela era a própria "árvore da vida" descrita acima, me perguntei por que não me dera conta disso até então. Jesus crucificado na "árvore da vida". Em pé na base da árvore e com os braços abertos, Albion, ou seja, o gigante que encerra em si a totalidade da humanidade salva, eleva um olhar de adoração a Jesus. Albion é a própria encarnação da juventude, enquanto Jesus é quase um velho.

Esta gravura deve representar a cena do belo diálogo repleto de confiança entre Albion e Jesus, quase no fim de "Jerusalém".

Jesus respondeu: "Nada temas Albion, sem que eu morra não poderás viver
Mas se eu morrer, ressuscitarei, e tu comigo.
Isto é Amizade e Fraternidade: Sem elas, o homem é nada.
Assim falou Jesus! O Anjo Protetor surgindo na escuridão
Os envolveu em sombra, e Jesus disse: Assim fazem os Homens na Eternidade
Uns pelos outros, para apagar com o perdão todos os pecados".*

Enquanto eu prosseguia na leitura de Blake, deparei-me com uma figura da "árvore da vida" semelhante à minha imagem da "árvore da chuva". E foi depois de ler em "Jerusalém" o longo diálogo entre o jovem Albion e Jesus Cristo pregado na gigantesca árvore que cheguei também a esses versos. Pode ser até que soe exagerado — sei que soa estranho, pois como eu disse no passado a meu amigo H em seu leito de morte, não sou adepto da religião cristã nem a conheço muito bem —, mas experimento algo semelhante a uma graça. E quando considero que a graça só foi alcançada por intermédio da música do sr. T, consigo também sobrepujar a indecisão quanto ao uso dessa palavra. A graça me incentivou e me impeliu na direção do "perdão dos pecados", que constitui o cerne do pensamento de Jesus nestes últimos versos.

* *"Jesus replied Fear not Albion unless I die thou canst not live/ But if I die I shall arise again & thou with me/ This is friendship & Brotherhood without it Man is Not// So Jesus spoke! The Covering Cherub coming on in darkness/ Overshadowed them & Jesus said Thus do Men in Eternity/ One for another to put off by forgiveness, every sin."* (N. T.)

Enquanto observava a figura 76 da edição fac-símile, declamei diversas vezes o poema de Blake. E então, aos poucos comecei a me dar conta de que meu poema "Para além da 'árvore da chuva'" vibrava na mesma freqüência desses versos.

Para dentro da "árvore da chuva"
E por dentro dela
Para o mundo além.
Embora juntos
Para lá retornamos
Sós e em perfeita liberdade.

Iiyo veio ao mundo, mas não posso afirmar que dele obteve muito pelo poder da razão, nem que emprestará sua força para a construção deste mundo. Mas, de acordo com Blake, a força da razão conduz o ser humano ao erro, e o próprio mundo é produto do erro. Embora viva neste mundo, Iiyo não teve a força espiritual conspurcada pela experiência. Iiyo preserva a força da inocência. E chegará o dia em que ele e eu iremos para dentro da "árvore da chuva", por dentro da "árvore da chuva" e para além da "árvore da chuva"; e embora juntos, para lá retornaremos, sós e em perfeita liberdade. E quem seria capaz de afirmar que, tanto para Iiyo quanto para mim, esse processo de vida e morte nada significou?

Tornei a pensar sobre as coisas que conversei a respeito do "perdão dos pecados" com meu amigo H enquanto ele lutava contra a leucemia num quarto de hospital. Embora eu entendesse de Blake menos do que agora, ainda assim o mencionara como que impelido por uma força desconhecida. Se naquela ocasião eu já tivesse feito uma leitura mais completa de Blake, poderia ter entregado a ele, que dissera sentir alívio quando pensava no conceito "perdão dos pecados", essa edição fac-símile desmembrada para que ele pudesse erguer as páginas sobre o peito e lê-las uma a uma... Com profundo pesar, trago no coração essa idéia agora tornada inútil. Ela pode ser, porém, expressão diferenciada de um pressentimento existente no mais recôndito de meu ser: em meu leito de morte, lerei a edição fac-símile de "Jerusalém", cujas páginas desmembradas repletas de versos me proporcionarão, cada uma delas, duas ou três gratificantes horas.

No fim de uma tarde de sábado, num momento em que os irmãos menores já o aguardavam em casa, Iiyo retornou pela primeira vez do internato. Logo, o progresso obtido por ele numa semana de internato se tornou evidente, pois comportou-se de maneira totalmente diferente da habitual, qual seja, aquela em que abria o portão com estrondo, arrastava os sapatos pelo vestíbulo e entrava pela porta com outro estrondo. Eu estava deitado no sofá da sala de estar, como sempre lendo Blake, e quando ergui o olhar Iiyo já vinha entrando no aposento com um grande saco de roupa suja no ombro. Ele agarrou prontamente meu pé direito que se projetara no ar quando eu tentara me erguer, sacudiu-o à guisa de cumprimento e disse:

— Pé, pé bonito, você passou bem? Tudo bem com você?

Todos nós, a começar naturalmente por mim, que ainda deitado de costas e com o pé preso não conseguia me mover, assim como os irmãos menores, que vieram correndo dos respectivos quartos, e minha mulher, que estava na cozinha, pusemo-nos a rir alto. Embora não faça nenhum esforço para tanto e aja com a maior naturalidade, Iiyo é sem dúvida o mestre-de-cerimônias, o promotor do ambiente festivo de nossa casa. Mas o próprio Iiyo apresentava claros sinais de fadiga estampados por todo o corpo e não parecia disposto a responder às perguntas de minha mulher sobre seu cotidiano no internato. Ele assentou o traseiro no tatame diante do gravador e parecia completamente perdido, sem saber que disco ouvir primeiro. Seu perfil tinha um aspecto burilado e havia até um quê de serena sagacidade em torno das pálpebras, indicando que ele havia emagrecido. Logo Iiyo desistiu de escolher um disco e sintonizou o rádio no programa *Classics Request* da NHK em FM. E até a hora do jantar ele ali permaneceu em silêncio, apenas ouvindo a programação, como se corpo e espírito ressequidos absorvessem água musical. Na certa não conseguira manipular sozinho o gravador que levara para o internato.

Não obstante, ele se ergueu uma única vez para ir à cozinha, momento em que ouvi minha mulher lhe dizer que pegasse da geladeira um suco ou qualquer outra coisa que quisesse beber. Ele porém recusou a sugestão, fato sem precedentes, e, disposto a não perder nenhuma das "Peças curtas" do segmento final da programação, retornou para perto do aparelho de som, apenas deixando a seguinte informação para minha mulher:

— Mãe, a senhora disse que não serviam chá no internato, mas serviam, sim senhora. E era chá de cevada.

Um sortimento de pratos que Iiyo simplesmente adora — espaguete, salada de batata e carne de vitela assada com molho cremoso — tinha sido preparado para o jantar, e, calculando mais ou menos o tempo de encerramento da programação musical, minha mulher, os demais irmãos e eu nos sentamos à mesa. Ao ver, porém, que Iiyo, apesar de desligar o rádio, continuava sentado mexendo nas capas dos discos, chamei-o:

— Jantar, Iiyo! Venha para cá, vamos!

Iiyo, no entanto, continuou com o rosto voltado para a prateleira de discos, aprumou as costas largas e vigorosas e disse, com a força de uma decisão maduramente ponderada:

— Iiyo não irá para aí! Iiyo não pode mais ir para perto de vocês porque Iiyo não está mais aqui, absolutamente!

Baixei o olhar para a mesa, observado de perto por minha mulher. Assim escrutinado e sentindo além disso uma sensação de perda violenta, me senti incapaz de agir com naturalidade. Que acontecera? Ou melhor, que estava acontecendo? Isso continuaria a acontecer? Aos poucos uma emoção forte que quase me fez bracejar de desespero começou a crescer em mim e, embora contivesse as lágrimas, senti o rubor se espalhar da raiz das orelhas para as faces.

— Nada disso, Iiyo, você já voltou e está em casa agora! — disse-lhe a irmã, mas meu filho continuou em silêncio.

E então, depois de se permitir como sempre uma pausa para examinar o próprio pensamento, meu caçula disse:

— Aposto que ele não quer mais ser chamado de Iiyo porque em junho vai fazer vinte anos. Acho que ele quer ser chamado pelo nome dele. Não é isso que todos fazem no internato?

Assim que discerne a lógica de uma questão, o irmão de Iiyo se transforma em audacioso homem de ação: erguendo-se de pronto, ele se acocorou ao lado de Iiyo e disse:

— Vamos jantar, Hikari-san! A mamãe preparou um monte de comida gostosa.

— Hai, *vamos comer! Muito obrigado!* — respondeu Iiyo com uma voz cristalina que contrastava admiravelmente com a desafinada do irmão adolescente, enquanto minha mulher e a irmã de Iiyo riam alto, de alívio e também da incongruente comicidade da situação.

Havia uma grande diferença de peso e altura entre os dois irmãos, mas eles conseguiram, embora com esforço, passar o braço em torno dos ombros um do outro e vieram para a mesa. E enquanto eu os observava atacando a comida com entusiasmo, pensei com uma ponta da sensação de perda de há pouco a me pesar no espírito: "Ah... quer dizer então que o nome Iiyo vai desaparecer. Claro, o tempo passou. Meu filho, de fato é preciso que passemos a chamá-lo Hikari e não mais pelo nome infantil Iiyo. É tempo de mudar. É tempo de você, Hikari, e em breve de seu irmão, Sakurao, se erguerem diante de nós como dois jovens". Versos do prefácio a "Milton", de Blake, que vivo recitando, brotaram em meu peito: "Jovens de um novo tempo, despertai! Enfrentai os ignorantes de aluguel! Pois há mercenários nos Quartéis, na Corte e na Universidade; se pudessem, suprimiriam para sempre a Guerra da Inteligência e prolongariam a da Carne".* Guiado por Blake, tive uma alucinação em que, em pé ao lado de meus filhos — dois jovens de um novo tempo, que por ser de sinistra ameaça nuclear, terão de enfrentar mercenários com decisão —, pareceu-me ver mais um jovem: eu mesmo, renascido. As palavras de estímulo a toda a humanidade ressoam na voz proveniente da "Árvore da vida" e parecem vir a mim, que, não tarda, serei um velho a enfrentar a angústia da morte: "Nada temas, Albion, sem que eu morra, não poderás viver/ Mas se eu morrer, ressuscitarei, e tu comigo".**

---

* "Rouse up O Young Men of the New Age! Set your foreheads against the ignorant Hirelings! For we have Hirelings in the Camp, the Court & the University: who would if they could, for ever depress Mental & prolong Corporeal War." (N. T.)
** "Fear not Albion unless I die thou canst not live/ But If I die I shall arise again & Thou With me." (N. T.)

ESTA OBRA FOI COMPOSTA EM ELECTRA PELO ACQUA ESTÚDIO E IMPRESSA
EM OFSETE PELA RR DONNELLEY MOORE SOBRE PAPEL PÓLEN SOFT DA SUZANO
BAHIA SUL PARA A EDITORA SCHWARCZ EM JUNHO DE 2006